QUATORZE MOIS

Renaissance du Livre

Avenue du Château Jaco, 1 - 1410 Waterloo
www.renaissancedulivre.be
Renaissance du Livre
@editionsrl

Quatorze mois
Carine Russo
Couverture : Nor Production
Photo de première de couverture : © fresnel6 – fotolia
Photo de quatrième de couverture : © Belgaimage
Mise en pages : CW Design
Imprimerie : V.D. (Temse, Belgique)

ISBN : 978-2-507-05346-8
Dépôt légal : D/2016/12.763/28

CARINE RUSSO

Quatorze mois

Renaissance du Livre
RL

« Il faut aimer la vie et l'aimer même si
Le temps est assassin et emporte avec lui
Les rires des enfants
Et les Mistral gagnants »

RENAUD

Se souvenir

En janvier 2015, un événement a eu lieu qui m'a profondément touchée: la commémoration des septante ans de la libération du camp de concentration et d'extermination d'Auschwitz-Birkenau.

Les camps. Je n'y songe jamais sans penser à Paul qui proposa spontanément son aide au début de l'aventure de ce qu'on appela les comités blancs, créés dans la foulée de la Marche blanche du 20 octobre 1996. Paul Sobol était adorable. Lorsque les préoccupations des membres des comités s'écartaient trop des objectifs premiers, il revenait toujours à nous et aux enfants. Il nous vouait un immense respect. Ou était-ce une immense amitié ou une immense tendresse? C'était chez lui, je crois, du pareil au même. Outre le fait que cette attitude bienveillante me rendait heureuse, j'avais été très impressionnée par ce numéro, tellement significatif, qui avait été tatoué sur son bras gauche et qui m'indiquait, sans possibilité de méprise, qu'il était un rescapé de l'enfer nazi. Paul Sobol a aujourd'hui quatre-vingt-neuf ans. Je l'ai entendu à la radio, puis revu dans un reportage télévisé évoquer Auschwitz et la Libération. En l'écoutant, et apprenant son grand âge, j'ai eu envie de le revoir, de le saluer, de l'embrasser, de le serrer dans mes bras, de le remercier d'avoir survécu pour ensuite continuer d'offrir son temps, sa vie et sa vitalité aux autres, tout comme il l'avait fait pour nous, parents désenfantés par une autre forme de barbarie humaine. Pour Paul, la barbarie n'avait qu'un seul et même visage: «On la reconnaissait à sa capacité de destruction, à sa capacité de produire l'atroce.» Une journaliste lui a posé la question de savoir si, après les camps, il croyait encore en l'homme. Quel bonheur de l'entendre répondre, avec sa simplicité et spontanéité habituelles: «Mais bien sûr! Sinon, que ferais-je là ? » Avant Paul Sobol, j'avais appris très tôt, lorsque j'étais encore enfant, par les récits de mes parents (lesquels avaient été tous deux résistants pendant la dernière guerre) ce qu'étaient les camps, la barbarie. À douze ans, j'avais lu d'une seule traite, y consacrant une nuit entière, le journal d'Anne Frank. Et puis, adolescente, parmi les livres qui traînaient à la maison, les récits de Martin Gray. Plus tard, Primo Levi... Avec Mélissa, ma petite fille, et Grégory, son frère aîné, nous avions visité en 1995 l'impressionnante expo « J'avais 20 ans en 45 » au Cinquantenaire de Bruxelles. C'était l'histoire de leurs grands-parents et, quelque part, l'histoire de l'humanité.

Oui, je savais. J'avais été vaccinée enfant contre la barbarie, les guerres, les crimes, les violences, toutes les atteintes à la dignité humaine, cette négation froide, totale de la vie que j'associais au fascisme et, en particulier, au nazisme hitlérien dans son projet innommable de destruction des Juifs. Ce crime contre l'humanité, cette entreprise de déshumanisation, cette capacité de destruction, de produire de l'atroce, dont parlait Paul, il me sembla la reconnaître dans les crimes commis sur nos fillettes. Paul aussi, sans doute. Deux arbres ont été plantés pour Julie et Mélissa dans la forêt de Neve Ilan à Jérusalem. J'en ai été très émue. Ce peuple de la mémoire qu'est le peuple juif les a accueillies en son sein. Ce n'est pas sans raison. Je lui en suis reconnaissante. Il sait ce dont barbarie est le nom.

Et je sais que pour Paul, il n'y a pas de différence entre une barbarie et une autre.

Souvent, tout en vaquant à mes occupations quotidiennes dans la maison, je tombe sur le visage de ma petite fille, fixé sur pellicule et tendrement encadré. Je me plonge dans ses yeux si doux et me laisse submerger par l'émotion qui m'étreint alors. Comment ont-ils pu ? Comment, au nom de quoi ont-ils pu assassiner ces beaux yeux noirs, cette douceur, cette innocence ? Abandonnée de tous, coupée de tout lien humain, exclue de la chaîne de vie que forme l'humanité, ma petite fille a rendu son dernier souffle seule, dans le néant... Nul être pour l'accompagner, pour recueillir l'ultime flux de chaleur qui faisait d'elle une enfant vivante, une petite fille existant dans le monde. Quelqu'un peut-il croire sérieusement qu'après un tel désastre, la vie puisse continuer « comme si de rien n'était » ? La vie peut reprendre, certes, se prolonger, se perpétuer et recommencer.

Mais, au fond de soi, reste cette béance, cette question sans réponse hurlée à l'infini : Comment ont-ils pu ? Pourtant, on le voit bien, autour de soi, que la vie continue « comme si de rien n'était ». Alors, on se construit des digues autour de la violence tempétueuse du souvenir, on se protège de sa cruauté comme on peut, on tente de rebâtir ailleurs, plus loin, vers l'avenir, on évite de regarder la route parcourue, on cherche l'oubli. Parce qu'il faut bien poursuivre...

Et pourtant, il y a la mémoire. La mémoire se tient là, dans ma tête et mon corps. Lorsqu'on parle à une mère de deuil à accomplir, de séparation à accepter, je demande : « Peut-on se séparer de la mémoire du corps ? » Cette mémoire fait partie de moi. Il n'existe aucun moyen radical de m'en séparer pour m'alléger de son poids. Tout au plus subsistent des moments de beauté, des instants d'oubli salutaire. Comme de grandes goulées d'air que l'on reprend pour ne pas se noyer. Mais puisqu'elle est là, puisqu'elle ne me quittera pas, ne faut-il pas finalement laisser émerger, laisser déborder cette mémoire ? La partager. Essayer de dire cette histoire. La mienne, la sienne, la nôtre.

Oser me souvenir. M'en faire un devoir. Pour elle, ma fille. Pour moi, pour mon fils. Pour tous ceux qui l'ont connue et aimée. Pour la rendre à la vie, laisser une trace d'elle quelque part au creux de quelques pages. Parler d'elle. Pour ne pas laisser cette injustice suprême de la voir niée jusque dans sa tombe. Pour qu'on se souvienne d'elle... Oui, oser se souvenir, dire, rappeler cette histoire.

Vous étiez deux. Julie et toi. En promenade pour une demi-heure aux alentours de la maison et d'un été qui commençait. Vous aviez huit ans et demi. Vous n'aviez pas encore quitté l'âge heureux de l'insouciance. Vous étiez toutes petites et toutes rondes de confiance et de joies immédiates. Ce que vous connaissiez du monde se révélait sans danger : papa, maman et grands-parents, copines d'école, poupées, pastels, jeux de plage et jeux de récré... Nous, vos parents, avions trente ans et n'étions pas beaucoup plus loin dans la bienheureuse inconscience de la réalité du monde.

C'est une histoire ancienne. C'était il y a longtemps, vingt ans. Pour moi, c'était hier... Une histoire qui, au fil du temps, de détours oratoires en inversions de sens, de silences étudiés à ces flots de bêtises imprimées dans trop de journaux, érigées ensuite en vérités jusque dans les amphithéâtres des universités, oui, cette histoire s'est trop éloignée de la réalité. C'est l'histoire de deux petites filles de huit ans qui n'ont pas pu grandir. Une histoire désormais inscrite dans celle de ce petit pays qui n'a pas deux siècles d'existence. Un tout petit pays fait, en toute hâte, de bric et de broc. Un petit pays neutre, zone tampon entre deux grandes puissances d'alors, un champ de bataille pour les guerres à venir. Le pays où sont nées Julie et Mélissa. Il paraît qu'y bat le cœur de l'Europe…

Juin 1995

Juin. Au fond du jardin apparaissent en pointillés rouges les premières cerises de l'année. Ce cerisier t'a vue grandir, ma chérie. Oui, juin est le temps des cerises. Nous sommes au parvis de l'été. La saison de tous les possibles. La saison des promesses tenues : le soleil est de retour, les fruits de l'été bientôt aussi. Hélas, pour moi, il ramène, tout autant que sa promesse dorée, le goût des larmes et de l'effroi ; il traîne un éternel orage qui n'en finit pas d'éclater, une tempête fracassante, un chaos, une fin du monde. Il ramène au présent ce passé coagulé en cet instant où, le soleil et le jour, la nuit et les étoiles, le monde entier se sont évanouis. Et bien que les années passent et repassent sur les jours, tissant son épaisseur au temps, avec application et détermination, n'en demeure pas moins ce pli, cette brisure, cette déchirure que rien ne répare.

Je suis la maman d'une petite fille née le 11 septembre 1986 à Liège.

À cette petite fille, j'ai promis plusieurs choses. Tout d'abord, de ne jamais cesser de poursuivre les recherches aussi longtemps qu'elle ne serait pas retrouvée. Promesse tenue. Deuxièmement, de ne jamais l'oublier. Promesse facile. Avec toute la volonté du monde, ma mémoire ne pourrait rien effacer d'elle. Troisièmement, un monde meilleur. Il s'agissait alors pour moi de donner un sens à sa trop courte existence, à tout ce qu'elle avait enduré, à tout ce qui lui avait été volé trop tôt de possibilités d'expériences heureuses, de bonheur de vivre. Il s'agissait sans doute aussi de rendre son sens à ma vie qui, de façon tellement absurde, se prolongeait au-delà d'elle. Et pour ce faire, il fallait commencer par le commencement. Il fallait comprendre comment cette chose était possible : la mort d'enfants, dans une société telle que la nôtre, dans d'aussi inimaginables conditions.

Les voix autorisées, celles qui n'avaient pas cherché à comprendre – ou qui ne l'avaient pas voulu – imposèrent la thèse du «monstre pervers» ou du «couple diabolique» à ceux que la crédulité protégeait d'une trop douloureuse lucidité. La légende du «monstre de Marcinelle» était née. Elle se répandit comme une traînée de poudre à travers les médias d'ici et d'ailleurs. Elle était à la fois «fantastique», extraordinaire, mais aussi tellement commode pour tenter de clore une histoire autrement moins simpliste, une histoire dont il ne fallait sans doute pas trop expliquer les tenants et les aboutissants tant elle éclairait l'histoire de notre époque, celle d'un monde sans repères, où la valeur première se résume à l'argent et son immense pouvoir de séduction, de corruption, de soumission, fécondant tous les crimes.

C'est puissant les légendes, ça imprime le temps, ça se raconte de voix en voix, de générations en générations, ça marque les mémoires et les imaginations. Mais, parce que pour survivre à notre douleur, il nous fallait dépasser l'absurde et le grand «n'importe quoi», nous réclamions une histoire qui soit la vérité avant de devenir légende. Nous refusions ce toc que l'on substituait à l'authentique réalité. Nous ne voulions qu'une chose: la suite de notre histoire, celle qui passait par la suite de l'histoire de nos filles, après le 24 juin de l'année 1995, après ce jour où elles nous furent enlevées. Nous voulions savoir ce qu'il s'était vraiment passé. Nous voulions des faits établis, clairement, indéniablement établis, au-delà de tous les mensonges, de toutes les lâchetés, de toutes les compromissions qui ont émaillé la «recherche de la vérité» à travers une des plus longues enquêtes judiciaires qu'ait connue la Belgique. Il s'agissait, pour nous, d'une quête de sens à travers la réalité, condition *sine qua non* pour sauvegarder notre raison, notre dignité, en commençant par rendre à notre petite fille et sa compagne d'infortune leur propre dignité dans leur intégrité d'enfant. Il s'agissait pour nous de résister, en n'y participant jamais, à la construction de la légende facile. Comment pouvait-il être question, sans l'établissement d'une vérité basée sur la réalité des faits, de comprendre les causes du mal et, partant, de les traiter de manière appropriée ? Comment tenir cette promesse d'un monde meilleur ? Comment reconstruire et se reconstruire sans cette base fondamentale ?

Comment ne pas trahir la mémoire de Julie et Mélissa ?

Quatorze mois

Il était un peu plus de dix-sept heures, ce samedi-là, lorsque l'orage a éclaté. Et avec lui, le temps, ses rythmes, ses rituels, tout ce qui constituait nos repères, tout ce qui donnait sens à nos jours. En un éclair, le cours de l'après-midi quitta brusquement la trajectoire de la normalité.

Ce samedi-là, 24 juin 1995, rien ne laissait présager un tel événement: l'enlèvement de notre petite fille et de Julie, sa compagne de classe et de jeux, sa compagne d'insouciance et de rires. Cette journée, qui avait commencé de manière anodine, avait pris au fil des heures un petit air festif. Pas seulement en raison de la couleur du ciel qui se découvrait enfin bleu ce matin-là, mais sans doute aussi par l'excitation joyeuse des enfants qui, délivrés des derniers jours d'école, ramenaient l'atmosphère légère du temps des vacances. Mélissa, ma petite fille, avait invité Julie à passer l'après-midi à la maison...

Mais, contrairement à ce que l'on croit, la vie n'est pas toujours quotidienne.

Elles sont parties à dix-sept heures, gaies et insouciantes comme on ne peut l'être qu'à cet âge. Elles auraient dû être de retour à dix-huit heures. C'était l'accord conclu, une promesse toute simple qu'aucun doute n'effleurait. C'était la logique banale et rassurante du quotidien. La suite est connue. Julie et Mélissa ne rentrèrent jamais de cette petite promenade censée se limiter au tour du quartier. Je les avais vues s'en aller, joyeuses et confiantes, si pressées de vivre et de grandir, si légères et rieuses. J'avais vu par la fenêtre s'éloigner leurs petites silhouettes légères et sautillantes. J'étais certaine déjà que Mélissa me rapporterait quelques fleurs cueillies le long des champs de blé et de maïs qui bordaient leur chemin. Elle faisait toujours ça, cueillir des fleurs. Comme moi-même à son âge. C'était un plaisir irrésistible. Mais à l'heure promise, je ne la vis pas rentrer les mains serrées sur un petit bouquet fraîchement cueilli comme je m'y attendais. C'est alors que l'angoisse, ce sentiment oppressant qui surgit face à l'inexplicable, au doute, à l'inquiétant, commença lentement à m'envahir pour ne plus me quitter pendant quatorze mois.

Il fallut appeler la police. C'était la première fois de ma vie que je me sentais à ce point désemparée, perdue, impuissante et paniquée que je décidai de faire appel à un service de police. Tout en composant le numéro d'urgence, je réalisais que quelque chose d'absolument anormal était en train de se produire: il n'y avait aucune raison pour que les petites ne soient pas rentrées à l'heure fixée, aucune raison de ne pas les avoir croisées lorsque j'avais enfourché mon vélo pour aller à leur rencontre, aucune raison pour que Louisa, la maman de Julie, arrivée vers dix-huit heures pour rechercher sa fille, ne trouve, elle non plus, aucune trace d'elles lorsqu'elle reprit en voiture le trajet présumé de leur petite promenade, aucune raison de n'avoir croisé personne qui les ait aperçues, aucune raison de n'obtenir nulle réponse rassurante de la part de l'une ou l'autre petite amie du quartier ou de l'école auxquelles Louisa et moi nous étions adressées dans l'espoir d'un éclaircissement. Il n'y avait plus de temps à perdre. Nous avions besoin de secours. Entretemps, Louisa avait prévenu son époux, Jean-Denis, lequel passait l'après-midi sur le court de tennis. Tandis que, simultanément, je prévenais le mien, Gino, au travail ce samedi-là. Et puis, mon frère, qui me dit un seul mot: «J'arrive...»

L'alerte était donnée. Le branle-bas de combat allait se déclencher. Dès ce soir-là, l'incroyable, l'impossible, l'incompréhensible, l'impensable a fait irruption dans nos vies. Nos petites filles avaient purement et simplement disparu. D'une minute à l'autre. Dans les environs immédiats de notre habitation. On eût dit qu'elles s'étaient comme volatilisées... Il n'était cependant pas encore question pour nous d'envisager, à ce moment, ce crime aussi inimaginable qu'est l'acte d'un enlèvement. L'idée s'insinuait bien dans nos têtes, mais dans le cours d'une petite vie de famille tout à fait ordinaire, ce genre d'événement ne paraît pas probable. Nous n'étions pas au cinéma. Nous étions dans la vie réelle et, dans la vie réelle, croyions-nous, ce genre de chose n'arrive pas. Il fallait rester raisonnable. Ne pas s'emballer, ne pas laisser courir la folle du logis, notre imagination. Il fallait surtout tenter de ne rien extrapoler, rester le plus vigilant, le plus éveillé et le plus pragmatique possible. Garder la tête froide était essentiel. Les heures passant, Louisa et moi ne pouvions cependant nous empêcher de nous demander si nos petites n'avaient pas faim et froid, là où elles se trouvaient. Et puis, la nuit tombant, comment ne pas avoir le cœur chaviré de penser qu'elles se trouvaient peut-être coincées quelque part, dans la peur et le noir, en train de nous appeler en pleurant… Elles étaient si petites. Huit ans. Un âge où l'on en est encore aux jeux de poupées et aux dents de lait.

Pas question de fermer l'œil une seule minute cette nuit-là. C'est une course contre le temps qui s'est engagée. Chaque heure qui passe est cruciale. Un quart d'heure à peine après mon coup de fil, les premiers gendarmes ont débarqué à la maison et le premier procès-verbal d'une très longue série est dressé. Comment aurions-nous pu croire, en cet instant, que ce premier PV allait initier l'un des plus volumineux dossiers d'instruction de l'histoire judiciaire belge, lequel, à son terme fin 2003, comptera plus de quatre cent mille pages de devoirs d'enquête ? La suite de la soirée n'est plus qu'un enchaînement de procédures de recherches. D'abord, un maître-chien, envoyé par la gendarmerie. Pendant quelques minutes, son berger allemand semble lancé sur les traces des petites. Mais leur piste se perd, un peu plus loin, dans les fourrés, sur les bas-côtés du chemin sur lequel elles se sont engagées. Un peu plus tard, deux gendarmes en civil se présentent à nous. L'un s'appelle Valère M., l'autre Jean L. Ils font tous deux partie de la BSR (Brigade de surveillance et de recherche). Leur flegme, leur assurance, leurs fermes poignées de main, le ton de leur voix me les font prendre pour ces limiers que l'on voit dans les films. Nous sommes tous convaincus qu'avec ces deux-là, la disparition des petites est prise très au sérieux, que nous avons affaire à de véritables professionnels. Ils interviendront à bon escient, efficacement ; ils mettront tous les moyens à leur disposition pour que cette folle angoisse ne dure pas trop longtemps.

Voilà ce que je crois, ce soir-là, la première fois que je vois ces deux hommes. Nous ne savons pas, nous ne pouvons pas savoir que nous ne sommes alors qu'au tout début d'un interminable parcours en leur compagnie. Eux, peut-être, s'en doutent-ils un peu plus que nous. Mais ce qu'ils ne peuvent certainement pas imaginer, ce sont les événements de l'année qui suivra. Une année folle, qui nous verra, à la fin d'un mois d'octobre très agité, tous réunis – gendarmes, enquêteurs, magistrats et parents des enfants disparues – au Palais de la Nation, suite à l'instauration d'une commission d'enquête parlementaire sur les manquements judiciaires en matière de disparitions d'enfants.

En ce début de soirée de juin 1995, aucun d'entre nous ne peut absolument rien imaginer de tout cela. Le drame qui se joue ne fait que commencer… Des battues s'organisent dans les environs immédiats de notre domicile. D'heure en heure, leur périmètre s'élargit. Les deux gendarmes de la BSR surveillent, par le système nommé « zoller-malicieux », tous les appels téléphoniques pouvant survenir sur nos combinés. À chaque fois que la sonnerie du téléphone retentit, mon cœur bat à cent à l'heure. Il ne nous est plus permis de décrocher nous-mêmes cette nuit-là. Ce sont les gendarmes qui prennent systématiquement tous les appels : un témoin important, les petites, le ravisseur lui-même pourraient tenter d'appeler. Il s'agirait, dans ce cas, de pouvoir détecter *illico* la provenance de cet appel. Et la suite dépendrait de l'action policière. Dès leur arrivée à notre domicile, très tôt dans la soirée, mon frère Michel et Cécile, son épouse, qui est aussi la marraine de Mélissa, se sont mis pour leur part à élaborer un plan d'alerte. Cette première nuit de chaos, c'est Cécile qui prend contact avec l'association Marc et Corine, seule petite structure, à l'époque, de diffusion d'affiches de disparition d'enfants dans le pays. Les fondateurs de cette association, Jean-Pierre Malmendier et François Kisteman, sont eux-mêmes pères d'enfants disparus et tragiquement assassinés. Le nom de leur fondation porte ainsi celui de leurs enfants. En un temps record, une centaine d'affiches, composées à partir de photos de Mélissa et Julie, seront réalisées. Malheureusement, le papier vient à manquer pour pouvoir en imprimer plus. Depuis sa création, l'association manque, hélas, cruellement de moyens matériels et financiers pour faire face à la mission qu'elle s'est donnée : mettre tout en œuvre, le plus rapidement possible, pour alerter sur la disparition inexpliquée d'un enfant. Aussi, chez « Marc et Corine », on bricole beaucoup. On fait avec ce que l'on a. Les bonnes volontés, par contre, ne manquent pas ; les bénévoles qui y œuvrent sont toujours disponibles et partants. Pour pallier l'indigence de papier, Gino s'empare des affiches ramenées par Cécile pour les porter à l'usine où il travaille. Toute la nuit, ses collègues vont se relayer pour en photocopier des milliers. Pendant ce temps, Cécile s'est mise à quadriller un vaste plan de la région. À l'instar des cartes d'état-major, chaque carré sur le plan délimite ainsi une zone précise. Après avoir ameuté tous les membres de nos familles et amis, elle les engage d'urgence à coller et distribuer ces avis de disparition. La maison devient bientôt l'objet d'un incessant défilé. Cécile distribue des paquets de cent affiches à chaque volontaire en lui attribuant une zone bien précise à couvrir. En une nuit, toute la région liégeoise est couverte.

Dès le lendemain matin, les visages de nos petites filles apparaissant à tous les coins de rue, sur les marchés, à la sortie des églises, aux devantures des commerces, aux vitres arrière des voitures vont interpeller les promeneurs du dimanche. Tandis qu'aux alentours de notre domicile, un hélicoptère survolera les champs environnants, le quartier, les routes, toute la région, durant des heures. En vain. Les recherches intensives de ce long week-end ne donneront aucun résultat. Aucune trace des petites nulle part. Ce dimanche matin, il n'y a plus l'ombre d'un doute dans nos têtes : aussi inimaginable que cela puisse paraître, Julie et Mélissa ont été enlevées ! Quelqu'un est l'auteur de cet acte de folie. Les premiers journalistes commencent à affluer. Pour la première fois de notre vie, Louisa et moi sommes confrontées aux micros que l'on nous tend, aux caméras qui se fixent sur nous. Il nous est demandé d'expliquer ce qu'il s'est passé. Pleines d'espoir, inlassablement, nous reprenons le même récit : « Hier, vers 17 heures… »

Le lundi 26 juin, à l'école des enfants, c'est la distribution des prix. Fête et spectacle de fin d'année sont opportunément annulés. Les cœurs n'y sont pas. Julie et Mélissa manquent aussi à leurs amies de classe. Les parents sont inquiets, les institutrices bouleversées. Elles nous ont ramené les bulletins de nos filles. Nous découvrons leurs résultats scolaires clôturant une année d'efforts. Oh, ma chérie! Tu m'aurais ramené un bulletin magnifique! Tu étais première dans toutes les matières. Tu avais si bien travaillé… Comme nous les avions tous bien méritées, ces vacances en Toscane ce mois de juillet-là. Tout était prêt pour le départ. Tout était prêt ce samedi-là.

Et puis, la semaine reprend son cours. Pour tous. Sauf pour nous. Le temps des autres n'est plus le nôtre. L'attente a suspendu nos vies. De jour en jour, je deviens de plus en plus vindicative, intransigeante, entêtée. Je ne me reconnais plus. Par ce qu'il m'arrive en ce début d'été, je me découvre une autre. La police est subitement devenue, à mes yeux, l'élément le plus important de la société. J'en perçois soudainement les membres comme ces héros que l'on idéalise dans les films policiers. J'imagine des barrages routiers pour contrôler les passages aux frontières, des hélicoptères sillonnant le ciel du pays et au-delà, des hommes lourdement armés, en embuscade, prêts à intercepter le fou qui a osé. J'imagine des courses-poursuites infernales, des interventions musclées, des opérations commando… Tout ce que j'ai toujours assimilé à une injustifiable violence de l'État par le bras de sa police me semble aujourd'hui un système parfait, souverainement utile, indispensable, formidable. Je veux soudainement croire à la vertu de la force, de la police et de l'armée. Je suis réduite à une telle impuissance et ma peur est telle que j'en appelle à tout ce que j'ai honni jusque-là. Je ne sais plus qui je suis. Je ne dors plus.

Une juge d'instruction a été désignée au parquet de Liège. Ce sont les gendarmes qui vont nous l'apprendre, nous expliquant que, désormais, c'est cette juge qui dirigera l'enquête, délivrera les apostilles nécessaires aux recherches, fera procéder aux devoirs d'enquête, etc. Il s'agit d'une femme. La juge D. En aparté, le gendarme M. nous en dit pis que pendre. Du côté de la police judiciaire, au contraire, on lui voue un grand respect. Pour ma part, je ne retiens qu'une chose : le juge d'instruction est l'acteur essentiel d'une enquête judiciaire car c'est de lui que dépendent les décisions cruciales, telles que la délivrance de mandats de perquisition ou de mandats d'arrêt. Je n'ai plus qu'une idée en tête : rencontrer cette juge, savoir comment elle appréhende les recherches des petites, s'il y a de l'espoir, si elle peut nous en apporter. Je fais part aux enquêteurs de ce souhait.

Mais je ne comprends rien aux réponses qu'ils me donnent : nous ne pouvons pas rencontrer la juge, elle n'est pas là pour ça. Les juges ne sont pas censés rencontrer les plaignants d'un dossier qu'ils instruisent ; nous devons la laisser faire son travail, ne pas la déranger. Fin de non-recevoir.

Nos enfants ont été enlevées par un ou des inconnus, des criminels. On nous a volé nos petites filles, nous avons maintenant l'impression que l'on nous vole, en plus, notre rôle de parents. Ainsi, nous n'aurions plus le droit de nous impliquer dans les recherches, de nous préoccuper de l'évolution de l'enquête au motif que, désormais, c'est exclusivement le rôle de la justice ? Décidément, non, nous ne comprenons pas. Nous nous sentons doublement dépossédés de nos enfants. Les parents dont les enfants sont malades n'ont-ils pas le droit de rencontrer le médecin qui s'en occupe et de lui poser des questions ? Moi, je ne peux faire la différence entre ces deux situations. Je ne comprends qu'une chose : ma fille est en grave danger, sa vie est en danger. Pour m'aider à la sauver, j'ai fait appel à la police, un juge d'instruction a été nommé, une enquête a été ouverte. Et j'ai besoin d'être en contact avec ces professionnels qui vont, j'y crois de toutes mes forces, sauver ma fille. De la même manière que tout parent d'un enfant gravement malade a besoin d'un contact avec les médecins qui le soignent, je ressens cette impérieuse nécessité de savoir.

Pourquoi la cheffe des opérations concernant ma fille ne peut-elle pas nous recevoir ? C'est la loi, la règle, nous dit-on. Ce sont les règles du droit, me répondra-t-on chaque fois que je me retrouverai abasourdie par telle ou telle décision de justice. Les règles du droit, nous en reparlerons. Car nous apprendrons à nos dépens, tout au long des années qui suivront, ce que les règles peuvent avoir de mortel lorsqu'elles sont appliquées sans discernement, sans humanité, sans conscience.

Ainsi commencera véritablement l'enquête judiciaire proprement dite. La phase des auditions est lancée : auditions du voisinage, auditions des amies de Mélissa et Julie, auditions des membres de nos familles, ainsi qu'à plusieurs reprises, auditions des parents. Celles de la police judiciaire nous semblent plus poussées que celles effectuées en premier lieu par les gendarmes[1]. Gino et moi sommes auditionnés très longuement par la PJ. C'est presque toute notre vie, de notre naissance à ce mois de juin 1995, que l'on nous demande de raconter. Nous nous prêtons toutefois de bonne grâce à ce fastidieux interrogatoire. Et pour cause : c'est le cours de notre vie, la vie même de notre enfant qui restent suspendus à l'issue de cette enquête.

L'interrogatoire de Grégory, le frère aîné de Mélissa, par contre, me serre le cœur. Il n'a pas encore douze ans. En mon for intérieur, je me demande s'il est vraiment utile qu'un enfant de cet âge, encore sous le choc de la disparition toute récente de sa petite sœur, soit entendu, dans un bureau de la police judiciaire, au dernier étage du monumental Palais de justice de Liège, sur les habitudes de vie de sa famille, les motifs de disputes de ses parents ou les éventuelles confidences de sa sœur. Mon pauvre petit bonhomme a suivi les deux policiers sans réticence, droit et stoïque, comme il l'est en toutes circonstances. J'observerai plus tard, bien plus tard, non sans une pointe d'amertume, en lisant le dossier d'instruction de Neufchâteau[2], que ce même devoir d'enquête ne sera pas imposé au fils du couple inculpé pour les séquestrations de Julie et Mélissa. Motifs invoqués : une telle audition aurait été psychologiquement trop

1. Avant la réforme des polices existaient en Belgique deux services de polices différents, la gendarmerie dépendant du ministère de l'Intérieur, sous le contrôle d'une hiérarchie du même modèle que celle de l'armée. À la tête de cette police, le Général de gendarmerie en est la plus haute autorité. La police judiciaire travaille sous l'égide du ministère de la Justice, représenté par un collège de procureurs généraux qui déterminent la politique de l'institution judiciaire. La séparation des pouvoirs judiciaire et politique ne permet toutefois pas au ministre responsable en matière de Justice de s'immiscer dans quelque dossier d'enquête que ce soit. Tout au plus possède-t-il un pouvoir d'interpellation des procureurs ou de proposition de réforme. Les deux services d'enquêtes travaillaient souvent conjointement à l'élucidation d'une même affaire, se retrouvant, *de facto*, à la fois collaborateurs et concurrents. Configuration qui entraîna une « guerre des polices », chacun des services tentant de tirer la couverture à soi dans le but d'être reconnu comme présentant le meilleur rendement. Les moyens alloués par le politique en matériel ou ressources humaines dépendaient, par conséquent, de leurs performances respectives.

2. L'enquête sur l'enlèvement de Julie et Mélissa avait débuté dans la juridiction de Liège, les faits ayant été commis dans cet arrondissement. Après l'arrestation de Marc Dutroux par le parquet de Neufchâteau, suite à l'enlèvement de Laetitia Delhez qui avait été commis dans cette juridiction, la suite des instructions sur les enlèvements de Julie et Mélissa ainsi que d'An et Eefje, les deux jeunes Flamandes enlevées à Ostende en août 1995, fut confiée à ce même parquet jusqu'au procès de 2004.

perturbante pour son jeune âge. Un âge pourtant identique à celui de Grégory, l'un comme l'autre étant nés la même année…

Les jours passant, les auditions des enquêteurs se succédant, je commence à m'étonner de ce que les deux services de police nous posent simultanément des questions identiques. Quel est l'intérêt de ces répétitions ? N'ont-ils pas le sentiment de faire deux fois le même travail ? J'éprouve une pénible impression de perte de temps et de manque d'organisation. Déjà, je ne peux m'empêcher de le leur faire remarquer. Mais, à mon grand dépit, ils ne semblent pas s'en soucier outre mesure. Imperturbablement, ils poursuivent leur enquête, de plus en plus manifestement menée sans véritable coordination. Plus tard, lorsqu'à force d'insistance nous serons enfin reçus par la juge d'instruction, nous lui ferons également part de notre étonnement à ce propos. Hélas, la juge prend fort mal ce qui lui apparaît sans doute comme de l'impertinence. Nous sortons de la place qui nous est assignée. Les « justiciables » que nous sommes désormais ne possèdent aucun droit d'interpellation des autorités en charge de l'enquête. Nos interrogations, nos observations, nos impatiences ne peuvent être soulevées ni exprimées. Quant à nos légitimes questions sur l'état d'avancement des recherches, elles ne recevront jamais qu'une fin de non-recevoir eu égard au sacro-saint secret de l'instruction. Nous n'avons plus ni le droit de chercher nos enfants, ni même celui de nous informer sur l'évolution des recherches qui les concernent. C'est du coup comme si nous n'avions plus tout à fait droit de cité dans la Cité. Nous ne sommes plus considérés comme les parents de nos enfants, nous ne sommes même plus considérés comme des citoyens à part entière. Le droit fondamental de poser des questions sur une affaire qui nous concerne au premier chef ne nous est plus permis. Je me sens quasiment ligotée, bâillonnée par ces règles du droit que l'on ne cesse de nous rappeler, cette loi du silence que l'on nous impose de respecter.

Les recherches ne se déroulent manifestement pas comme je l'ai imaginé. Les policiers sont tenus de respecter les procédures, le règlement, leur hiérarchie. Rien ne se décide rapidement ; la machine est lourde, poussiéreuse même. Les locaux de la police judiciaire sont d'ailleurs extrêmement vétustes, le matériel réduit au minimum. De volumineux dossiers, débordant de pages dactylographiées qui ne semblent même pas destinées à la relecture, traînent partout. Aucun empressement particulier ne semble animer les policiers que je croise dans les couloirs du Palais de justice où sont installés leurs bureaux. Les gendarmes, pour leur part, déambulent dans leurs propres locaux de brigade, avec des airs bonhommes qui n'inspirent certes pas la crainte et la menace mais ne dénotent pas non plus une grande effervescence dans leur activité. Quant à ceux que l'on me désigne comme «supérieurs hiérarchiques», les magistrats – juge, procureur du roi ou procureur général –, ils brillent par leur absence. À chaque jour qui passe, je déchante. J'ai pris la police pour ce qu'elle n'était pas. Ses hommes sont loin de posséder la puissance dont je les ai cru pourvus. D'ailleurs, ils se plaignent beaucoup de leurs conditions de travail. Ils font un métier comme tout le monde. Ils sont des hommes comme les autres. Pas des héros. Et aucun d'entre ceux que nous rencontrerons ne présentera jamais le profil d'un Jack Bauer[3]. À les fréquenter, nous finirons par les trouver plutôt sympathiques, inoffensifs au point d'en être, par rapport à nos attentes fantasmées de flics de choc, désespérants. Après toutes ces années, j'en tirerai tout de même cette conclusion positive que nous ne vivions pas, c'était un fait certain, dans un État policier.

Le gendarme M. de la BSR, qui s'est présenté à nous le soir de l'enlèvement des petites, restera dans nos mémoires comme le représentant le plus patent de cette impression d'innocuité émanant des membres de la gendarmerie. Tout l'été, il restera en contact permanent avec nous. Il arrive généralement le matin, vers dix heures, flanqué parfois de son collègue L. Sa présence quotidienne nous rassure. Un de ces jours, nous n'en doutons pas, c'est lui qui nous apportera la bonne nouvelle, l'espoir d'une piste sérieuse, l'issue du mystère. Nous entretenons avec lui un rapport de confiance. Il nous met à contribution pour de menues missions, celle notamment de consigner, jour après jour, tous les événements ou micro-événements de nos journées susceptibles d'intéresser de près ou de loin l'enquête : une voiture louche dans le quartier, un appel ou un comportement inhabituel, des faits suspects que l'on nous aurait rapportés. Il nous a plus particulièrement chargés d'une tâche que nous

3. Héros de la série américaine *24 heures chrono*.

prenons très au sérieux: il s'agit de relever tous les numéros des plaques minéralogiques des véhicules qui stationnent ou ralentissent devant la maison. C'était un poncif dans les films policiers: n'entendait-on pas souvent dire que le criminel a tendance à revenir sur les lieux de son crime? Nous nous relayons, d'heure en heure, jour après jour, mon frère, ma belle-sœur, mon mari, ou l'une ou l'autre de ses nièces, fixés à notre poste d'observation, un fauteuil légèrement en retrait de la fenêtre du living, pour effectuer ce fastidieux relevé. Le soir, nous remettons cette liste aux gendarmes qui s'occupent ensuite de vérifier à qui appartiennent ces plaques. Cette occupation dérisoire qui nous cloue à la maison sans apporter le moindre résultat finit par nous lasser. Les criminels sont-ils assez stupides pour circuler avec des plaques facilement repérables? Nous nous posons la question. Mais nous ne connaissons rien de ce monde souterrain de la criminalité. On ne pense pas aux techniques des fraudeurs, des voleurs, des ravisseurs ou des assassins quand on ne connaît rien d'un tel état d'esprit. De cette fastidieuse mission qui nous sera confiée en ce début d'enquête, je garderai longtemps un réflexe pavlovien: je ne pouvais plus m'empêcher de mémoriser sur la route, lorsque je me déplaçais en voiture, toutes les plaques des véhicules qui m'apparaissaient suspects. Au point que certains numéros se sont gravés dans ma mémoire pendant des années. Ne me souvenant, par contre, pas toujours du mien, j'enrageais de ne plus pouvoir me débarrasser de cet encombrement mémoriel. À cette liste gravée dans ma tête sont venus s'ajouter, plus tard, tous les numéros correspondant aux différents véhicules des inculpés de Neufchâteau. Peu à peu, heureusement, cette mémorisation superflue s'est estompée. Ces chiffres et ces lettres insignifiants, je les ai oubliés, les uns après les autres, à mon grand soulagement. Sauf un, ineffaçable, je ne sais trop pourquoi: le numéro FDB 444 d'une Audi 80, appartenant à une société de leasing dont le patron était un homme d'affaires bien connu des milieux judiciaires belges...

Les policiers insistent aussi sur tout ce qui, par le passé, dans notre entourage, dans nos relations ou lors de nos déplacements avec les petites, a pu nous paraître étrange. Ils nous incitent à rechercher dans nos souvenirs tout ce qui, aujourd'hui, pourrait représenter un élément suspect, un début de piste, un fil à tirer. Louisa se souvient alors d'un personnage qui l'avait intriguée l'année précédente, lors d'un camp de vacances auquel les deux petites avaient participé en été. Il lui avait semblé bizarre que, une fois revenue du camp, Julie lui ait parlé avec tant d'enthousiasme d'un certain Michel dont la présence sur les lieux ne nous avait jamais été signalée par les monitrices. Qui était-il exactement ? Louisa posera la question aux monitrices, lesquelles, suite à l'avis de disparition des enfants, avaient à ce moment d'ores et déjà pris l'initiative de se rendre sur place pour une battue dans les environs. Ce monsieur Michel, disaient-elles, était une sorte de concierge. Il habitait une petite maison attenante au gîte de vacances et s'occupait d'entretenir les lieux. Les monitrices se sont souvenues qu'il s'était montré très intrusif durant toute la durée du séjour des enfants. Ce type ne leur avait pas inspiré confiance ; il leur avait même semblé louche. Bien que Louisa et moi ayons été averties que la police judiciaire allait désormais s'occuper sérieusement de ce suspect, nous n'en saurons pas plus sur lui ni sur l'enquête le concernant avant longtemps. Pourtant, dix mois plus tard, en mai 1996, un événement fortuit réorientera toute notre attention vers cet individu. Nous apprendrons, en effet, qu'il présente un comportement manifestement pédophile, touche à des activités illicites et, de surcroît, ne possède aucun alibi sérieux pour le jour des enlèvements de Julie et Mélissa. À partir de ce moment, ce personnage concentrera sur lui toutes nos suspicions. Neuf ans plus tard, il sera appelé comme témoin au procès d'assises par la défense du principal inculpé, Marc D., pour être tout aussitôt renvoyé, à la demande d'autres avocats, convaincus que sa présence à la barre ne représente qu'une manœuvre de diversion. Dès lors, comme nul ne souhaitera plus, à ce stade, que l'une ou l'autre brèche ou lacune de l'enquête puisse donner du grain à moudre à la défense du « pervers isolé », l'étrange monsieur Michel sortira de l'affaire…

Un été insolent s'est installé sur les jours les plus sombres de notre vie. Le temps météorologique est au beau fixe tandis que mon humeur s'approche de l'orage. Juillet s'affiche et passe sur le calendrier. Il y a déjà dix jours que nos petites filles ont quitté la maison en sautillant de joie. Dix jours que nous sommes à l'affût du moindre signe d'elles. Toujours aucune nouvelle. L'affolement nous gagne. Nous devons faire plus. Lancer un appel au ravisseur. Via les médias.

Nous sommes le 4 juillet. Nous invitons la presse ; chaque parent va adresser un message direct à tout témoin, voire toute personne impliquée dans la disparition des petites. Les journalistes invités ne se font pas prier. Dans l'actualité terne de ce début de vacances d'été, l'événement prend facilement sa place. Mais l'exercice est difficile. Louisa et moi, de nature gaie et sociable, n'en sommes pas moins timides et réservées. Étaler sa détresse au grand jour équivaut pratiquement, pour nous, à se déshabiller en public. Il faut aller au-delà de soi, se lancer, en ne pensant qu'aux petites. Comment aurions-nous pu imaginer, une semaine plus tôt, que nous serions un jour amenées à une telle extrémité ? Il nous faut rassembler tout notre cran pour faire face à cette nuée de journalistes qui se tiennent là, face à nous, calepins en main, caméras au poing, micros dressés. Les flashs des photographes crépitent, tandis que nous ne retenons qu'à grand-peine nos larmes en formulant notre message. Quelle sorte de triste spectacle sommes-nous en train de donner ? Quelle sorte d'affligeante publicité sommes-nous acculées à donner de nous-mêmes pour lancer ce suppliant appel ?

C'est à dater de ce jour que tous les quatre, Louisa, Jean-Denis, Gino et moi, serons désignés et marqués comme « parents de Julie et Mélissa », « parents des petites disparues ». Une image qui nous collera à la peau des années durant et, jusqu'à aujourd'hui, une image qui nous définira et dont, malgré tous nos efforts pour nous en détacher, nous resterons indéfectiblement prisonniers.À dater de ce 4 juillet, nous allons être reconnus dans la rue, interpellés ou observés, le plus souvent de manière sympathique, mais pas toujours. Nous avons basculé dans le monde des « gens connus ». La suite des événements ne nous permettra plus de quitter cet état. Désormais, nous allons devenir des « personnes publiques », quasiment dépouillées de tout droit à l'image. À dater de ce jour, nous allons perdre définitivement le privilège de l'anonymat dont nous avions joui jusque-là sans en mesurer le confort. Les circonstances ne nous ont pas laissé le choix...

Le mardi 5 juillet, les journaux font leur une de notre supplication : « Qui que vous soyez, où que vous soyez, nous vous supplions de nous rendre nos enfants. » Nous ne croyons pas que le criminel en personne prenne le risque de se dénoncer et de nous rendre *illico* nos petites filles. Mais nous espérons, au moins, toucher un éventuel témoin, un éventuel complice qui prenne conscience de l'ampleur du désastre ou toute autre personne informée de quoi que ce soit au sujet des petites. Tout au long du jour et des jours qui suivront, nous espérerons de toutes nos forces que cet appel provoquera un déclic, apportera une lumière, permettra un dénouement. Mais toujours rien. Rien que le silence d'un mystère de plus en plus épais, poisseux, révoltant.

Le 7 juillet 1995, la gendarmerie de Charleroi reçoit l'appel d'un informateur: le dénommé «Marc D.» lui a récemment proposé de participer à un enlèvement pour la somme de 150 000 FB. Elle en informe les gendarmes de la cellule «Julie et Mélissa».[4]

Cependant, le rythme de l'affichage des avis de disparition ne décélère pas. Chaque jour, de nouveaux volontaires, des inconnus s'ajoutent à ceux auxquels nous avons initialement fait appel. Plus le temps passe et plus nous sommes habités par une sorte de fureur. C'est comme une fureur de vivre, une fureur de vivre pour la vie, la vie de deux petites filles que nous voulons retrouver saines et sauves le plus rapidement possible. C'est un ballet incessant entre les distributions d'affiches, les rencontres avec la police, les interviews à la presse, les envois de courriers aux autorités du pays, les courses aux événements – sportifs notamment – dans lesquels Gino et Jean-Denis s'immiscent, affiches de nos petites en main, espérant ainsi continuer à capter l'attention des médias. La sympathie populaire pour notre cause va crescendo. Des inconnus, de plus en plus nombreux, affluent à la maison afin de nous prêter main-forte pour l'affichage. Certains d'entre eux n'ont d'ailleurs jamais désarmé, fidèles à leur mission comme s'ils en avaient secrètement fait la promesse à nos petites filles. De la première à la dernière heure, ils répondront présents.

Tu fus de ceux-là, Yvan. Et tout comme tu n'as rien oublié, nous n'avons rien oublié de ton immense générosité.

De générosité, de fait, nous allons bénéficier constamment, à commencer par celle des ouvriers de l'usine où travaille Gino lorsqu'ils renonceront chacun à un jour de congé payé afin de le lui

4. Information dont nous n'aurons connaissance qu'après le 17 août 1996, par les travaux de la commission d'enquête sur les disparitions d'enfants en Belgique.

offrir. «Ainsi pourra-t-il se consacrer à la recherche de sa petite fille le temps nécessaire», déclareront-ils. Des enfants nous envoient leurs dessins et leurs petits messages d'espoir. Nos familles et nos amis nous épaulent dans les tâches du quotidien auxquelles nous n'avons quasiment plus de temps à consacrer. Un collègue de Gino vient repeindre les volets de la maison, un voisin vient tondre la pelouse, mes belles-sœurs italiennes, inquiètes de notre peu d'appétit, nous cuisinent des petits plats, mes parents font de leur mieux pour que Grégory vive le moins mal possible ses jours de vacances volées... C'est tout un monde de solidarité qui se met en place autour de nous, avec nous, pour elles. Cette chaleureuse spontanéité tranche avec la froideur indifférente que nous fait subir le monde de la justice. Cette attitude – tellement fermée qu'elle nous apparaît proche de l'hostilité – est le motif principal de nos colères et de nos découragements. Obtenir la moindre information sur l'état d'avancement des recherches est un impossible défi. «L'enquête suit son cours. Eu égard au secret de l'instruction, nous ne pouvons vous délivrer aucune information.» C'est cette réponse, tel un leitmotiv, toujours prononcée sur le même ton quelle que soit la question que nous posons, qui fera dire un jour à Gino à l'intention d'un journaliste un peu moins pressé que les autres: «La juge fonctionne sous Windows.» C'est également cette attitude de black-out complet qui nous incitera à chercher, dans un premier temps, par quels moyens légaux il nous serait possible d'être un tant soit peu reconnus par la justice comme des personnes humaines. Il nous faut un avocat. Victor H. sera cet homme-là. Il nous indiquera que la seule manière de savoir dans quelle mesure et dans quel sens l'enquête évolue, est de nous porter parties civiles afin de pouvoir introduire une demande d'accès au dossier en bonne et due forme. Ce que nous ferons. Demande rejetée. Le code pénal belge ne reconnaît pas encore le droit d'accès au dossier aux parties civiles pendant le cours d'une instruction, ce droit n'existant que pour les inculpés. Une autre possibilité existe: faire cette demande au procureur général, lequel, en vertu de son pouvoir discrétionnaire, est seul habilité à y faire droit. Mais après maintes tergiversations, le procureur ne cèdera pas.

Nous allons rapidement comprendre que le seul moyen susceptible d'entraîner quelques réactions au sein du monde si fermé et secret qu'est le monde judiciaire, c'est d'interpeller les médias. Chacun de nos passages télévisés provoque une certaine agitation. Outre les propositions d'aide ou les marques d'encouragement que nous adresse un public touché, des réunions s'improvisent au niveau des autorités politiques locales, les policiers semblent retrouver une nouvelle ardeur, le ministère de la Justice s'informe sur la situation. La télévision possède ce pouvoir : un pouvoir d'interpellation directe. Les remous qu'elle déclenche, pensons-nous, finiront certainement par produire ses effets sur le monde judiciaire. Puisqu'il ne nous est pas permis de nous adresser directement à lui, nous le ferons par médias interposés. Le 31 juillet, nous donnons donc une seconde conférence de presse dans le but de dénoncer ce que nous percevons déjà comme des défaillances dans la mission de recherche des petites. Il y a notamment cette impression de lamentable cafouillage dû à ce manque de coordination entre police judiciaire et gendarmerie, mais aussi ce manque de volonté, nous semble-t-il, d'élaborer un travail par hypothèse, plus réfléchi, moins modélisé que celui, tellement étroit, de la pratique policière classique. Pour cette communication à la presse, nous avons soigneusement élaboré une liste de griefs ainsi qu'une proposition de voir se créer une « cellule spécialisée » en matière de disparitions[5]. Cette liste, nous l'avons adressée au ministre de la Justice et, simultanément, par un courrier qui leur est personnellement adressé, à tous les parlementaires du pays – exception faite des représentants d'extrême droite. Aussi lorsque l'année suivante la commission d'enquête parlementaire sur les disparitions d'enfants en Belgique sera mise sur pied dans le but d'auditionner les protagonistes de l'enquête concernant Julie et Mélissa, je serai médusée d'entendre tout ce beau monde jouer l'étonnement face à cette évidence que les services policiers ont travaillé sans franche concertation. À ce moment, une enquête parallèle de la gendarmerie sera mise au jour et sa responsabilité dans l'échec de l'enquête dénoncée. Mais je n'accepterai pas aisément le fait que les autorités du parquet et les magistrats soient alors désignés comme les malheureuses victimes de cette guerre des polices.

5. La cellule « disparitions » de la gendarmerie sera officiellement créée le 11 septembre 1995.

Il m'apparaîtra en effet fort peu probable, vu les nombreuses fois où nous aurons dénoncé tous azimuts ce problème de coordination et de circulation de l'information, que police judiciaire, juges d'instruction, parquets et parlementaires n'aient pas été conscients, auparavant, de cette fracture de l'enquête entre les deux polices. Aujourd'hui, je crois tout simplement que, dans leur grande généralité, ils s'en foutaient...

Le mois d'août de cette année-là sera essentiellement consacré aux premiers reportages sur les enlèvements des petites. Après *Chi l'ha visto ?* sur la chaîne italienne RAI 1, il y aura *Perdu de vue* sur la chaîne française TF1, suivie de la première émission sur la RTBF *Faits divers*. Longtemps, les médias se cantonneront à l'utilisation du terme « disparition » dans leurs articles et leurs reportages sur Julie et Mélissa. De notre point de vue, parler de disparition n'est pas adéquat : les petites ne se sont pas évanouies dans la nature. Julie et Mélissa ont été victimes d'un crime d'enlèvement. La différence avec l'idée vague que l'on se fait d'une disparition est de taille : s'agit-il d'une fugue ? D'un accident ? D'un décès ? Parle-t-on d'un moment bref ou éternel ? En parlant d'enlèvement, c'est un coin du voile de mystère qui se lève. Le chat est appelé chat : un crime a été commis. Et ce crime à lui seul justifie, à nos yeux, que tous les moyens policiers soient mis en œuvre pour sauver les petites. Nous ne parviendrons pourtant pas vraiment à faire entendre notre point de vue. Pour évoquer Julie et Mélissa, la presse persistera à les appeler « les petites disparues », une image qui, au fil du temps, ne pouvait que les rendre de plus en plus floues, de plus en plus évanescentes. Une image qui n'incitait qu'à l'attente, une attente indéterminée qui risquait de devenir interminable. Parler d'un crime, *a contrario*, incitait à la prise de conscience, à la réaction, à l'action. C'était là la raison majeure de notre lourde et intransigeante insistance sur l'emploi des mots justes. Pouvait-on mettre en place les moyens appropriés, si l'on ne partait pas d'un discours adéquat ?

9 août 1995 : suite à diverses déclarations concernant le suspect Marc D., une réunion a lieu à la gendarmerie de Charleroi avec le BCR (Bureau Central de Recherches). Ce suspect possède déjà un lourd passé judiciaire. Il a écopé d'une peine de dix ans de prison pour faits d'enlève-

ments et de viols de mineures. Il a bénéficié d'une libération conditionnelle, trois ans plus tard, en avril 1992. Parmi ses déclarations, l'une fait état de ce que Marc D. proposait à des complices des enlèvements d'enfants en contrepartie d'une somme de 150 000 FB (3750 euros). Décision est prise à la gendarmerie de procéder à une surveillance des maisons de ce suspect qui démarrera l'opération dite « Othello »[6]*. Ces actions de surveillance auront lieu sporadiquement, pendant le mois de septembre principalement. Les éléments d'information sur les activités, les véhicules et les relations de Marc D. ainsi récoltés ne seront néanmoins jamais véritablement mis au jour et, en dépit de l'enquête parlementaire sur les enlèvements d'enfants en Belgique, les suites données à ce dossier « Othello » ne seront jamais connues.*

C'est aussi en cette période de l'été 1995, le 23 août, que la presse va faire écho d'une autre disparition suffisamment inquiétante pour qu'il faille parler aussi d'un enlèvement : celui d'An et Eefje, deux jeunes Flamandes alors en vacances à la mer du Nord. Les affiches de disparition de nos petites et des deux jeunes filles néerlandophones vont alors se croiser, s'échanger et se répandre des deux côtés de la frontière linguistique, réunissant dans un même élan de solidarité une population belge qui ne correspond jamais mieux à sa devise « L'union fait la force[7] » qu'en ces moments de détresse, au-delà de toute différence, de toute barrière, de toute revendication séparatiste.

25 août : le coup d'envoi de l'opération « Othello » est lancé.

Un matin, le gendarme M. nous apprend qu'une importante réunion doit se tenir au sein de la gendarmerie de Grâce-Hollogne. Nous exprimons notre vif désir d'en être informés mais un refus

---

6. Information dont nous n'aurons connaissance qu'à la lueur des travaux de la commission d'enquête. L'opération « Othello » s'avèrera être une enquête parallèle à l'enquête officielle. Il s'agissait principalement d'une opération de surveillance de Marc Dutroux que la gendarmerie avait menée de longue date et ce, jusqu'à l'arrestation de celui-ci le 13 août 1996, sans en informer l'autorité judiciaire de l'enquête, le juge d'instruction et le chef d'enquête de la police judiciaire.

7. Même si celle-ci rappelle, historiquement parlant, l'union des catholiques et des libéraux aux premiers temps de la Belgique indépendante.

catégorique nous est opposé. Nous en appelons alors à son ministre de tutelle, le ministre de l'Intérieur Johan Vande Lanotte, lequel imposera notre présence. L'atmosphère de cette réunion est fort étrange. Le gendarme M. ne nous adresse pas un mot. Il s'occupe essentiellement de préparer et servir les cafés. Seul son collègue L. prend la parole. Il nous présente les différents intervenants de la gendarmerie chargés de l'enquête sur l'enlèvement des petites et, plus particulièrement, les gendarmes qui vont plancher sur le projet de la cellule « disparitions », cette fameuse cellule « spécialisée » que nous avons réclamée lors de notre dernière conférence de presse. Une jeune assistante sociale est également présente. À notre vue, elle fond en larmes, se demandant sans doute ce qu'on attend d'elle exactement. Tous ces gendarmes portent sur nous un regard étrange, mal assuré. La tension est palpable. Jean-Pierre Malmendier, en tant que président de l'asbl Marc et Corine, convié lui aussi à cette réunion, sera leur interlocuteur privilégié, comme s'il était censé représenter notre parole. Une réunion où, finalement, l'essentiel sera noyé dans le malentendu le plus manifeste. Je ne suis pas là pour entendre parler de l'avenir et des nouveaux outils à mettre en place à la gendarmerie. Je suis là pour entendre parler du présent, de ce que l'on fait pour Julie et Mélissa, des résultats actuels de leurs recherches, de ce que nous pouvons espérer de leur travail. Cette réunion, qui ne durera pas plus de deux heures, ne nous apprendra rien sur nos petites filles. J'en sors complètement frustrée, presque humiliée. Je n'ai rien appris sur le présent et les prénoms des petites n'ont même pas été évoqués. S'agissait-il d'autre chose que d'une réunion bidon, juste destinée à nous faire miroiter la création d'une nouvelle structure policière ? Croit-on vraiment qu'avec ce hochet, nous allons rentrer heureux et fiers à la maison, dormir enfin sur nos deux oreilles ?

Déjà, août touche à sa fin. Notre humeur s'assombrit progressivement malgré la lumière et la chaleur estivales. Les jours et les semaines passent, l'été passe, tandis que je compte : combien d'heures ? Combien de jours ? Ces jours d'été que nous avions espérés, cette parenthèse des vacances que nous avions tant convoitée, tout se perd dans le tunnel de notre angoisse…

Au fil des semaines, le comportement du gendarme M. devient de plus en plus étrange. Il nous donne l'impression de se méfier de ses collègues, voire même de tout le corps de la gendarmerie. Peu avant septembre, il nous parle de la 23e brigade, nous incitant à y faire appel. Il s'agissait alors d'une unité spéciale de la police judiciaire chargée des missions relevant du terrorisme ou du grand banditisme[8].

Nous ne connaissons rien, à l'époque, de l'organisation des polices ni des tribunaux belges. Notre réalité du moment nous amène à apprendre sur le tas, comme en un cours pratique accéléré, tout ce qui a trait à la fonction judiciaire. Nos professeurs sont les gens du terrain : les gendarmes, les péjistes ou encore notre avocat. Inévitablement, ces professeurs improvisés nous enseignent les arcanes de l'organisation policière et du droit. Nous apprenons à toute vitesse leur jargon et leur fonctionnement. Ainsi, la 23e brigade ne relève pas du corps de la gendarmerie et de son état-major sous l'égide du ministre de l'Intérieur mais de la police judiciaire et des parquets sous l'égide du ministre de la Justice. Ce qui fait toute la différence. Aussi, l'incitation du gendarme M. est pour le moins troublante. Faire appel à la 23e brigade de la police judiciaire ? Quelle idée dissidente pour un gendarme ! Fallait-il qu'il soit convaincu du lien entre l'enlèvement de nos petites filles avec la grande criminalité pour nous presser de faire appel à un service concurrent, dans ce contexte malaisé de guerre des polices !

Peu à peu, le climat se dégrade entre nous et les policiers. Nous ne supportons plus ce sentiment d'improvisation qu'ils nous donnent. Quelque chose ne va pas. On nous répète trop souvent que l'enquête suit son cours mais que nous devrons faire preuve de beaucoup de patience. On nous a envoyé un psy de la gendarmerie, au demeurant fort sympathique, dont la mission est sans doute de nous apprendre à vivre avec l'attente, voire le deuil. On nous demande aussi de nous faire plus discrets avec la presse. Bref, de la mettre en sourdine… Les uns disent tenir une piste. Les autres ne signalent « aucun élément concret permettant de lier les disparitions des petites à quelque suspect que ce soit ». C'est le brouillard le plus com-

8. La 23e brigade de la police judiciaire avait été créée en 1987 par le ministre de la Justice Jean Gol. Dans l'objectif d'améliorer la lutte contre la grande criminalité, elle avait été dotée d'une compétence territoriale.

plet. Nous ne savons plus que croire, que penser ni que faire. Alors, nous nous réunissons en soirée le plus souvent possible entre parents d'enfants disparus à l'asbl Marc et Corine.

Il y a là Jean-Pierre Malmendier, le père de Corine, mais aussi François Kisteman, le père de Marc, et Philippe Deleuze, père d'une autre enfant disparue prénommée Laurence que l'on a retrouvée assassinée, quelques années auparavant, à Fernelmont, petite commune située entre Liège et Namur. Il y a Louis Smal, un syndicaliste liégeois, papa d'Éric, un adolescent également disparu et retrouvé sans vie quelques mois avant la disparition de Julie et Mélissa. Et surtout, il y a Marie-Noëlle Bouzet, maman d'Élisabeth, une petite fille jamais retrouvée depuis sa disparition en décembre 1989. Marie-Noëlle est une mère courage qui n'a jamais désarmé, qui s'est battue seule face à toutes les tentatives de forcer son oubli, précieuse par-dessus tout parce qu'elle nous prévient de tous les mensonges, de toutes les bêtises, de toutes les couleuvres que les policiers ont tenté de lui faire avaler afin qu'elle se tienne un peu plus tranquille et qu'elle arrête de rappeler sans cesse que sa fille lui manque, que le travail de recherche n'a pas été mené avec sérieux, qu'elle ne peut plus faire confiance, après autant d'années sans résultat, aux investigations de la police. Michel et Cécile, mon frère et ma belle-sœur, seront de toutes ces soirées, initieront souvent les meilleures idées, prodigueront les meilleurs conseils. Nous nommons ces réunions « cercles de qualité », parce que nous les voulons concrètes comme celles de ce fameux concept japonais, importé dans nos entreprises belges par les nouveaux managers. Il s'agit pour chacun de nous d'apporter toute idée d'amélioration non pas d'un produit ou d'une organisation de travail, comme en entreprise bien sûr, mais de nos actions pour faire avancer au plus vite les recherches des petites. On y évoque tant l'amélioration des affiches – leur traduction en plusieurs langues, par exemple – que les interpellations politiques à rédiger ou la manière la plus efficace de recueillir d'éventuelles informations. On échange des idées. On partage nos questions ou nos colères. Lorsque la soirée prend fin, nous sommes tous un peu régénérés par les idées nouvelles qui ont été émises, que Cécile a soigneusement notées et qu'il nous faut réaliser dès le lendemain. Le concept japonais fonctionne à merveille.

1er septembre: les enfants ont repris le chemin de l'école. Tous sauf elles. En ce jour de rentrée scolaire, la joie de retrouver leurs petites amies de classe, toutes habillées de neuf, cartables au dos, plumiers sagement rangés au fond du cartable, Julie et Mélissa ne la connaîtront pas. Un célèbre dessinateur belge nous fait le cadeau d'une pensée: il réalise un dessin représentant la classe des petites. On y voit les enfants groupés par deux sur leurs bancs d'école. Un banc, un seul, est resté vide. En cette rentrée des classes 1995, deux petites filles manquent à l'appel… Ce dessin, publié dans un magazine à large diffusion, nous révèle, dans toute sa simplicité, mais aussi toute sa symbolique, que Mélissa, Julie, nos deux petites filles, encore inconnues du plus grand nombre il y a peu, commencent à gagner les cœurs. Par son talentueux coup de crayon, Pierre Kroll contribue à les y installer.

11 septembre, date de ton anniversaire. Le 11 septembre, tu devais souffler neuf bougies. Et tout le jour je me suis demandé: Où es-tu? Que t'est-il arrivé? Comment se passe ce jour d'anniversaire pour toi? Quelles voix te parlent? Auprès de qui es-tu?

Presque plus une semaine ne passe sans que, tant du côté francophone que néerlandophone du pays, la presse ne diffuse l'une ou l'autre information au sujet des disparitions de Julie et Mélissa ou d'An et Eefje. Toutes nos démarches sont suivies et commentées. À travers nos interventions, épisode par épisode, la population découvre une part du fonctionnement de ce système si largement méconnu qu'est l'organisation de la police et de la justice en Belgique. Lors de notre témoignage dans l'émission française *Perdu de vue* de Georges Pradel, certains journalistes de la presse écrite se sont déplacés jusqu'à Paris pour nous suivre. En ce début d'automne, l'attention se focalise sur l'énigme de la disparition des petites, tenant en haleine un public désormais acquis à notre cause. «Depuis la fin du mois de juin, ils ont, bien malgré eux, abandonné l'anonymat pour descendre dans l'arène médiatique. Mitraillés par les photographes, filmés par les caméras de toutes les télés européennes, Gino et Carine Russo, Jean-Denis et Louisa Lejeune nous sont devenus familiers», lit-on dans la presse quotidienne.

Au lendemain de l'émission française, un autre quotidien fait état du score d'audimat de l'émission à laquelle nous avons participé:

«Triomphe audimétrique belge pour Jacques Pradel! Son score est impressionnant: 19,4 points et 43, 2 % de parts de marché. Ce qui veut dire que ce sont un peu moins de 700 000 personnes qui ont suivi *Perdu de vue* et que pas loin d'un téléspectateur sur deux qui regarde la télé dans cette tranche-là a choisi TF1.» Nous trouvons affligeant d'entendre parler de «triomphe» à propos de chiffres qui ne représenteront jamais que ce que nous valons désormais sur le marché médiatique. Il n'en reste pas moins qu'à ce moment, il n'existe aucun moyen plus puissant que celui-là pour nous faire entendre. Un magazine d'actualités donne à lire ce commentaire encourageant sur ce que l'on a commencé à appeler «L'affaire Julie et Mélissa»: «En quelques semaines, cette disparition est devenue l'affaire de chacun. "Nous partions en France. On nous a demandé de mettre l'affichette sur notre voiture. Au cas où. Nous nous sommes dit: pourquoi pas. On pouvait bien faire ça", raconte cet habitant de la région liégeoise. Comme lui, des centaines de Belges ont éprouvé le même sentiment, le même désir de faire quelque chose. Parce que face aux drames du monde, nous en avons assez de rester bras ballants et l'amertume aux lèvres, sans pouvoir rien faire. Julie et Mélissa nous accusaient de ne pas les retrouver? Nous devions leur répondre, apporter notre petite pierre à leur cause par le seul moyen à notre disposition: participer. Dire en apposant l'avis de recherche que "nous en étions aussi". Sans trop bien savoir ou vouloir expliciter ce que ce "en étions" signifiait vraiment. Tout comme il y a deux ans nous avions apposé à l'arrière de notre voiture un autocollant lors de la mort du roi Baudouin. Tout comme nous avions, précédemment, collé une bandelette en réclamant le respect des droits de l'homme en Chine lors des événements de Tian'anmen. Sans nous en rendre compte, par notre acte individuel, nous avons ainsi contribué à donner un peu de vie aux deux petites disparues. Rares sont les êtres dont on n'a plus aucune trace et qui manifestent pareille présence à nos côtés. Chez le boulanger. Sur le panneau publicitaire du bas de la rue. Sur l'auto du voisin. Ou sur la mire de la télédistribution. Nul ne sait sans doute où sont Julie et Mélissa. Mais un fait au moins est certain: l'émoi collectif, suscité ou réel, mais en tout cas ressenti par une bonne partie des Belges depuis ces vacances, continue à donner vie à Julie et Mélissa. Où qu'elles soient, quoi qu'elles fassent, pour dix millions de Belges, ces disparues existent bel et bien encore et toujours. Et ce, au moins tant que brûleront les espoirs suscités par leurs images sur les murs des villes et des campagnes.»

Le jour de la programmation du reportage de la RTBF qui doit être suivi d'un débat en direct entre Gino et Jean-Denis face à certains représentants du monde judiciaire[9], dont le procureur général en personne, notre avocat va nous faire part d'une importante nouvelle. Il a été contacté par un détenu de Louvain, un certain Jean-Jacques F., qui affirme avoir reconnu les petites dans un album photos à caractère pédophile. Il s'agit de ce genre d'album destiné aux «initiés», circulant sous le manteau afin que les «clients» fassent leur «choix». Nous sommes bouleversés. Ces pratiques existent-elles vraiment? Cette information est-elle crédible? Il n'y a guère d'autre moyen de le savoir qu'en demandant à la juge de faire procéder à la vérification des propos de ce détenu. On parle peu de réseaux pédophiles en 1995. Nul ne songe encore à cette éventualité. C'est au hasard de certaines lectures que je découvre cette réalité. Une amie m'a apporté un ouvrage dont l'auteur est une certaine Marie-France Botte. Cette femme y explique son combat contre les prédateurs d'enfants, sa lutte acharnée pour faire reconnaître l'existence d'une telle réalité. Un autre ouvrage, *Appelez-moi Elvira*, signé Michel Bouffioux et Jean-Pierre De Staercke, m'arrive entre les mains. Les auteurs y font état, témoignages de victimes à l'appui, de cette grande criminalité très peu dénoncée que constituent les réseaux de prostitution forcée où échouent lamentablement des jeunes femmes de tous pays, de l'Est en particulier. Un dernier chapitre est consacré aux *snuff movies*[10], et celui-là concerne des enfants... La perspective que nos petites puissent se retrouver exploitées par une telle criminalité m'épouvante. Je ne peux plus, néanmoins, faire l'impasse sur cette possibilité.

9. Cette émission du 13 septembre 1995 comportait un reportage sur les disparitions de Julie et Mélissa ainsi qu'un débat en direct y faisant suite. Parmi les invités du plateau, figuraient Léon Giet, procureur général de Liège, Christian De Vroom, chef de la police judiciaire, Cédric Visart de Bocarmé, chef de cabinet du ministre de la Justice, Claude Lelièvre, délégué général aux droits de l'enfant, Victor Hissel, notre avocat, Jean-Pierre Malmendier ainsi que Gino et Jean-Denis.

10. *Snuff movies:* films de meurtres par sévices et violences sexuelles extrêmes.

Ces derniers événements ont renforcé encore un peu plus ma conviction que les recherches doivent se poursuivre avec un haut degré d'urgence.

Le journal *La Wallonie*, hélas disparu aujourd'hui, accepte pour sa part de publier un billet qu'en ce mois de septembre j'ai rédigé comme une lettre ouverte: «J'ai assisté ce soir à un spectacle de cirque organisé au bénéfice de l'action Julie et Mélissa. Irrésistiblement, je pense à la justice belge. Ce présentateur qui interpelle le clown Paillasse dans un dialogue de sourds, c'est nous et la juge d'instruction. Ces apprentis jongleurs qui réalisent des prouesses avec un matériel dérisoire, ce sont ses enquêteurs. Ces équilibristes en herbe qui, au prix d'un nombre incalculable d'efforts, vont se hisser sur des échafaudages branlants pour y faire tourner des cerceaux, c'est l'asbl Marc et Corine qui cherche à atteindre des sommets en maintenant le fragile équilibre de son existence. Ces souffleurs de ballons, ce sont nos parlementaires à qui nous demandons d'insuffler un peu d'oxygène à des projets pour une société plus humaine. Et au milieu du spectacle, ce clown qui ne fait rire personne (inutile de dire à qui je l'assimile). Il a choisi pour faire son numéro une petite fille au hasard dans la salle. Une petite fille qui te ressemble étrangement, ma chérie. Le tout s'enchaîne sur cette musique de cirque qui me rappelle l'ambiance des films de Fellini. Ambiance surréaliste qui ressemble à ma vie depuis que ma petite a quitté la maison, ce samedi 24 juin 1995. À la fin du spectacle, monsieur Loyal nous parle de la naissance de cette école de cirque: elle a été créée le 22 juin 1995 et donne sa toute première représentation en l'honneur de Julie et Mélissa. Pour moi, cette date est symbolique et j'espère de tout cœur que cette école grandira comme notre espoir, comme nos projets pour un miraculeux aboutissement. L'école du cirque, nous dit encore monsieur Loyal, c'est l'école du courage et de la persévérance. Cette leçon, c'est aussi la nôtre! Parce que ce spectacle a été réalisé sans professionnalisme et sans moyens, les organisateurs déploreront néanmoins que le but fixé – récolter un maximum d'argent pour l'action Julie et Mélissa – ne soit pas atteint. J'espère que ce message qui met en parallèle le cirque et notre société pourra ouvrir les yeux de l'opinion publique et surtout des gens qui nous gouvernent. Que nous n'ayons pas à déplorer aussi de n'avoir pas atteint notre but de retrouver nos enfants parce que nous manquons de moyens et de professionnalisme. Comme les acteurs de l'école du cirque, nous y mettons tout notre cœur, nous y engageons toutes nos forces et toute notre vie. Cela n'est-il pas suffisant aujourd'hui pour toucher les consciences des gens du pouvoir? Ce fameux pouvoir qu'ils nous doivent puisqu'ils ont été démocratiquement élus par chacun de nous grâce au suffrage universel.» Un message lancé comme une bouteille à la mer, car les chances de le voir atteindre et remuer les hautes sphères sont fort maigres. Sans intérêt pour les gens de pouvoir que j'espère si naïvement interpeller, il ne passe cependant pas inaperçu auprès des lecteurs du journal.

Parmi eux, certains me font part de leur sympathie et me communiquent leurs encouragements. Notre lutte sans répit contre l'indifférence commence véritablement à porter ses fruits. Ne plus parler des petites ne pourrait que leur être fatal, pensons-nous. Il y a trop d'enfants disparus en Belgique qui, jamais retrouvés, sont tombés dans l'oubli le plus profond. Élisabeth Brichet, Nathalie Gysbrecht, Liam Vanden Branden sont quelques-uns des noms d'enfants dont nous nous souvenons avoir vu les affichettes de disparition sur les portes des magasins, il y a longtemps. Au bout de quelques semaines, on n'entendait plus parler de ces malheureux. Au bout de quelques semaines, plus d'affichettes, plus aucune nouvelle dans la presse. D'autres événements survenaient, stratifiant les mémoires, et c'était comme si ces enfants n'avaient alors jamais existé. Nous-mêmes, sans le drame qui nous touche et nous entraîne dans la communauté des perdus, la communauté des parents d'enfants disparus, nous ne leur aurions sans doute jamais plus accordé une pensée. C'est avec effroi et colère que nous avons d'ailleurs réagi, Louisa et moi, lorsque, quelques semaines plus tôt, le gendarme Jean L. nous a cité l'affaire Élisabeth Brichet[11] pour nous signifier que nous étions partis, nous aussi, pour une très longue enquête qui prendrait sans

11. L'affaire Élisabeth Brichet concernait la disparition d'une petite fille de douze ans à Namur en décembre 1989. En 1995, ses parents étaient toujours sans nouvelles de l'enfant. L'enquête sans être classée n'évoluait plus guère, parquets et policiers namurois attendaient un éventuel «élément chance» pour poursuivre cette enquête avant, sans doute, de pouvoir classer ce dossier pour cause de prescription.

doute des années à aboutir. Un discours dont, bien sûr, nous n'avons rien voulu entendre.

Outre notre inlassable campagne d'affichage destinée à ne pas laisser oublier nos petites et nos multiples interventions dans les médias, naissent d'autres initiatives inédites. Un de mes oncles a, par exemple, démarché les autorités de sa commune afin de leur faire accepter l'idée de mettre en place un réseau de solidarité d'enfants pour Julie et Mélissa. Il a imaginé de faire reproduire les avis de disparition sous forme de cartes postales. Les directeurs des établissements scolaires de la région sont ensuite sollicités pour engager les enfants à envoyer chacun une carte à l'un ou l'autre destinataire de leur choix. Très vite, les adultes vont réclamer, eux aussi, ces cartes à l'effigie de nos petites filles. Cette manière inédite de faire passer l'avis de recherche par voie postale jusque dans les pays les plus éloignés connaîtra un succès fou. Pendant tout le temps de la disparition des petites, nous ne cesserons plus d'en faire réimprimer. En juin 1996, au lendemain d'une de nos dernières conférences de presse, c'est la gendarmerie qui nous demandera de lui en faire parvenir pas moins d'un million ! Une idée aussi tardive qu'insolite que nous ne mettrons, de ce fait, jamais à exécution.

Une autre idée est initiée par une amie : celle de poster les avis de disparition sur internet qui n'en est qu'au tout début de son essor en Europe. L'alerte est ainsi mondialisée.

Insensiblement, le temps poursuit son cours, glissant irrémédiablement vers les premiers frimas de l'automne. Désespérant de recevoir de la part de la magistrature liégeoise une réponse positive à notre demande d'information sur l'évolution de l'enquête, nous rédigeons une pétition pour faire valoir notre droit de savoir. Celle-ci récoltera en deux semaines plus de 100 000 signatures que nous irons porter fièrement nous-mêmes dans de grandes caisses en carton au ministre de la Justice. Il ne nous suffit déjà plus que de nous annoncer à l'accueil du ministère pour que Stefaan De Clerck nous reçoive sans délai. De Clerck est un ministre de la Justice assez particulier. Suite aux élections législatives de mai de cette année-là, il a prêté serment la veille de la disparition des petites. Il aura l'intelligence politique de se préoccuper de ce dossier sans attendre. Début juillet, il se rend spontanément à notre domicile pour nous rencontrer. La discussion est ouverte, franche, spontanée. Il accepte toutes nos remarques, prend note de toutes nos questions et promet de s'activer dans le sens d'un heureux dénouement. Nous le rencontrerons encore très souvent par la suite. Jamais il ne cherchera à nous éviter ou à contourner nos interpellations ou revendications. Il fait front, interpelle les procureurs et s'arrache les cheveux de les voir rester sur leur quant-à-soi, l'air d'estimer qu'ils n'ont aucun compte à rendre à qui que ce soit, en ce compris à lui-même, ministre de la Justice. Mais le jeune Stefaan De Clerck ne se décourage pas. Il est pugnace. Il s'est retrouvé, dès le début de son mandat, avec d'énormes dossiers sur les bras : l'assassinat du ministre André Cools[12], le massacre des para-commandos belges au Rwanda, mais encore l'affaire des Tueries du Brabant[13]. Et puis soudainement, cette affaire – l'enlèvement de Julie et Mélissa – à laquelle sont venues s'ajouter d'autres disparitions inexplicables comme celles d'An et Eefje... Bref, plusieurs dossiers sensibles relatifs à des crimes gravissimes difficiles à élucider, au grand dam des familles de victimes et de la population. Quant au ministre de l'Intérieur, Johan Vande Lanotte, plus discret sans doute, moins accessible aussi, il ne sera pas moins actif et volontaire en la matière. C'est lui qui initiera, notamment, la mise sur pied de la cellule « disparitions » au sein de la gendarmerie. Cette cellule naît le 11 septembre 1995, jour de l'anniversaire de Mélissa. J'y vois un signe encourageant. Certes, il faudra des mois et des mois pour qu'elle soit efficiente. Son existence nous apparaîtra toutefois comme un grand pas dans l'amélioration de l'organisation des recherches de disparus. Au moment de l'enlèvement de la petite Sabine Dardenne, en mai 1996, la nouvelle équipe sera suffisamment fonctionnelle pour prêter son concours aux recherches qui démarrent à Tournai. Pour Julie et Mélissa, hélas, il sera trop tard.

---

12. Le ministre socialiste wallon André Cools a été assassiné le 18 juillet 1991 à Liège dans des circonstances nébuleuses. Malgré l'évocation de multiples pistes au cours de l'enquête, l'arrestation de deux tueurs à gages et un procès d'assises retentissant, ni le mobile de l'assassinat ni le commanditaire n'ont jamais été découverts.

13. L'affaire des «Tueries du Brabant» désigne une série de braquages sanglants qui eurent lieu en Belgique de 1982 à 1985 dans la province du Brabant principalement. Ces attaques violentes ont fait 28 morts en Belgique sans que la justice ne parvienne jamais à en identifier les auteurs.

En ce mois d'octobre 1995, Stefaan De Clerck accueille donc nos pétitions de très bonne grâce. Mais, simultanément, par l'entremise de notre avocat, nous entamons aussi une action en référé contre l'État pour faire valoir notre droit à prendre connaissance du dossier d'instruction. Notre pays est, sur ce point, très en retard sur d'autres pays européens qui ont résolu cet hiatus depuis bien longtemps. La Belgique est, nous l'apprendrons à nos dépens, fort à la traîne en matière de justice. Son code pénal n'a jamais subi de révision depuis l'époque napoléonienne, soit depuis près de deux siècles ! Depuis lors, les temps ont bien changé. Mais ici, les magistrats, procureurs en tête, restent sans doute les seuls à ne pas s'en être aperçus...

Notre action en justice nous vaudra une amère défaite. Le tribunal des référés[14] jugera que la demande n'a rien d'urgent. Il nous renverra à la date du 20 décembre pour nous fixer sur sa décision. Celle-ci sera un coup de massue : nous avons perdu. Rien ne doit changer dans le code belge. Les parents d'enfants enlevés que nous sommes sont considérés comme des justiciables quelconques. L'urgence et la particularité de la situation n'entrent à aucun moment dans les considérations de ces éminents juristes. Nos arguments ne seront sans doute jamais compris, voire à peine entendus, par les instances judiciaires. La juge d'instruction elle-même ne nous a-t-elle pas déclaré en juillet qu'au vu de cette énorme pile d'autres dossiers en attente sur son bureau, il n'était pas question de privilégier celui-ci. «Je ne peux pas, vous devez le comprendre, mettre une priorité à votre affaire, nous a-t-elle expliqué doctement. La pauvre dame à qui on a volé son sac attend, tout comme vous, la résolution de l'enquête.» Et lorsque je rétorque « mais dans ce cas-ci, il est peut-être question de vie ou de mort d'enfants, madame ! », la réponse qui m'est donnée me paraît incompréhensible : « Lorsque nous aurons arrêté le ravisseur, il vous sera loisible d'obtenir réparation en tant que partie civile au procès. Vous pourrez alors réclamer des dommages et intérêts. Justice sera rendue.» Mais de quoi parle-t-elle ? Nous cherchons nos enfants. Elle, un auteur. Un individu à arrêter, à traduire en justice. Nous, nous n'avons que faire d'une quelconque

14. Le référé est une procédure permettant de demander à une juridiction qu'elle ordonne des mesures provisoires mais rapides en attendant un jugement de fond.

demande de réparation, de l'arrestation d'un auteur, d'un procès et de dommages et intérêts. Nous voulons que l'on cherche d'urgence nos enfants. Un point, c'est tout. L'incompréhension mutuelle est aussi absolue que tragique.

En novembre, croisant par hasard la procureure du roi du Palais de justice de Liège, nous devrons, au surplus, essuyer ses « sincères condoléances », une attitude confirmant ce que nous craignions : l'idée d'urgence n'existe pas, n'a jamais existé dans le chef des autorités chargées d'enquêter sur des disparitions d'enfants. D'emblée, il est admis qu'un enfant disparu est un enfant mort. Dès lors, l'urgence n'est pas de mise. Aux familles de faire leur deuil, d'accepter cette logique élémentaire qui mène à ce triste constat qu'en Belgique, on ne retrouve jamais aucun enfant disparu si ce n'est par le pur hasard. Le poids des certitudes de ces autorités est tel que rien ne pourra jamais le contrebalancer jusqu'à la terrible révélation d'août 1996.

À la même époque, nous nous inquiétons beaucoup à propos du prisonnier F. détenu à Louvain. Dès le mois de septembre, la piste du prisonnier F. a marqué le début d'une longue saga entre la magistrature et nous. Nous avons multiplié les démarches auprès du ministre De Clerck et du délégué général aux droits de l'enfant afin qu'ils appuient notre requête auprès des procureurs de Louvain et de Bruxelles, responsables du détenu en question, de faire auditionner celui-ci par les enquêteurs liégeois. En vain. Des années plus tard, le prisonnier F. mourra en prison, sans qu'aucun magistrat ait jamais permis de l'entendre sur ses déclarations au sujet de Julie et Mélissa.

Les procureurs, ici encore, se sentent fort dérangés, voire offensés par nos réclamations. Tout ce que nous découvrons du monde des magistrats n'est que morgue, suffisance, froideur, indifférence ou attitudes outragées. Rien ne doit bousculer leur façon d'être au monde ni leurs manières de voir. Surtout ne pas changer, ne pas bousculer le ronron de la machine. Et si celle-ci semble rouillée, ne pas s'en affoler. Car, après eux, semblent-ils penser, le monde tournera-t-il encore ?

En cette fin d'automne insipide, le gendarme M., pour sa part, continue de nous rendre régulièrement visite. Un soir, il nous fait part de son espoir : « Nous les aurons retrouvées pour Noël. Gardez courage.» Message sibyllin assorti un peu plus tard de cette mystérieuse information : « Nous en avons localisé une des deux. Mais pas l'autre, hélas. Nous ne pouvons pas prendre de risque. Il faut pouvoir les sauver toutes les deux en même temps. Sinon, c'est la mort certaine pour l'autre. L'opération à mettre en place est extrêmement délicate. Tenez-vous à la plus grande discrétion sur ce que je viens de vous confier. Et surtout soyez patients. La fin du tunnel est proche.» En aparté, le gendarme confie à mon frère, insistant, que la petite qui a été localisée est la nôtre : c'est Mélissa. Ce suspense terrible me tétanise.

Le 6 décembre 1995, Marc D. est arrêté et emprisonné pour d'autres faits de séquestration ainsi que pour le vol d'un camion commis un mois plus tôt. Le gendarme M. de Charleroi appelle les enquêteurs du dossier Julie et Mélissa pour les informer de ce qu'il va solliciter des mandats de perquisition auprès du juge L. du parquet de Charleroi afin de vérifier l'existence de caches dans les habitations de Marc D. Le juge délivrera les mandats requis le 8 décembre.

Les 13 et 19 décembre 1995, des perquisitions sont effectuées dans les diverses habitations de Marc D. ainsi que dans la cave de la maison de Marcinelle dans laquelle sont censées se trouver Julie et Mélissa. Sans résultat.[15]

Noël approche. Certains journalistes souhaitent, en cette fin d'année, faire un point sur l'évolution des recherches, sur notre état d'esprit et, d'une certaine façon, fermer la parenthèse de « l'affaire Julie et Mélissa ». Avec au fond de moi ce secret intenable, je tente de donner à leurs questions banales les réponses qu'ils s'attendent à recevoir. Non, aucune nouvelle. Non, toujours pas résignée malgré le piétinement manifeste de l'enquête. Non, pas acquise à l'idée qu'elles ne sont plus vivantes. Et eux nous regardent avec des airs de commisération insupportables, nous décrivant ensuite comme des parents égarés par la douleur, cantonnés dans le déni de réalité, bref, sans aucun doute, profondément perturbés. Lorsqu'ils s'en vont, je fulmine, j'explose, j'en veux au monde entier…

15. Cette information, nous n'en aurons connaissance qu'après la découverte des petites le 17 août 1996, à la lueur des travaux de la commission d'enquête parlementaire.

Noël 1995. Un Noël à devenir folle. Un Noël qui n'aurait pas dû être permis. Un Noël sans elles. Elles n'avaient pas été retrouvées pour Noël comme nous l'avions ardemment espéré. Je me souviens être sortie hurler dans le noir sur ce sentier où six mois plus tôt deux petites filles se sont si mystérieusement volatilisées: «Pourquoi?» Mais même le vent, ce vent glacial d'un hiver douloureusement long qui ne faisait que commencer, n'apportera pas de réponse. Une telle épaisseur de silence avait-elle jamais existé? C'était un silence de fin du monde. C'était la fin du monde. C'était la fin de l'année et elles n'étaient toujours pas rentrées. On ne nous les avait pas ramenées. Les promesses des gendarmes n'avaient pas été tenues et nous ne pûmes rien savoir de plus sur cette opération qui devait les sauver toutes les deux en même temps...

À l'approche de l'hiver, le manque de ma petite fille me tenaillait tellement, mon besoin d'elle, de l'entendre, de la voir, de lui parler était devenu si pressant que je me suis mise à lui écrire dans un petit carnet bleu. Quelques lignes, presque chaque jour. En les relisant, elles me sont apparues singulièrement révélatrices de mon état d'esprit du moment. Pour cette raison, j'ai fait le choix de les retranscrire intégralement. Il s'agit, ni plus ni moins, de l'expression la plus directe de mes sentiments, de mon vécu en temps réel. Nous oscillions entre espoir et désespoir, nous ne vivions plus que pour le jour où nous les retrouverions, nous inventions nos propres moyens de résistance à la résignation et à l'indifférence que nous refusions de voir s'installer. Tandis qu'insensiblement, par notre volonté farouche de ne pas les laisser tomber dans l'oubli, Julie et Mélissa, au fil du temps, devenaient les petites filles de tout un pays que nos rappels permanents, par médias interposés, avaient sans doute fini par émouvoir.

De cette vie d'alors, qui d'autre que nous aurait pu témoigner? Et d'ailleurs, pouvait-on encore appeler ça une vie? En fait, il s'agissait plutôt d'un cauchemar dans lequel nous nous débattions comme de pauvres diables dans le seul espoir de nous en éveiller.

Jour après jour, nous reformulions la même prière...

Carnets d'un temps sans nom

26 décembre 1995

Notre living est complètement transformé. Plus un meuble. Nous les avons remplacés par de petites tables IKEA facilement modulables pour les transformer en meubles de bureau agencés en « open space ». À la place du vaisselier, des étagères en pin, légères, montées en deux temps trois mouvements pour accueillir bouquins, classeurs, affichettes, papier à lettres, enveloppes, carnets de notes, etc. Les bouquins sont notre potentielle documentation, depuis *Appelez-moi Elvira* de Michel Bouffioux et Jean-Pierre De Staercke, en passant *par Le prix d'un enfant* de Marie-France Botte ou *Les affaires sont nos affaires* de Eva Coek et Jan Willems, jusqu'à *Blanchiment, mode d'emploi* de Ludwig Verduyn ou encore *Les polices en Belgique* d'Yves Cartuyvels. Les classeurs contiennent toutes les informations que nous avons pu récolter depuis le 24 juin. L'un conserve les rapports journaliers que Cécile, ta marraine, met à la disposition des enquêteurs. Ils font état de toutes nos activités de recherche ainsi que de la moindre bribe d'information en rapport avec vos disparitions qui a pu nous parvenir depuis cette date où nous vous avons perdues Julie et toi. Les gendarmes en charge de l'enquête, M. et L., ont paru médusés de découvrir notre nouveau décor. Habitués depuis des mois à se sentir chez eux dans la maison, ils se sont intéressés aux titres des ouvrages, ont posé quelques questions sur le contenu des dossiers, ont balayé du regard notre nouvel environnement, se sont abstenus de tout commentaire.

Ce soir, le procureur général du parquet de Liège nous a fixé un nouveau rendez-vous. Le sujet de discussion est toujours le même depuis des mois : la possibilité de nous donner accès au dossier d'instruction. Le procureur est seul habilité à nous donner droit à cet accès en vertu de son pouvoir discrétionnaire. Mais il rechigne, il promet en aparté puis se dédit en public. Déçus face à ses fausses promesses, impatients, lassés, nous avons entamé une procédure judiciaire. Notre plainte en référé contre l'État belge a été jugée recevable mais non fondée. Nous envisageons de faire appel. Est-ce cette menace ou la pression constante que nous exerçons sur la magistrature via les médias qui a incité le procureur à nous recevoir, une fois de plus, à son domicile privé ? Jean-Denis et Louisa sont convaincus cette fois d'obtenir ce que nous espérons. Mais ton père et moi, ma chérie, restons dubitatifs. Nous pensons que le procureur joue avec nous, ce qui revient pour nous à jouer avec vos vies. La fin de l'entretien nous a donné raison, hélas. Le procureur n'a rien promis. Il n'a fait que de vagues déclarations, n'a tenu que des propos oiseux, a mis fin à la discussion en disant qu'il allait réfléchir… Ce n'était donc encore qu'une manœuvre de retardement. Il dit devoir encore réfléchir au problème ? Voilà plus de six mois qu'il est censé réfléchir au problème !

Il est quatre heures du matin. Je vais me coucher. Je viens de terminer *Les voleurs d'innocence*[16] de Patrick Meney, journaliste français. J'ai évidemment retenu ses accusations de complicité silencieuse. Demain, je demanderai à Cécile de m'aider à répertorier, analyser et recouper toutes les informations contenues dans ce bouquin. Je veux tout savoir sur la pédophilie.

Vous retrouver, petites chéries, est une tâche gigantesque. Mais désormais notre vie entière est suspendue à ce but. Si la police judiciaire s'enlise dans son enquête, nous avons, pour notre part, des pistes à faire avancer de toute notre énergie. La piste du prisonnier F., notamment, n'a toujours pas été investiguée…

27 décembre 1995

Mélissa, Mimi, ma petite fille, je t'appelle dans la maison vide. Pour entendre ma voix faire résonner ton prénom. Comme avant. Et espérer un dixième de seconde que tu vas y répondre. Mais, hélas, je ne fais que me heurter au silence, ce silence qui me rend folle, qui m'enve-

16. Dans cet ouvrage, l'auteur décrit la complaisance de certains médias et de certaines institutions face à la pédophilie, dont on parle très peu à l'époque. Il y décrit le phénomène sur base du témoignage d'un pédophile assassin d'enfants, mais il y prône également le traitement des pédophiles sur le modèle canadien.

loppe en s'épaississant, ce silence dans lequel je me noie. Silence de ton absence, silence de ta disparition, silence de la magistrature, silence des puissants. Scandaleux silence complice du crime et du malheur. Je n'ai jamais supporté les silences, les non-dits. T'en souviens-tu ? Je n'ai jamais supporté qu'aucun silence puisse s'installer entre nous, entre ton père et moi, entre ton frère et toi et entre vous et moi. J'ai toujours été une briseuse de silence, à n'importe quel prix, fût-ce celui de faire mal. Le silence est pour moi comme un début de fin, un présage de mort, le contraire de la vie. Jamais je ne pourrai supporter le silence.

28 décembre 1995

S'activer. Dans notre nouvel environnement, nous ne sommes pas encore très organisés. Mais surtout ne pas se laisser isoler. Il est essentiel de continuer à interpeller les pouvoirs et motiver la population. En ton nom, ma petite, et celui de Julie. Garder le moral, ne pas se laisser aller au découragement n'est pas facile pour ton père et moi. Autour de nous, fort heureusement, restent des amis, des familiers, toujours prêts, toujours disponibles pour tout et rien à la fois. J'ai besoin d'un shoot d'optimisme. Alors je t'imagine, ma chérie, de retour ici, dans ton petit lit, dormant paisiblement. Je t'imagine, bien vivante, enfin dans mes bras. Je t'aime, ma Nounette.

29 décembre 1995

Notre nouvel environnement demande donc une nouvelle organisation. Notre activité à la maison commence à ressembler à celle d'une association de bonnes volontés. Des idées neuves émanent de partout. Nos meilleurs amis, nos familles restent mobilisés, prêts à tout ce qu'on pourrait leur demander. Papy a rapporté de l'asbl Marc et Corine une nouvelle fournée de petits mots, cartes de vœux et dessins d'enfants qui nous ont été adressés. Je les reçois comme autant de petites lueurs allumées dans l'obscurité. Ainsi, l'indifférence n'a pas gagné, on ne vous a pas oubliées, une chaîne de solidarité inconnue s'est doucement mise en place. L'espoir demeure.

Ce soir, nous sommes invités chez Yves. Un geste gentil, compassionnel. Mais je m'ennuie à périr, hélas. Pourtant, nous avons eu des moments de rires. Des moments d'insouciance chèrement payés d'un retour aux larmes. Car je m'en veux de ce temps perdu. J'ai mal à la vie tant que tu n'y es pas, mon trésor. Je m'en veux comme j'en veux à la vie elle-même de toujours vouloir reprendre le dessus par la puissance de l'oubli, le retour de l'insouciance, comme si de rien n'était… Oui, je m'en veux d'oublier ne serait-ce que quelques instants que tu n'es pas encore retrouvée. Et j'en veux à tous ceux qui veulent te sortir de ma tête. Aujourd'hui, à la radio, on a annoncé la mort de John Stamford[17]. Encore un procès qui n'aura jamais lieu. L'action en justice s'éteint avec lui et son bagage de lourds secrets. C'est injuste. Autant d'injustice me révolte de plus en plus. La souffrance sciemment infligée devrait se payer lourdement. Pourquoi les pires criminels semblent-ils toujours épargnés ?

Mimi, ma petite, mon cœur, où es-tu ? L'amour ne peut pas perdre. J'ai besoin de le croire. J'ai besoin que quelqu'un me dise que le juste existe, que nul n'est né pour subir et souffrir. Si cette épreuve que nous vivons est censée nous enseigner quelque chose, je voudrais comprendre quoi. À mon sens, la souffrance et l'injustice ne peuvent rien enseigner de bon. Le malheur est un mauvais maître. Je t'ai mise au monde pour le bonheur de vivre. Comme toutes les mères de la Terre. Le matin de ta naissance, l'avenir était radieux. Et la vie pleine de sens.

Aujourd'hui, le monde me fait peur…

30 décembre 1995

C'est le grand défilé à la maison. Amis et famille déboulent les uns après les autres, sans doute pour nous marquer plus intensément leur soutien en cette avant-veille de Nouvel An. Je ne parviens plus à cerner l'essentiel, l'urgent. Je m'en tiens aux tâches principales de ce qui est devenu une routine : tri des courriers du matin, tri des courriers politiques le soir. Mais qu'il est difficile de savoir orienter son action et de trouver l'aide appropriée pour retrouver deux petites filles perdues dans le vaste monde ! Il serait pourtant plus difficile encore de se résigner. Par télé-

17. John Stamford était un prêtre anglais qui éditait depuis 1970 la revue pédophile *Spartacus*, laquelle s'écoulait à 250 000 exemplaires par an. Il fut dénoncé pour faits de pédophilie par l'association Terre des Hommes et arrêté à son domicile belge, à Turnhout, en 1993. La mort de John Stamford en décembre 1995 mit fin à l'action publique en interrompant le procès qui avait débuté quelques mois auparavant.

phone, le gendarme M. nous a fait part de nouvelles inquiétantes : son collègue L. et lui-même seront sous peu dessaisis de l'enquête. Il ne restera donc plus aucun enquêteur avec qui nous pourrons avoir un contact ? Personne ? Plus personne à interpeller ? Plus aucun contact possible avec le milieu de l'enquête ? Est-ce une forme de punition ? D'écartement ? D'exclusion ? Une nouvelle manœuvre de découragement ? Le gendarme M. n'en a pas dit plus. L'ordre vient « d'en haut ». Il se dit désolé. Nous voici, plus profondément encore, plongés dans le noir et le silence, renvoyés au néant. L'enquête en cours depuis six mois est-elle sur le point d'être suspendue ? Plus aucun interlocuteur ne répondra à nos questions. Quel droit à l'espoir nous a-t-on laissé ? Aucun. Toutes les portes du monde judiciaire nous sont désormais fermées.

Mon amour, mon bébé, ma petite, ma chérie, demain sera déjà le dernier de cette année de folie. Je t'en supplie, fais-moi un signe... Un signe de vie ! Ma toute petite, où que tu sois, maman est là, tout près. Je ne t'oublie pas un instant. Je te retrouverai !

31 décembre 1995 et 1er janvier 1996

Brusquement, on est en 1996. Prise de conscience choc : l'année 1995 a pris fin.

Certains trouvent agréable de se souhaiter une belle année toute neuve. On tourne la page de celle qui vient de s'écouler et on repart comme dans un nouvel épisode. Mais le nôtre n'est pas terminé. Le temps du mystère de votre disparition, petites filles, n'est pas passé. Malgré tous nos efforts, tant de nuits blanches et de jours d'activité ininterrompue, malgré tant de péripéties, de déplacements, de bras de fer contre le temps et l'inertie des autorités, malgré tant de manœuvres pour mettre en branle les médias, malgré tant d'opiniâtres démarches aux côtés de notre avocat, malgré tant et tant de volontés à nos côtés pour permettre l'espoir, l'année 1995 s'est terminée sans nouvelle de vous deux. L'enquête a stagné et semble déjà ne plus rien promettre. Nous sommes seuls en cette Saint-Sylvestre. Seuls à nous quatre, papa, Michel, Cécile et moi. Avec nos deux petits, bien sûr, Grégory, ton frère qui vient d'avoir onze ans, et Manon, ta cousine, un ange-clown aux boucles blondes d'à peine trois ans... De la fenêtre du living, nous pouvons voir les premiers feux d'artifice s'allumer pour célébrer le Nouvel An. Mais nous,

nous sommes seuls dans notre désarroi. Immense désarroi. La vie, le monde en joie ce soir, nous en sommes exclus. Et toi, mon amour, mon trésor, ma toute petite, j'ai bien peur que ce soir ils vous aient tous oubliées… Je meurs de peur. La fête me révolte. J'en arrive à pleurer, à crier. Avec pour seul pitoyable résultat de faire pleurer Manon… Par mon comportement idiot, je n'ai fait qu'alourdir plus encore l'atmosphère. Je suis désolée, je ne me contrôle plus. J'ai brisé le joli cendrier en terre cuite que Grégory avait réalisé. Je regarde les débris, mortifiée. Moi-même me sens aussi brisée que ce cendrier. Je déteste le monde. Je déteste surtout et avant tout ce monde d'argent et de puissants qui nous réduit au silence et qui vous abandonne. Ce monde d'indifférence, ces proclamés supérieurs qui tiennent en main vos vies, nos vies mais conduisent la leur dans la plus parfaite indifférence des nôtres. Magistrats et politiciens. Ce sont eux qui ont été interpellés sans répit depuis des mois. Et l'année se termine dans le gouffre de leur silence…

Nous voilà seuls, emprisonnés dans notre angoisse, notre douleur, pris au piège comme des rats. Nous voilà seuls, notre petite fille loin de nous. On nous l'a arrachée : notre vie en est brisée. Déjà, mon cœur crie vengeance… Mais non, mon amour, toi d'abord. D'abord te retrouver. Le temps de la vengeance n'est pas venu. Il nous faut trouver encore et encore le courage, l'énergie, les moyens de vous retrouver saines et sauves. Sortir de l'impuissance, de ce cauchemar qui recommence et recommence chaque matin.

Je ne t'abandonnerai jamais, mon amour, ma petite, jamais. Même si la fatigue me gagnait jusqu'à me rendre malade et m'ôter toute force, je ne me rendrai pas. Je serai là pour toi. Je te chercherai. Je te retrouverai. Je t'embrasse, ma chérie. Où que tu sois, reçois mes bisous tout doux, tout doux. Un jour, tu seras là. À portée de mes bras.

Ma fureur est passée avec la fin des feux d'artifice. L'heure, ce marqueur du temps qui passe, marqueur de l'irrémédiable, a poursuivi son implacable progression. Quelle heure de la nuit était-il lorsque Michel a tranché l'épaisseur du silence en déclarant que nous allions tout de même manger ? Il a fouillé le frigo qui ne contenait plus qu'un pack de lardons et quatre œufs. Avec ces malheureux ingrédients, il est parvenu à nous concocter un spaghetti à la carbonara digne d'un chef italien. Il a exigé une jolie table. Mieux valait commencer l'année avec le meilleur moral possible.

Cette année, personne n'aura nos bons vœux et nous n'en recevrons de personne. Tous savent que notre seul souhait est celui que nous formons depuis le 24 juin dernier…

Je t'aime, ma chérie. Je veux garder confiance. En la vie. En la chance. Malgré tout et en dépit de tout.

Ce matin, ce premier de l'an neuf, nous repartirons sur les chapeaux de roue.

J'imagine de nouvelles affiches avec cette phrase interpellant l'indifférence sous vos petits visages déjà tellement connus : « Le monde est dangereux à vivre non tant à cause de ceux qui font le mal mais à cause de ceux qui regardent et laissent faire. » C'est une phrase d'Albert Einstein, notée hier au hasard d'une lecture. Je me dis, en la faisant inscrire sur les nouvelles affiches de disparition, que même Einstein aura participé à notre campagne de recherches… Einstein nous prête main-forte pour vous retrouver, chéries ! C'est pas épatant, ça ? Je ne pense plus qu'à la joie, une joie immense et générale qui sera celle du jour de vos retrouvailles. Tiens bon, ma petite ! Ni l'espace ni le temps ne peuvent nous séparer. Dans mon cœur, dans ma tête, dans toutes mes pensées, dans chacune de mes respirations, tu es là. Je sais qu'il en est de même pour toi. Où que tu sois.

2 janvier 1996

Ainsi donc, on nous a retiré les gendarmes M. et L. Ils n'étaient pas terribles comme enquêteurs, mais on n'avait que ceux-là. Ils ont été notre seul lien avec l'enquête.

Nous avons rencontré, par l'entremise de deux personnages aussi sympathiques qu'étranges à nos yeux, Georges et Yvonne, une fille encore bien plus étrange. Elle s'appelle Anne H. et prétend avoir apporté son témoignage à l'asbl Marc et Corine en septembre sans que celui-ci ait jamais été pris en compte. Elle n'a pas voulu donner le nom de sa source pour la protéger et se protéger, dit-elle. De ce fait, aucune investigation n'a été menée. Elle est cependant convaincue que, si les enquêteurs avaient voulu vérifier ses renseignements, ils auraient pu remonter la piste de vos ravisseurs. Le prisonnier F. prétendait la même chose. Je ne comprends pas pourquoi les informations de ces personnes ne sont pas vérifiées. La seule réponse obtenue à la gendarmerie ou à la PJ ne m'a pas convaincue : ces personnages ne seraient que des escrocs, cherchant à obtenir quelque chose en échange de leurs indications. C'est possible. Mais pourquoi ne pas prendre, malgré tout, ces indications au sérieux et tenter quand même d'en vérifier la véracité ? Il paraît qu'il n'y a rien, aucun élément dans ce fameux dossier d'instruction qui puisse faire évoluer les recherches. Alors, pourquoi, lorsque de nouveaux éléments nous parviennent, les écarte-t-on pour des motifs aussi secondaires ?

Je perds patience. Ce que j'interprète comme une passivité insupportable de la part des autorités judiciaires en charge de l'enquête me rend folle. Rien ne nous aura été épargné : le choc de la disparition des petites, l'angoisse, l'indifférence et la froideur de la magistrature, mais surtout cette exclusion, cette mise à l'écart, cette interdiction de nous approcher un tant soit peu des entreprises de recherches. Le silence est tel que l'on ne peut s'empêcher de penser que ces recherches sont, en fait, purement et simplement abandonnées. Je me sens en porte-à-faux avec la vie. Qu'on me rende ma fille ! Mon bébé, ma toute petite, ma vie !

3 janvier 1996

S'occuper un tant soit peu de ton frère n'est pas facile. Oublier, le temps d'une heure ou deux, cet état d'urgence dans lequel votre enlèvement nous a plongés ces derniers mois revient à vous mettre entre parenthèses. C'est un effort violent. Car jamais ne me quitte l'idée que chaque minute compte. Mais ce sont les vacances de Noël et Greg est encore si jeune. Il ne loge presque plus à la maison. C'est sa tante ou mes parents qui l'accueillent et s'en occupent de plus en plus. C'est catastrophique ! Il me semble parfois que je suis en train de le perdre lui aussi.

Le gendarme M. est revenu à la maison ce soir, en dépit de l'interdiction qui lui a été faite d'avoir encore un contact avec nous. Il est venu nous demander d'insister auprès du ministre de la Justice pour le faire convoquer. Il n'a pas souhaité nous en dire plus. Nous ne comprenons plus rien à son attitude. Nous avons d'ailleurs perdu confiance en lui. Que veut-il du ministre ? Il refuse de nous en parler. Sa démarche est nébuleuse. Pourquoi passe-t-il par nous pour une telle requête ? Sans plus d'explications, il ne nous sera pas possible de convaincre le ministre, lui fait-on remarquer. Au nom de quoi pourrions-nous demander cette faveur à Stefaan De Clerck ? Mais que veut-il ? M. est-il l'homme honnête, intègre et courageux que nous avons voulu voir en lui ? Il semble parfois mener un double jeu qui ne nous rassure plus.

Par ailleurs, nous apprenons par la presse qu'Anne-Marie Lizin[18] tente de recycler son vieux projet d'Interpol-enfant en utilisant votre disparition. Je ne supporte plus non plus de vous voir utilisées à tout bout de champ pour lancer des idées politiques, ramener des fonds à l'asbl Marc et Corine de Jean-Pierre Malmendier, entendre des policiers régler des comptes entre eux, voir des journalistes se réjouir de pouvoir écrire l'un ou l'autre papier sur un sujet devenu manifestement très vendeur...

Je lis *Nos affaires sont nos affaires*, titre d'un bouquin d'Eva Coeck et Jan Willems sur les scandales politiques et financiers en Belgique. Dans ce genre d'ouvrages, on retrouve presque toujours des révélations sur des réseaux de prostitution enfantine. Suite aux informations du prisonnier F. ou d'Anne H., ainsi qu'à la lecture de ce type de livres, je ne peux plus faire l'impasse sur l'existence de tels réseaux. C'est horrible. Arrêter de laisser courir mon imagination. Encore une chose difficile. Ne pas me laisser envahir par d'insupportables conjectures.

J'ai mal à ton absence, Mimi. J'ai terriblement mal. Mais je t'aime et veux continuer de croire que la fin du cauchemar est proche.

4 janvier 1996

J'ai passé la nuit à lire ce bouquin sur les affaires compromettantes en Belgique. Je ne sais plus dans quel monde je vis. Car ces histoires font partie de la réalité au même titre que la nôtre. Il faut en vivre une semblable pour le réaliser vraiment. Je suis sous Lexotan aujourd'hui. C'est que je me sens si démunie, si vidée, si nulle. Pourtant, il y a eu des gens comme José et Éric qui nous ont appelés pour nous proposer leur aide. On s'est dit : « Oui, oui, tout ce qu'ils veulent... » Mais hélas, ton papa et moi perdons nos forces... On va se traîner comme on peut. Mais où aller ? Qui va nous aider très concrètement ? À qui nous fier véritablement ? Je lance un immense SOS au ciel, aux étoiles, au monde, à l'univers, à tout ce qui existe : HELP !

18. Femme politique belge qui fut successivement bourgmestre de la ville de Huy, députée européenne, secrétaire d'État, députée fédérale, sénatrice et présidente du Sénat.

5 janvier 1996

Sommes fatigués. Trop fatigués. Nous évoluons dans une sorte de torpeur, réagissant à peine ou alors très mal. Marie-Noëlle est passée nous voir. Ensuite Yvonne et Georges. Nos discussions sont stériles. Nous tournons en rond. Que faire à présent? Nous essayons d'interpeller l'une ou l'autre autorité politique. La sénatrice Anne-Marie Lizin, qui met en avant ses propositions de recherches d'enfants disparus, et à nouveau le ministre de la Justice, Stefaan De Clerck.

Au Palais de justice de Liège, on se croirait à la foire d'octobre: dans les poubelles publiques de la place Saint-Lambert ont été retrouvées une quantité de copies du dossier Cools[19]. C'est déplorable mais tout le monde en rit... Dire que nous avons dépensé tant d'énergie, avons effectué tant de démarches auprès des politiques et des procureurs concernés, avons mené tant d'actions en justice, avons organisé une telle pression en remettant au ministre une pétition de plus de 100 000 signatures réunies en quinze jours à peine, avons alerté les médias, avons mille fois demandé et redemandé un minimum d'accès au dossier de votre disparition avec pour seul résultat un refus catégorique de toutes les autorités. Tandis que les pièces du dossier Cools, elles, se baladent dans les poubelles publiques... Non, décidément, je n'ai pas envie d'en rire, moi, de ces procès-verbaux trouvés dans les poubelles. Moi, ici, j'ai peur qu'on vous oublie. Un événement chassant l'autre, le monde a si vite fait d'oublier. Nous restons entre nous à traîner nos soirées, entre articles de presse et rapports de lacunes, comme six malheureux prisonniers dans une petite cellule. Car la maison ressemble désormais à une cellule de prison. Nous y sommes cantonnés depuis des mois, dans l'attente.

Quant aux enfants, Grégory, Maxime – le frère de Julie – et Manon, ils vivent leur petite vie devant des vidéos, des jeux sur ordinateur ou des bandes dessinées. On en oublie que, pour eux, ce sont les vacances de Noël. Lorsqu'il nous arrive de rire, c'est toujours intempestif. On rit comme on soupire. Mais il n'y a plus de joie. La joie n'existe plus. On vous attend. J'en suis arrivée à avoir peur de penser...

---

19. En référence à l'assassinat du Ministre André Cools, voir note 12.

6 janvier 1996

Notre accord avec M. se met difficilement en place. Quant à nos nouvelles affiches, l'asbl Marc et Corine n'en a pas encore fait imprimer une seule. C'est pourtant là-bas que les gens ont l'habitude d'aller les chercher et versent de l'argent pour permettre d'en poursuivre les impressions. L'asbl grandit, se modernise, investit dans une nouvelle infrastructure mais semble de moins en moins préoccupée par sa mission première. Ses membres et ses bénévoles aussi semblent vouloir passer à autre chose.

J'en ai marre de cette lenteur et de tant de discussions stériles. Je voudrais tant pouvoir réagir spontanément. Mais c'est de plus en plus mal perçu. Ne me reste que la solution Lexotan pour me calmer un tant soit peu. Ton père aussi. Je dois me contenter de répondre aux courriers quotidiens des gens qui nous écrivent. On ne sait jamais… Car nous avons à présent un troisième combat à mener : la lutte contre l'oubli. Nous sommes de plus en plus fatigués et il va bien falloir penser à la manière de durer.

Attends-moi, ma chérie, un jour, on se retrouvera toutes les deux dans les bras l'une de l'autre. Tu verras.

7 janvier 1996

Je passe embrasser ton frère endormi, comme toujours, comme chaque soir depuis sa naissance. Comme je le faisais aussi avec toi, ma chérie. C'est si dur de ne pas te retrouver dans ton petit lit, endormie comme d'habitude, pour te donner mon dernier bisou du soir. Je contemple ce petit lit où tu n'es pas, ce petit lit désespérément vide. Mon humeur est sombre. Je m'étais pourtant répété hier que je ne devais plus m'attarder que sur le positif. Si je fais un petit bilan du jour, que puis-je noter de positif ? Michel et Cécile sont toujours à nos côtés ; la maman de Laurence, l'amie de Nico, nous a proposé de faire jouer une représentation de la pièce de Bertolt Brecht, *La règle et l'exception*, et qu'elle vous soit dédiée.

J'ai aussi revu la maman de Nicolas, un chaleureux moment. Mais quoi d'autre ? Pas grand-chose aujourd'hui. J'ai vraiment mal au cœur. On se sent tellement coincés. Une chose est sûre : demain, il est hors de question de retourner au travail. Je n'en veux plus, n'en peux plus. J'ai trop besoin de toi. Ici, rien ne peut détourner mon attention. Ici, à la maison, il reste des traces de toi partout, photos, vêtements, jouets, cahiers, qui me permettent de te sentir plus proche. Tant pis pour le travail, tant pis pour le salaire, tant pis pour l'argent, tant pis pour les droits associés au travail. Travailler, oui. Mais pas à n'importe quel prix, pas dans n'importe quelles conditions. Travailler dans un tel contexte d'attente et d'angoisse est insupportable. Je ne suis pas un animal ni une machine. J'ai un cœur, une tête. Et si mon cœur et ma tête sont en train de voler en éclats parce qu'on m'a volé mon enfant, je ne peux pas travailler. Je ne suis pas un animal. Je ne suis pas une machine. Je veux que l'on me rende ma fille d'abord.

Après, je ferai tout ce que l'on voudra, tout ce qui s'imposera, tout ce qu'on m'imposera, je marcherai dans les rangs. Promis, juré. Mais d'abord, ma fille. Je veux ma fille avant tout.

8 janvier 1996

Encore une journée difficile. Papa et moi nous sommes disputés. Il est si fatigué et déboussolé tandis que moi, je reste survoltée et tout autant déboussolée.

Le grand procureur général de Liège ne veut rien comprendre, il se fout de nous. Rien n'a avancé depuis notre dernière entrevue à son privé.

Michel et Cécile m'inquiètent. Elle, surtout. Sa belle énergie, son allant si précieux se sont évaporés… Mon Dieu ! Pourvu que ce sale moment ne dure pas. Sans eux, on est foutus. Cécile est irremplaçable. Personne n'atteint son activité et son efficacité. Michel, lui, nous apporte toute son intelligence. Quant à nous, les quatre parents, je nous trouve assez minables. Surtout quand on arrive à rater notre enregistrement caché des propos du procureur général lors de cette fameuse réunion chez lui[20]. Il semble, en tout cas, que celui-ci soit au courant de pas mal de choses, en ce compris tous nos faits et gestes.

Point positif du jour : José et Éric lancent sans plus attendre les bases du « Comité Julie et Mélissa », un comité de soutien censé nous aider et nous appuyer dans nos démarches pour vous retrouver. Leur volonta-

20. L'enregistrement caché du procureur ne fut pas totalement raté. Une partie essentielle de la discussion avec le procureur se révéla clairement enregistrée. Les propos tenus par Léon Giet ce soir-là faisaient entendre sans équivoque que la police judiciaire investiguait bien la piste des réseaux pédophiles mais que, vu leur grand nombre, la tâche s'avérait difficile.

risme booste mon énergie. Nous élaborons ensemble une liste de personnalités de la société civile à interpeller. Nous allons leur écrire pour leur demander de faire partie de ce comité.

J'ai rêvé de toi la nuit dernière, ma chérie, et ce rêve m'a fait du bien. Comme si tu t'étais rapprochée. Ma nuit a donc été meilleure, j'ai mieux dormi et me sens un peu plus reposée. Je ne suis pas allée au bureau, me suis donné congé sans autre forme de procès... À demain, les problèmes!

9 janvier 1996

Journée trépidante. J'ai pris l'initiative de me rendre à la gendarmerie avec Louisa. Je veux parler au gendarme dont on nous a dit qu'il restait seul en charge de l'enquête, Éric D. Mais celui-ci, amorphe, nous raconte que le ralentissement de l'enquête est tout à fait normal. L'envie me tenaille de lui sauter à la gorge.

Points positifs du jour: contact intéressant avec une certaine Édith (qui s'est présentée comme une emmerdeuse de première...). Elle parle beaucoup mais semble, en effet, fonceuse, battante. *Wait and see*...

Ton papa et Jean-Denis sont partis à Amsterdam dans le but d'aller relever quelques adresses suspectes en lien avec les propos de l'étrange Anne H.

Éric a fait traduire un mystérieux billet, trouvé à la gare de Bruxelles, qui comportait vos prénoms. Il s'agit d'un itinéraire pour Paris et d'une adresse. Hélas, l'adresse, elle, reste très difficile à déchiffrer et surtout à faire traduire. C'est du coréen. Comme aucun d'entre nous ne connaît personne d'origine coréenne, nous avons fait appel à l'ambassade, mais elle s'est montrée réticente à effectuer cette traduction.

Le problème maintenant est que nous possédons trop d'éléments, noms de personnes, adresses et lieux – y compris étrangers –, à vérifier. Il y a désormais tant de possibilités de recherches qu'on ne voit plus par où commencer. On voudrait tout passer au crible, sans perdre une seconde. Mais nous ne sommes pas policiers, hélas... Il faut donc tenter de rester centrés sur l'essentiel. En tout cas, nous savons que nous sommes toujours soutenus par une bonne part de la population et ça tient chaud!

Aujourd'hui, ce que je crains le plus est de me retrouver complètement débordée. Ce soir, c'est sûr, je vais vraiment tomber de fatigue. On se sera tant et tant remués pour vous, petites princesses ; le Ciel ne peut pas ne pas comprendre et entendre notre raffut. J'essaie d'imaginer jusqu'à la ressentir la joie immense que produiraient nos retrouvailles. Ce serait la liesse générale ! Je vais jusqu'à imaginer que vous ayez été préservées de tout mal, imaginer qu'un jour, tous les quatre, nous retrouvions notre droit au bonheur. Celui-ci ne pourra qu'être simple et immense, parce que nous serons plus que jamais capables d'en goûter la saveur dans sa pleine mesure. Oh ! vivement ce jour !

10 janvier 1996

Au bout du fil du téléphone, il y a Mamy. À l'autre bout, moi qui craque. Elle me démonte complètement le moral. Trop de questions. Trop de « à quoi bon ? » C'est insupportable. J'ai bien besoin de toute ma rage, de tout mon courage, pour avancer. Et certainement pas de pitié ni d'incitation à la résignation. Mais ce coup de fil m'a minée. Je plonge dans le désespoir. Ma propre mère ne me soutient plus... Le soir, c'est notre avocat qui achève de me déprimer. Son manque d'allant, son attitude découragée, ses propos oiseux ne lui ressemblent pas. Est-il lui aussi déprimé, résigné ? Me retourner alors vers les points positifs de ce jour : ma belle-sœur, ta tante, ta zia Concetta, toujours maternelle, qui ne cherche pas à nous comprendre mais à nous soutenir et nous aimer. Maternelle dans toute sa dimension. Un refuge. Une mère. Mon frère Michel, toujours. Tout en douceur et fermeté. Ton papa, lui aussi bien fatigué, mais plus proche de moi ce soir. Cajoleur, consolateur et me donnant le sentiment qu'il a besoin de moi. Fameux coup de fouet pour mon moral. Parler de toi à nous deux, penser à toi ensemble, être avec toi malgré ton absence. Notre enfant. Notre petite fille. Notre amour. Paradoxalement, tu restes si présente dans cette maison. Nous nous accrochons à ces murs, à cette maison, parce que ta présence de huit années ici continue d'y régner. Ces murs, ce jardin, tout l'espace de la maison portent l'empreinte de ta gaieté, de tes rires, de tes jeux, de tes copines, de tes enthousiasmes ou de tes menus chagrins.

Hélas, j'ai perdu un de ces petits cahiers de notes journalières, écrites telles des lettres que, faute de pouvoir lui transmettre, j'envoyais à ma fille en imagination. Ainsi, du 10 janvier au 22 février, il n'y a plus rien que je puisse retranscrire ici de ces carnets. Toutefois, certains souvenirs marquants de ces jours-là n'ont pas encore déserté ma mémoire.

Je me souviens qu'il avait neigé. Grégory et Manon jouaient à se laisser tomber en arrière, bras écartés dans la poudre blanche, pour le plaisir d'y laisser leur empreinte d'anges de neige.

Je me souviens d'un autre enlèvement qui avait défrayé la chronique cet hiver-là, celui d'un bébé, un petit Nicolas, à la maternité de la Citadelle à Liège... Il avait été retrouvé quelques jours plus tard. C'était une histoire étrange qui n'avait fait qu'accentuer les questions et les inquiétudes de tout un chacun sur l'insécurité des enfants. La maman du petit était venue nous le présenter comme pour nous montrer la réalité des miracles, comme pour nous remercier de ce bouquet de fleurs que nous lui avions envoyé à l'occasion de cette merveilleuse nouvelle. À regarder ce beau bébé blond paisiblement endormi dans les bras de sa toute jeune maman, j'avais osé rêver encore qu'il en serait de même, très bientôt, pour nous. Et puis, quand on n'a plus rien à quoi accrocher vraiment son espoir, on en devient superstitieux et j'avais caressé ce bébé-là comme s'il pouvait m'être un porte-bonheur.

Je me souviens aussi d'un voyage à Paris. Un bref voyage, un jour et une nuit. Une amie bruxelloise l'avait organisé. Elle avait pris contact avec Patrick Meney, le journaliste français qui avait écrit *Les voleurs d'innocence*, en le priant de bien vouloir nous rencontrer Louisa et moi. Il avait accepté. Marianne avait pensé à tout : dates, heures, hébergement, déplacements. Nous n'avions plus, Louisa et moi, qu'à nous laisser emmener. Nous avions pris le TGV à partir de Liège, lequel faisait un arrêt à Bruxelles où Marianne devait nous rejoindre. Était-ce Grégory ou mon frère qui m'avait prêté son walkman ? Je ne sais plus. Toujours est-il que le petit appareil ne quitta pas mes oreilles pendant toute la durée du trajet. Tandis que le train glissait dans le paysage lugubre du mois de février à travers les quartiers les plus tristes de Wallonie vers la capitale française, je me laissais bercer par la voix douce et envoûtante de Luz Casal. Cette voix, ces paroles en espagnol que je comprenais sans avoir pourtant jamais appris la langue, cette musique chaude et nostalgique me plongeaient dans une douce rêverie, me donnant le sentiment que ma fille n'était pas perdue, que le temps serait long sans doute avant de la revoir mais que nous étions toujours bel et bien liées, attachées l'une à l'autre par un indéfectible lien d'amour. En revenant de Paris par la dorsale wallonne, en contrebas de la ligne de chemin de fer, on peut apercevoir un quartier sinistre, une rue sans âme bordée de maisons ouvrières aux façades étroites et sombres, mal entretenues, toutes semblables: c'était le quartier de Marcinelle où seront séquestrées Sabine et Laetitia, où se trouvaient peut-être, à l'instant même où notre train le dépassait, Julie et Mélissa. Peut-être ou peut-être pas. En cette époque perdue de février 1996, nous passions devant sans savoir…

Je me souviens encore… De l'anonymat retrouvé dans les rues de Paris, un peu de légèreté retrouvée. On ne me voit pas, je peux pleurer ou rire sans alerter tous les regards. Paris, qui me prend au sérieux, Paris où je respire mieux. De l'apéritif offert par Marianne au Café de Flore. De l'impossibilité de dormir après la discussion avec Patrick Meney au restaurant. De sa conviction quant aux réseaux de pédophilie, de son hésitation quant à Julie et Mélissa. De mon sentiment au vu de sa tristesse et de son expression d'impuissance: il n'est qu'un journaliste et ne peut que nous proposer une seconde émission avec Pradel, *Témoin numéro 1*.

Mais surtout je me souviens de la première conférence de presse du comité de soutien. Elle eut lieu le 7 février. Grâce au dossier que Cécile lui avait consacré, j'ai pu en retrouver la date exacte ainsi que les noms des personnalités issues des mondes sportif, culturel, syndical, médical, médiatique, politique et même judiciaire[21] qui avaient souscrit à notre message. Sous une phrase du sénateur Roger Lallemand – «Aucune société ne peut tolérer la résignation quand un

21. Parmi la centaine de signataires: Pierre Bartholomée, Julos Beaucarne, Michel Born, Jean-Louis Colinet, Paul Danblon, José Daras, Gabrielle Davroy, Étienne Davignon, Peter De Crem, Dominique Demoulin, Pierre De Visscher, Vincent Decroly, Martine Ernst, Bernard Foccroulle, Ovide Fontaine, Michel Graindorge, Martin Gray, Pierre Harmel, Claude Javeau, Georges Jobé, Adrien Joveneau, Pierre Kroll, Roger Laboureur, Franquin, Roger Lallemand, Michel Lecomte, Willy Legros, Claude Lelièvre, Roger Leloup, Robert Lesenne, Philippe Monfils, Anne-Marie Lizin, Robert Piron, Mamine Pirotte, François Rigaux, Gabriel Ringlet, Jean-Michel Saive, Sikorski, Louis Smal, Roger Somville, Pierre Mertens, Françoise Vandemoortele, Paul Vanderstraeten, Paul Casman, François Walthéry, Michel Bouffioux, Pierrette Cahay-André, José Dessart, Yves De Keyser, Germain Dufour, Jacqueline Herzet, Robert Waseige, Guy Lutgen, Daniel Martin, Marc Wilmots, Nathalie de T'Serclaes, Jean-Marie Klinkenberg…

enfant disparaît» –, nous avions rédigé, avec l'aide de José, ce texte que les personnalités contactées s'engageaient à signer pour nous marquer leur soutien :

«Sept mois après la disparition de Julie et Mélissa, les enquêteurs n'ont pu à ce jour mettre en évidence aucun indice susceptible d'étayer l'hypothèse de décès des deux petites amies. Une autre hypothèse anime le combat acharné des quatre parents contre la fatalité et la routine de l'institution judiciaire : c'est qu'elles sont TOUJOURS VIVANTES.

Je soutiens que cette hypothèse est fondée et qu'elle réclame qu'aucun effort ne soit négligé de la part des autorités judiciaires pour envisager toutes les pistes possibles, même celles qui pourraient mener à la découverte de réseaux pédophiles.

Ce que notre société ne peut accepter, c'est que l'impuissance devant une telle double disparition soit considérée comme normale, et le non-aboutissement de l'enquête comme une de nos habitudes institutionnelles. Rien n'est inéluctable si la volonté et la ténacité sont présentes.

Les parents de Julie et Mélissa se battent pour elles et pour tous les enfants afin que soit reconnue l'importance primordiale de la place de l'enfant dans notre société. Pour que toute disparition d'enfant soit considérée comme prioritaire, je soutiens personnellement ce combat légitime.»

Plusieurs de ces personnalités nous entourèrent le jour de la conférence de presse. Il m'apparut que ce jour-là fut un moment décisif dans la portée de notre message. Nos voix étaient amplifiées par celles des signataires. L'affaire de l'enlèvement des petites devenait l'affaire de tous.

Je me souviens que ces jours-là, les jours de réunion du comité de soutien – c'était toujours le dimanche -, nous nous sentions moins seuls. Nous étions écoutés, épaulés, et cette sollicitude nous permettait de reprendre pied, de ne pas désespérer, de retrouver une dose de courage et d'optimisme pour avancer.

Le 15 février, les sénatrices Anne-Marie Lizin et Jacqueline Herzet interpellaient au Parlement le ministre de la Justice concernant les moyens encore effectifs sur l'enquête et l'infiltration des réseaux pédophiles. La sénatrice Herzet concluait son interpellation par la question du doute quant au fonctionnement judiciaire: «La justice travaille mal ou ne travaille pas du tout.»

22 février 1996

C'est l'anniversaire de Manon. Elle a quatre ans. Mais je ne l'ai pas vue aujourd'hui. Il paraît qu'elle m'en veut depuis ma violente dispute avec Mamy. J'ai presque peur de la revoir. Et Papy? Que fait-il? Que pense-t-il? J'ai passé toute ma journée sur l'ordinateur à taper ma réponse au courrier de la sénatrice Jacqueline Herzet ainsi qu'à celui du ministre de la Justice. Je tape. Pour dire. Je tape. Pour faire. Je tape. Pour ne pas penser.

Ce soir, nous voyons le policier bruxellois Jean D. chez Jean-Denis. Il s'est occupé il y a quelques années d'une autre disparition d'enfants: les enfants de Patsy Heymans[22]. Mais là, il s'agissait d'un rapt parental. C'était moins mystérieux. On connaissait le ravisseur: il s'agissait du père des enfants. La difficulté était de savoir où il les avait emmenés. Jean D. est très gentil, spontané. Il semble vraiment vouloir nous aider. Mais je suis arrivée à ce stade où les flics, plus j'en vois, moins j'y crois, et plus ils me désespèrent...

À 21 heures, nous avons rendez-vous avec les détectives T. et B. qui demandent 50 000 francs pour débuter leurs recherches. Trouveront-ils, eux, un fil qui nous conduira vers vous?

Le désespoir me guette à nouveau. Je me sens affreusement seule. Je crains que trop de gens autour de nous ne choisissent l'oubli, se rangeant à l'irrémédiable.

J'ai peur, ma Mimi. C'est si dur de ne pas savoir, ne rien savoir et de rester là, perdue, avec les mêmes sempiternelles questions. Des questions énormes, immenses, étouffantes. C'est si dur que l'envie de vivre vient, par moments, à manquer. La tentation de me laisser glisser doucement de l'autre côté du miroir me prend parfois. Ce serait si facile. Comprimé après comprimé, en dose suffisante pour ne plus me réveiller, me laisser couler, cesser de me battre et de souffrir...

Si tu es quelque part, que le Ciel me réponde au moins, m'accorde un signe, un signe de toi! Mimi, ma petite, mon unique petite, reviens! Tout fout le camp ici sans toi...

---

22. Patsy Heymans fut victime de l'enlèvement de ses trois enfants par son mari, soldat israélien d'origine égyptienne. Ce n'est qu'au bout de plusieurs années d'un inlassable combat qu'elle récupéra enfin ses enfants aux États-Unis.

23 février 1996

Le comité de soutien a décidé de rencontrer le procureur général. Jean-Denis et moi accompagnons ses membres. Lui et moi sommes censés rester silencieux. Nous sommes là uniquement pour contrôler l'attitude et les propos du procureur en présence des membres du comité. Pour vérifier s'il leur dit les mêmes choses qu'à nous. Nous sommes sortis plus qu'écœurés. Sa mauvaise foi dépasse toutes les bornes.

Papy m'a téléphoné. Manon est revenue et s'est montrée extrêmement câline avec moi. Me voilà moins seule, rassurée. Néanmoins, je reste si triste. Michel et Cécile sont fatigués. Le courage vient à nous manquer. Je te regarde sur les photos. Tu es partout dans la maison. Si jolie, si fragile, si tendre. Les photos. Voilà tout ce qu'il me reste de toi pour l'instant.

On avait cru que le corps judiciaire allait nous aider à te retrouver. Mais, au contraire, ses membres nous apparaissent aujourd'hui comme nos ennemis, vos ennemis, une terrible entrave à votre recherche, une entrave à votre vie. Au lieu de vous chercher, ils nous persécutent et ne travaillent qu'à cacher leur grande misère et leurs lacunes. Comment pourrais-je jamais leur pardonner?

Ils ne t'ont pas cherchée, mon amour. Ils n'ont fait que semblant. Heureusement que Jean D. est aujourd'hui sur notre chemin, seul policier du pays, semble-t-il, à être capable d'empathie vis-à-vis de nous, de compréhension pour ce que nous vivons, seul policier à tenter de nous maintenir dans l'espoir. Et donc en vie.

Nous nous sommes fait beaucoup d'ennemis en quelques mois dans le monde judiciaire. Mais je suis bien disposée à les ignorer superbement. Voilà trop longtemps que j'ai acquis la conviction que leur rôle n'est pas de nous aider ni même de vous chercher. Ils mettent bien trop d'énergie et de moyens à nous discréditer.

Nous avons encore des amis. C'est ce qui compte. Nous n'avons qu'eux sur qui compter mais eux, au moins, sont déterminés à faire tout leur possible pour que vous soyez retrouvées. Il y a José et Éric. Il y a Marianne, il y a Lucien. Il y a Jean D. Et tous les fidèles qui ne nous ont pas abandonnés.

Oui, ma petite chérie, il y encore tant et tant de personnes qui ont la volonté de donner d'eux-mêmes pour un jour vous retrouver.

Il faudra bien que je me décide aussi à faire un break le week-end : Grégory en a besoin et la maison demande aussi un peu plus d'entretien. Ça devient catastrophique.

Il faut tenir dans le temps. Tenir sur la longueur. Il faut donc réunir les conditions de notre résistance. Et commencer par écarter de notre route tout ce qui est en rapport avec cette soi-disant enquête judiciaire. Ignorer désormais son existence. Elle nous a pris huit mois pour rien ! Huit mois passés rien qu'à tenter d'en connaître l'évolution, huit mois à espérer des réponses, huit mois à se faire rouler dans la farine. Toutes les manœuvres des autorités n'auront été que de la poudre aux yeux, de la diversion, du bluff.

Ce soir, ma petite, je veux pouvoir encore rêver. Je veux pouvoir encore rêver que tu dors bien, que tu ne souffres pas, où que tu sois.

24 février 1996

Ton papa est très mal ce samedi. Il s'est évanoui de douleur. Il a été emmené en ambulance à l'hôpital. On lui a administré du Valium à fortes doses. Après une nuit complètement assommé par cette drogue, il va mieux. On lui a mis une minerve. Sans cela, il lui est impossible de tenir sa nuque sans hurler de douleur. J'ai passé ma nuit près de lui aux urgences. Le service des urgences est sinistre le samedi soir. J'y ai vu défiler les drogués, les alcooliques, les accidentés de la route ou de la vie… Dans le lit, à côté de ton père, il y avait une pauvre dame, une Albertine, complètement saoule, qui ne cessait de geindre et de hurler. Une épave humaine. Elle m'a serré le cœur. Et j'ai pensé : ne pas finir comme ça, surtout ne jamais finir comme ça… Toute la souffrance humaine m'apparaissait dans sa pitoyable réalité, dans le spectacle de déchéance qu'offrait le *delirium tremens* de cette pauvre femme informe. L'épreuve suprême est sans doute de parvenir à rester digne dans sa douleur. Pour rester un homme, une femme, un être humain entier, il faut pouvoir surmonter cette épreuve. Il n'y a pas d'alternative.

Alors, ce dimanche, me voici bien disposée à rétablir toute ma dignité : une maison en ordre, des papiers en ordre, mes idées en ordre et mon corps volontaire. Laisser là les rancœurs, apprendre à oublier tout ce qui a fait mal et n'est pas essentiel, ne pas s'attarder sur ceux-là qui nous persécutent…

Et puis, à certains moments, il n'y a plus d'autre possibilité : il faut admettre que la vie, c'est laisser couler le fleuve tout en maintenant l'espoir qu'il aboutira au meilleur, être là quand le meilleur arrive, courir vers ce meilleur le plus vite possible, ne pas rater la chance qui passe. Pour moi, mon amour, mon paradis, mon océan, ma perle unique, le meilleur, c'est toi !

26 février 1996

Mon amour de petite fille, j'entends parler de rationalité, de déontologie, de procédures, de législations, de règlements, de codes... Tant de mots qui me soulèvent le cœur aujourd'hui dès que je les entends prononcés. Des mots que j'ai fini par trouver « barbares », tout grandiloquents soient-ils. Car ces mots aujourd'hui s'utilisent pour t'exclure, exclure mon fol espoir de te retrouver un jour pleine de vie, de douceur, de chaleur dans mes bras. De te retrouver comme autrefois.

Admettre que le temps a passé et ne finit pas de fuir, c'est déjà si dur. Admettre que les passants, comme le temps, passent eux aussi et qu'il n'y a rien à faire qu'à les regarder passer dans leurs habits d'indifférence. Les regarder passer, comme passe le temps, comme va la mer, ses vagues, incessantes et immuables. Immuable mouvement, paradoxe de la mer. Comme le temps, passent les gens. Mouvement perpétuel qui n'est finalement qu'immobilité. C'est peut-être ainsi que je perçois ma propre attitude pour le moment ? C'est l'impression, en tout cas, que me laisse la vie aujourd'hui. À l'intérieur, je n'en finis pas de pleurer.

Toutefois, il y a eu du mouvement à la maison, il y a eu des gens : José, Claude Lelièvre[23], Nathalie, Andréa. Cécile a beaucoup travaillé. Lucien l'a secondée. De nouvelles idées ont germé... Corine m'a appelée, Hugues nous a invités. Nous ne pouvons pas nous plaindre d'isolement.

Mais moi, ma chérie, je ne cesse de penser à toi. Et dans mes pensées, je me sens seule. Plus seule encore d'imaginer que toi, peut-être, là où tu es, tu es isolée, ignorée, blessée, toute petite, dans un monde hostile... Oh ! mon bébé, si tu savais, on fait vraiment tout ce qu'on peut... Mais hélas, oui, il existe des gens si bêtes, si lâches. Des gens qui détruisent ce que d'autres construisent, des gens qui aident et d'autres qui entravent, des gens qui sauvent et d'autres qui blessent, des gens

23. Claude Lelièvre occupa le poste de délégué général aux droits de l'enfant de 1991 à 2010.

qui donnent la vie et d'autres qui la prennent… On dit qu'il faut de tout pour faire un monde. Vraiment?

Il y a aussi ces gens autour de moi qui volent mon courage au lieu de m'en offrir, des gens qui me disent que nous sommes fous d'y croire encore. Alors, je me dis que ceux-là ne savent sans doute pas vraiment ce que c'est que d'aimer. Ma Mimi, mon bonheur de vivre, ma fierté, mon papillon, je t'aime et j'y crois encore, oui. En dépit de tous ceux-là.

27 février 1996

Je suis très fatiguée. Ma tension chute. J'ai passé l'après-midi en ville avec Grégory. J'essaie de ne pas trop penser à toi, ma chérie. Pour éviter d'avoir mal? Éviter de me sentir coupable au point d'en devenir enragée lorsque je passe un peu de temps à autre chose qu'à te chercher?

Daniel et Édith sont venus ce soir. La vitre arrière de leur voiture a été fracassée dans notre allée. Nous nous en sommes rendu compte au moment de leur départ. Il devait être aux alentours de minuit. Est-il normal que ce genre de choses arrivent toujours devant chez nous? Je commence à avoir peur. Peur du mal. Ton papa aura 36 ans demain. Et à cela non plus je n'ose pas trop penser. L'an dernier, nous étions tous les quatre… Non, ne pas penser. Sans toi, notre vie semble baigner dans l'irréalité glauque d'un cauchemar, un cauchemar qui n'en finit pas.

Tu sais, j'ai peine à croire ce qu'il nous est arrivé et ce qu'il nous arrive encore tous les jours. Des journalistes, des flics, des juges, des ministres, des détectives, tout un monde, inconnu jusqu'alors, a envahi nos jours depuis ta disparition. Nous évoluons dans une vie que nous ne reconnaissons pas. Et nous nous surprenons parfois à nous demander ce que nous faisons là dans cette vie si dissemblable de celle que nous avions menée jusque-là. Notre vraie vie semble nous avoir échappé. Quelqu'un, quelque chose nous l'a volée, l'a détournée de son cours normal, nous entraînant vers des jours aussi incertains qu'incontrôlables… Ce n'est pourtant pas ça la vie, cette sensation de folie, d'irréalité, d'impossible? Ce sont sans doute les gens qui restent à nos côtés qui nous aident le mieux à réaliser malgré tout que oui, il est vraiment arrivé quelque chose, quelque chose de grave, d'anormal, d'effroyable même, jusqu'à l'insupportable.

28 février 1996

C'est l'anniversaire de ton papa. Personne n'ose le lui souhaiter. Pauvre papa sans sa Mimi... Cette journée sera fatigante, pleine d'événements impromptus. J'en ai la tête qui tourne. Je suis de moins en moins capable de me concentrer.

Nous avons eu la visite de Marie-Noëlle et, le soir, Victor nous a invités à dîner. Il y a eu beaucoup de discussions mais, ce soir encore, ce fut *Much Ado About Nothing*. La petite Céliane, la fille de Victor, a le même âge que toi. Elle est gracieuse comme toi, comme un papillon, comme une petite fille de huit ans, comme un rêve...

Rêver de toi... Mais où sommes-nous ? Dans quel monde ? Mimi, appelle-nous ! Appelle-moi très fort, que je t'entende.

29 février 1996

Il y a un jour de plus à ce mois de février. C'est une année bissextile. Je suis seule à la maison avec Manon. Les autres sont retournés chez le ministre de la Justice, accompagnés des membres du comité de soutien. Il me semble tourner sur un carrousel fou qui ne s'arrête jamais. Rien n'avance et tout est sans cesse à recommencer. Nous tournons en rond indéfiniment. Certains nous trouvent courageux, volontaires, pugnaces, tenaces. Ne comprennent-il pas que c'est la peur, la peur panique qui nous tenaille ? C'est notre faiblesse qui nous tient debout, notre faiblesse pour toi. En pensée, je te crie que je t'aime. Je veux que tu le sentes où que tu sois, que tu sentes qu'on ne t'abandonne pas. On t'aime, on est si malheureux sans toi. Un jour viendra où nous aurons notre revanche sur ce temps d'enfer qu'est devenu notre présent. Un jour viendra... Car si la justice des hommes est déplorable, il doit bien exister une autre forme de justice, une justice toute d'amour. Oh ! si demain...

1er mars 1996

Ah ! si cette Michèle, cette étrange astrologue, pouvait avoir raison lorsqu'elle vient nous assurer que vous êtes bien là où vous êtes, au soleil et choyées. Ah ! si Édith et Daniel, ces nouveaux amis pleins de bonne volonté, discrets et intelligents, pouvaient nous aider à nous mener vers vous. Ah ! si vraiment l'amour pouvait être plus fort que tout. Tu me manques à mourir, Mimi. Tu es partout et nulle part. La rumeur court qu'une piste sérieuse est suivie et que vous êtes toutes deux bien vivantes… Cette rumeur me plonge dans un état d'euphorie douce. L'espoir fou renaît. Puis, malgré tout, le silence, ce trop-plein de silence me replonge dans ma rage intérieure. Je me sens à nouveau seule, déprimée, à bout de souffle.

2 mars 1996

Et voilà ! La fameuse « piste sérieuse » évoquée hier – une piste suivie par la PJ sur base de maigres indices – est tombée. La « maison rouge », celle du coin de la rue, la dernière maison de notre rue, située à l'intersection du chemin où l'on a perdu votre trace, a été perquisitionnée. Il y a eu interrogatoire, intimidation et, finalement, hospitalisation de la pauvre dame domiciliée là-bas. Un vrai cirque ! Je suis particulièrement déçue de leur fameux travail policier, leur travail de professionnels. Ce n'était donc que cela, cette piste si délicate qu'on ne pouvait rien nous en révéler, selon les derniers dires du procureur ? Cette fameuse piste si sensible que, décidément, non, ce n'était toujours pas le moment de nous accorder un droit de regard sur l'enquête en cours ? C'était juste pour en arriver là, après huit mois d'enquête ? Pourquoi si tard ? Et, au point où ils en sont, pourquoi inquiéter cette malheureuse famille plutôt que d'autres suspects bien plus pertinents ? Leurs hypothèses de base sont nulles. Nuls, les limiers belges ! Je n'avais pas imaginé qu'ils puissent travailler aussi grossièrement, stupidement. C'est vraiment le coup de grâce, la preuve éclatante qu'on ne peut absolument pas leur faire confiance. Ils n'écoutent rien, ni personne. Ils se prennent pour les meilleurs parce qu'ils sont agents de la police judiciaire. Mais ils ne sont que minables. Ils n'induisent pas chez nous la moindre once de confiance. Ils jouent avec une légèreté impardonnable avec vos vies. Je n'arrive même plus à leur en vouloir tellement ils sont minables. Ne plus jamais les croire, plus jamais la confiance…

En attendant, pour nous, c'est toujours le brouillard, le néant, le vide, le mystère, le silence. L'attente.

Comment provoquer la chance ?

Il nous faut des privés, il nous faut les meilleurs, il nous faut contacter tout ce qui peut s'avérer intéressant. Il nous faut bouger, partir, y aller nous-mêmes. Victor, à ce stade, est parfaitement d'accord. Il nous restera à convaincre les parents de Julie. Je te le jure, ma petite, nous retrouverons ta trace. Nous vous retrouverons nous-mêmes.

Je t'envoie un bisou du soir. Qu'il vole vers toi. T'envoie toute ma tendresse, tout mon amour. Attends-nous. On fonce, on arrive. On ne pense qu'à toi. Certains appellent ça : obsession. Moi, j'appelle ça : foi, espoir, amour.

6 mars 1996

Te souviens-tu de Michaël T. ? Son papa est gendarme et s'occupe en partie de l'enquête pour te retrouver. Il m'a montré la photo de Michaël. Je l'aurai enfin vu, ce fameux Michaël ! C'est drôle, la vie, n'est-ce pas, ma chérie ? C'est le papa de Michaël, ce petit garçon dont tu te sentais amoureuse. C'est ce papa-là qui participe à ta recherche. Il est assez sympathique. Il nous a appelées ce matin, Louisa et moi, pour une comparaison de vos écritures à celles d'une lettre envoyée à la police de Saint-Gilles qui disait où vous deviez vous trouver. Malheureusement, il paraît que la police communale a déjà vérifié cet endroit. Sans succès.

Chaque fois que je vois ce gendarme, il répète qu'il aimerait tant ne nous voir que pour nous donner de bonnes nouvelles. Ce n'est, hélas, jamais le cas. Mais de la part d'un gendarme, nous trouvons déjà tellement charmant de nous le dire en ces termes.

Avec Louisa, et pour elle, nous sommes ensuite allées voir une voyante à Ans. Elle nous promet le meilleur. Nous ne demandons qu'à la croire…

Nous avons reçu beaucoup de coups de fil aujourd'hui, ainsi que de nombreux courriers. Parmi ces coups de fil, il y a aussi beaucoup de malheureux qui nous appellent comme si nous étions des Zorro ou des Robin des Bois pour enfants. Dommage que cela ne soit pas le cas…

Le point sombre de la journée, c'est la nouvelle dans la presse du décès de ce petit Grégory atteint de leucémie. J'en suis restée sans voix. Hier encore, je lui envoyais un Postogram et un petit poème, qu'il ne recevra donc jamais. Mais pourquoi tant d'injustice ! Ce monde n'est donc qu'un vaste POURQUOI ?

Ma princesse des îles, ma fraise des bois, mon papillon. Te retrouver, toi, bien en vie, vite, au plus vite !

7 mars 1996

Mon amour… Ta maman craque…

Ton journal de classe. À la date du 23 juin, l'inscription de tes derniers examens : géographie et orthographe. Je me souviens : le climat en Belgique. Il s'agissait de la dernière leçon. Je te l'avais fait répéter à fond. Mais cela n'allait pas. Tu étais trop distraite. Je t'ai fait lever plus tôt pour que tu revoies cette leçon le matin. Tu devais être fatiguée. C'était ton dernier examen. Tu ne le sais pas, mais les résultats ont montré que tu l'avais très bien réussi. Mon amour, je tiens en main ton journal de classe qui se termine à la date du 23 juin… C'est la date de notre dernière soirée ensemble. Tu étais blottie dans mes bras tandis que nous regardions *Mon père ce héros* à la télévision. En douce, comme d'habitude depuis ta naissance, tu suçais deux doigts, majeur et annulaire. Mon amour, ma petite, ma douceur de vivre, il me semble que je suis en train de mourir tout doucement sans toi. Au bout de ces journées toutes semblables, dépourvues de toute bonne nouvelle, il me semble que je m'éteins comme la flamme d'une bougie privée d'air.

À l'extérieur, tout n'est que bruit, folie, fureur. Mais tout cela ne m'atteint plus. Le monde m'apparaît si mauvais, si tordu, malade, défiguré, affreux. Tout et tous me font peur.

Ton hamster est mort, hier. D'après papa, il serait mort de soif. Nous l'avons oublié dans sa petite cage… Quelle horreur ! Je suis furieuse. Les voilà morts tous les deux, ces pauvres hamsters : Toto comme Lili.

Mimi, il faut que tu reviennes. Tout va de travers sans toi. Rien ne va plus. La maison n'est plus la maison. Grégory n'est plus Grégory. Papa n'est plus papa. Et moi-même, je ne suis plus moi. Nous ne sommes plus que des fantômes errants, des ectoplasmes.

8 mars 1996

Nous sommes allés inscrire Grégory au collège Saint-Barthélemy. Il entre en secondaire dès ce mois de septembre. Il nous a été conseillé de ne pas traîner pour l'inscription. Ton frère Grégory en première secondaire ! Déjà ! Tu te rends compte ?

Voilà qui nous donne un fameux coup de vieux à papa et moi.

Là-bas, à l'école, je t'ai imaginée, toi aussi, bavardant avec une copine, sur un de ces bancs dans la cour de récré. Car nous reviendrons dans cette école pour t'y inscrire toi aussi, notre Mimi.

Nous avons eu la visite d'Adelin et Enza, suivie de celle de Daniel et Édith. Ils sont si gentils. Ils tentent de nous faire rire. Et ils y parviennent!

Hélas, demain, dès mon lever, j'aurai envie de pleurer tout ce que j'ai ri la veille.

9 mars 1996

Ce samedi matin, je note que la journée est bien moche:

1) Il fait beau comme un début de printemps que sans toi je ne supporte pas.

2) Personne ne nous contacte et je me sens cruellement seule. Pourtant, Michel et Cécile sont là, fidèles. Mais ta marraine annonce déjà qu'elle ne viendra pas ce dimanche et ce lundi non plus. Mon cœur se serre… Que deviendrons-nous s'ils nous abandonnent, eux aussi?

Vers 17 heures, nous recevons un appel horrible: une folle, une sorcière vous situe dans l'eau, noyées, en un endroit très précis, non loin de chez nous, au barrage d'Ivoz-Ramet[24]. C'est un appel anonyme. Me voilà contrainte de téléphoner à la police judiciaire. Le commissaire L. me répond d'un ton glacial, bref, impersonnel. Il dit qu'il va faire le nécessaire. Mais je sais déjà qu'il ne donnera aucune suite à mon appel. «Je vais faire le nécessaire.» Mais qu'appelle-t-il le nécessaire? Je ne peux rien savoir et cela me rend malade. Sans autre nouvelle, nous avons fini par nous rendre nous-mêmes au barrage. Tout y était noir, humide, froid, sinistre et effroyablement tranquille. Personne d'autre que nous n'est venu vérifier la véracité des propos de cette voix sans nom au bout du fil. Un canular. Il ne pouvait s'agir que d'un canular. Nous n'avons aucun moyen de nous protéger de ce genre d'appel. Hélas.

Je pense à Grégory qui a tout entendu. Il a essayé d'en rire mais il a bien vu que personne n'avait le cœur à ça. Alors, il s'est tu et n'a plus osé ouvrir la bouche… Mais comment, le pauvre, à douze ans, comment prend-il ces moments si pénibles? Sa belle humeur habituelle s'est

24. Ivoz-Ramet est une petite commune de la région liégeoise, voisine de Grâce-Hollogne.

dégradée progressivement. Que la vie doit lui sembler lourde à lui aussi ! Il doit en avoir terriblement marre de cette vie que nous menons depuis huit mois et qui ne ressemble plus à rien. Que faut-il faire ? Entretenir cette brûlure vive, ce manque de toi qui ne nous permet aucune résignation, aucun laisser-aller, aucun désespoir ou accepter, abandonner, perdre l'espoir pour calmer la brûlure tout en allumant une autre souffrance : celle d'avoir perdu. Entre deux souffrances, laquelle choisir ? Entre deux souffrances, mon cœur balance. Ni l'une ni l'autre n'est supportable. Ni l'une ni l'autre n'est acceptable. Cet enfer va finir par nous détruire. Nous avons plus que jamais besoin d'un signe, d'un espoir intangible, d'un grand rai de soleil à l'intérieur de nous, d'un arc-en-ciel... Et toi ? Et toi, ma petite ? Plus le temps passe et plus tu nous manques.

10 mars 1996

Ce dimanche est triste à mourir. Je n'avance pas. Mon cœur est trop lourd à porter. Le manque de toi a grossi avec l'arrivée du printemps. Ce printemps qui ose, malgré tout, commencer à se montrer. Nous ne parviendrons jamais à revivre si tu ne reviens pas, ma perle. Où que l'on t'ait cachée, nous te retrouverons. Avec papa, nous projetons tant que nous pouvons, en imagination, le jour de nos retrouvailles.

En attendant, j'écris, j'écris. J'écris beaucoup. À quiconque me paraît un tant soit peu digne de confiance ou intéressant ou utile ou simplement gentil. Car c'est gentil d'avoir pensé à nous et à toi et de prendre sa plume, un timbre et une enveloppe et nous le faire savoir. Une chose est sûre : vous n'êtes pas oubliées. Hormis nous, vos parents, vos frères, vos familles qui ne pensons plus qu'à ça, il y a encore beaucoup de gens qui pensent avec nous à vous deux, petites filles. Cette masse d'amour portera-t-elle ses fruits ? J'ai lu, il y a très longtemps, sous la plume de Barjavel, je crois : « Un miracle, c'est quelque chose qui se produit tout seul quelque part lorsque s'y trouve réunie une assez grande quantité d'amour. » Ah ! oser croire aux miracles ! Au grand déni de toute logique misérablement et étroitement humaine !

Nous tiendrons bon, ma petite. Tiens bon, toi aussi, là où tu te trouves. Nous te retrouverons.

11 mars 1996

Vivre malgré tout. En dépit de tout. Tenir dans la durée. Trouver le moyen d'effectuer sans trop de peine les gestes quotidiens, sans se faire trop mal, en misant tout sur la patience. En misant tout sur la chance. Nous sommes toujours très soutenus. Nos idées continuent de germer. Le Mal existe, la malveillance existe mais il y a encore tant d'amour, d'amitié, de générosité et de bonnes volontés pour contrebalancer tout ce qui fait mal.

Tu grandis quelque part sans moi. Mais tu verras qu'un jour on rattrapera le temps, tout ce temps passé à pleurer, à s'attarder dans la souffrance. Ma pauvre petite fille, toute seule, on ne sait où. Je n'ose imaginer ta solitude. Comment peux-tu encore nous voir à travers ce brouillard du temps qui passe? Ma chérie, reste avec moi. Il faut beaucoup penser l'une à l'autre, rester liées par la pensée. Je pense très fort à toi dans l'espoir que mes pensées arrivent à te toucher, dans l'espoir que tu me sentes un peu plus près de toi. Je crois que toi aussi tu penses à nous, ton père, ton frère et moi car nous gardons tous les trois ce sentiment que tu seras bientôt là. Je t'aime très fort. Je ne te le dirai jamais assez.

12 mars 1996

Longue discussion ce soir avec le journaliste Ludwig V. du journal *De Morgen*, spécialiste de l'investigation financière. Il connaît très bien l'affaire Comuele[25] et ses protagonistes. Il s'agit d'une affaire liée à la mafia russe ainsi qu'au mari d'une juge d'instruction. Il croit savoir qu'il s'agit de la juge qui traite notre dossier. Je lui dévoile le travail d'enquête de Daniel et Édith afin qu'il m'aide à y voir plus clair. Le journaliste V. se montre très coopérant et pense que cette piste aura certainement des prolongements. Nous serons bientôt fixés. Je n'ai vraiment pas envie de perdre des personnes aussi précieuses et motivées qu'Édith et Daniel. Nous devons leur trouver des pistes à explorer. Ils sont courageux, acharnés, intelligents. Ils sont tellement mieux que ces policiers que l'on

25. L'affaire Comuele, du nom d'une société immobilière suspectée de banqueroute frauduleuse laissant un passif financier de plusieurs milliards, défraiera la chronique au printemps 1996. Parmi les inculpés pour escroquerie, un avocat liégeois qui n'était autre que l'époux de la juge d'instruction en charge du dossier Julie et Mélissa.

appelle « limiers », mieux que des détectives car en eux on peut investir toute confiance.

À propos de détectives, les nouveaux n'ont toujours rien apporté de probant. Toujours aucune nouvelle non plus du ministre, ni du procureur, ni du délégué général aux droits de l'enfant. C'est trop calme tout ça.

On vient d'apprendre de la bouche du journaliste flamand que l'enquête sur l'enlèvement du jeune Anthony De Clerck[26], apparenté à notre ministre de la Justice, avait bénéficié d'effectifs maximum dans un branle-bas de combat général. Selon que vous serez puissant ou misérable... Toi et Julie, petites fleurs, ne vaudriez donc pas le jeune De Clerck ? Vous êtes deux, petites, fragiles, mais pour vous retrouver, remuer ciel et terre, il n'y a pas beaucoup plus d'effectifs que vos propres pères et mères.

On n'a pas eu droit à la cavalerie parce qu'on n'était pas riches. Mais ils vont voir ce qu'ils vont voir... Bientôt, c'est la moitié de la Belgique que nous mettrons à votre recherche. Des personnes motivées, plus sensibles et plus intelligentes que des flics, il y en a. On y arrivera sans eux, en dépit d'eux, malgré eux. J'en ai tellement marre de leurs solutions à la petite semaine. Il y a des journalistes qui se demandent avec étonnement où nous trouvons le courage de chercher encore tout seuls, sur base de rien, et de nous intéresser à d'étranges jeux de sociétés (ces fameuses sociétés-écrans) comme celles que tente de découvrir Daniel.

C'est moi qui les trouve bizarres, ces gens, de ne pas comprendre. Mais que serions-nous censés faire en attendant ? Pleurer ? Penser à autre chose ? Se changer les idées ? Retourner travailler ? Penser à nos congés ? À notre épargne-pension ? À l'augmentation de nos petits salaires en fin de mois ? À la diminution de notre pouvoir d'achat ? À nos petites économies ? À nos vacances ?

Mon amour chérie, mon bébé adoré, le temps continue de passer et rien ne se passe vraiment dans le sens de nos retrouvailles. Je suis sûre cepen-

26. Anthony De Clerck, 11 ans, est le fils du magnat du textile Beaulieu Jan De Clerck. Il est enlevé le 4 février 1992 et emmené dans une villa au fin fond des Ardennes belges. Une cellule d'enquête Anthony sera immédiatement mise sur pied. Quant au juge désigné pour l'enquête, il n'attendra pas 24 heures avant de faire savoir aux ravisseurs qu'ils pourraient voir leur peine allégée s'ils libéraient l'enfant rapidement et en bonne santé. Deux semaines plus tard, les parents remettaient une somme de 250 millions de francs belges aux ravisseurs en guise de rançon, sous la surveillance de l'unité spéciale de la gendarmerie. Le 7 mars, Anthony était libéré. Il a déclaré au pédiatre qui l'a pris en charge à ce moment : « C'était de chouettes malfaiteurs... » Les ravisseurs quant à eux seront arrêtés quelques heures plus tard.

dant que la lumière finira par jaillir... Il suffira d'une idée géniale nous mettant sur la piste d'un élément-clé, il suffira d'un vrai coup de chance, un coup du destin qui rattrape ce mauvais coup qu'il nous a fait ce samedi de juin où vous avez été enlevées. Quelque chose surviendra.

Dors bien, mon bébé. Maman est là. Où que tu sois.

13 mars 1996

On devient fous! Plus moyen de mettre deux idées l'une à la suite de l'autre. Et dans ces conditions, plus moyen non plus d'en mettre une seule en route. On ne fait plus qu'attendre. Péniblement. On attend. Tout et n'importe quoi. Mes nuits se peuplent de cauchemars. Mes journées sont encore des cauchemars.

Je te vois tout à coup. Tu es devant moi, tu me parles. Puis, plus rien. Le vide. À nouveau le vide de ton absence. Je deviens folle.

José est passé à la maison, hier. Il a prononcé peu de mots. Nous aussi. Il nous conseille de nous reposer.

Victor a appelé. Toujours aucune nouvelle du Palais de justice. L'entrevue demandée avec le substitut H. a été refusée par le procureur général. Rien. Il n'y a jamais rien à attendre de ce côté. Je m'emporte au téléphone. Ma patience est à bout. Victor poursuit la discussion avec une infinie patience. Je pleure. Je crie. Je râle. Je trépigne. Et finalement, je suffoque. Je tente de me calmer. Peine perdue. Il me semble que ma tête est devenue une prison et ma vie une peine à perpétuité.

Et le lendemain, je recommence. Je m'emporte pour tout et pour rien. J'entreprends dix choses à la fois et je ne termine rien. Édith. Daniel. Tony. Ghislain. Chacun est là pourtant, avec son cœur, sa rage, son idée derrière la tête. Ils ont la volonté de faire quelque chose et ne sont pas les seuls. Ils nous sollicitent en nous demandant quoi faire. Mais nous sommes si las, à présent, si fatigués, si brûlés, si mal, avec cette peur qui ne cesse de s'intensifier, cette peur immense que nous tentons de refouler mais qui nous mine, nous mange, nous détruit petit à petit.

Ma chérie, cette situation est déjà tellement éprouvante pour nous : alors, qu'en est-il pour toi ?

Faites que nos petites soient préservées... Faites que nos petites soient préservées...

Je sais que le mal existe. Je sais que le mal est arrivé à d'autres. Et qu'on ne choisit pas son destin. Mais je ne suis pas capable d'en supporter plus. Je n'y arriverai pas... Faites qu'elle soit préservée... Faites qu'elle soit préservée... Faites que nos vies ne perdent pas tout sens. Je n'ai pas les épaules pour endurer plus. On finirait tous au rebut sans avoir eu le temps de vivre? Alors, à quoi bon? Pourquoi être là? S'il me restait assez de force, je retournerais au combat, vers et avec les autres, avec courage et détermination. Mais je ne suis plus courageuse. J'étais une fille qui n'aspirait qu'au bonheur et me voilà condamnée à la peine.

Mais bon Dieu! Accordez-nous donc un peu de chance!

Je t'embrasse tendrement, mon bisounours, ma toute petite. Ta maman est toute cassée. Ta maman a honte. Ta maman pleure.

Si au moins je pouvais savoir que toi, de ton côté, tu ne souffres pas. Que tu n'es pas trop malheureuse, qu'on ne te fait aucun mal. Si, au moins, je pouvais savoir ça, savoir quelque chose de toi, un tout petit quelque chose, juste un signe de vie...

15 mars 1996

Demain, on s'en va tous les trois. On prend le large. On t'emmène avec nous, bien sûr. Mais on laisse tous les autres. Un peu. Le temps d'un souffle. Partir reprendre un nouveau souffle. Chercher ailleurs. Aller voir dans une autre direction. Partir sans toi mais avec toi. Pour nous. Pour toi. Ôter tout ce qui se met entre nous et toi. Mettre entre parenthèses tous ces problèmes. On t'aime, Mimi. Mais on s'en va. On quitte la maison quelques jours. On part pour mieux te chercher. Bisous, ma belle. T'inquiète pas. On t'aime et on t'emmène.

Semaine du 15 mars au 23 mars

Nous nous sommes donc envolés tous les trois, ton père, ton frère et moi pour l'Algarve. C'est doux, c'est joli. C'est même très beau... Et parfois j'ai eu mal de toute cette beauté que nous n'avons pas partagée avec toi. C'est trop doux, trop beau pour que tu sois la seule d'entre nous à ne pas profiter de ça.

Nous reviendrons sur nos pas, mon amour. Nous referons chaque ville, chaque village, chaque plage, chaque ruelle avec toi.

La tentation de rester là, de m'arrêter pour ne plus faire que t'attendre là-bas m'a saisie.

Certains matins, je me suis réveillée en larmes, et certains soirs, ton absence me donnait l'envie de hurler. Il y a eu des moments où je n'en pouvais plus de douleur… C'était la première fois depuis le 24 juin que nous nous retrouvions ensemble tous les trois, Grégory, papa et moi, rien que nous trois. Avec ton absence terriblement présente.

L'Algarve, petit coin de paradis. D'ailleurs, j'ai bien cru un moment, en marchant sur le sable blanc de la longue plage baignée par l'Atlantique, j'ai bien cru, un moment, que j'avais vraiment atteint le paradis et que, forcément, j'allais t'y rencontrer. J'avais perdu le sentiment d'être encore en vie. J'étais ailleurs, vraiment ailleurs. Avec toi, au paradis.

Et puis, je me suis retrouvée là, finalement, encore et toujours bien vivante dans cette existence qui n'est nulle part ailleurs que dans l'instant qui s'écoule et dans lequel toi tu n'es pas.

Je ne fais plus vraiment la différence entre la vie réelle et le rêve. Je ne sais plus très bien ce qui est réel. Je ne sais plus si tout ce que nous venons de vivre est réel. Je suis seulement sûre que l'amour est réel, le bonheur est réel, la souffrance est réelle, le mal est réel. La beauté aussi est réelle…

« Le temps est un grand maître », nous a dit Jean C., là-bas, dans cet hôtel portugais.

Jean C. est un étrange pensionnaire. Il est français. Le soir, à l'hôtel où nous logeons, il se promène après le repas du soir, en pantoufles et robe de chambre. Il fait le tour de l'hôtel pour fermer les stores des fenêtres. Il contrôle, avant d'aller se coucher, l'extinction des lumières. Les gérants de l'hôtel le laissent faire. Il est chez lui. Il nous a raconté son histoire. C'est l'histoire d'un homme qui attend. Jean C. porte superbement sa cinquantaine. Il aimait une femme. Ensemble, ils avaient longtemps formé un couple assorti et amoureux. Un matin, ils avaient décidé de partir en voyage. Le but de ce voyage était l'Algarve. Mais, à mi-chemin, une violente dispute les avait opposés. Il ne nous dit rien du motif de cette altercation. Mais nous comprenons que la chose s'était révélée suffisamment grave pour qu'elle, sa femme bien-aimée, quitte la voiture en claquant la portière. Il l'avait regardée s'éloigner, en furie, dans le rétroviseur. Il avait attendu quelques minutes, certain de la voir réapparaître sous peu. Il avait attendu une heure. Il était alors sorti de la voiture à sa recherche en l'appelant. Mais elle ne réapparaissait pas. Il s'était remis au volant de sa Mercedes. Il avait regardé les chiffres des heures se succéder au tableau de bord, tout en scrutant les alentours, à travers les vitres de l'auto. La nuit était venue. Il avait remis le moteur en marche, roulé quelques kilomètres, virant de gauche à droite au petit bonheur la chance, dans ce paysage désertique où ils s'étaient arrêtés au moment de leur dispute. Il avait balayé de ses gros phares des kilomètres de campagne. Sans voir âme qui vive. Surtout sans la voir, elle. Le matin était revenu. Jean C. n'avait pas fermé l'œil. Elle ne s'était pas manifestée. Elle n'était pas revenue sur ses pas. Où était-elle? Jean C. s'était alors dirigé vers la première ville sur sa route, jusqu'au premier poste de gendarmerie. Là, en donnant l'alerte de sa disparition, il avait tenté de ne pas craquer. Mais sitôt qu'il avait repris le volant de sa voiture, il s'était mis à pleurer à gros bouillons, perdu, harassé, vaincu, après cette nuit blanche de solitude et d'angoisse. On lui signalerait la présence de sa femme si on la retrouvait, lui avaient répondu les policiers. Il avait compris que c'était peine perdue. Qu'il ne la retrouverait que si elle le décidait. Il avait compris trop tard. Alors Jean C. avait remis le moteur de la berline en marche et avait roulé sans plus s'octroyer de pause jusqu'à la destination initialement prévue, cet hôtel, dans cette ville de l'Algarve. Ensuite, et depuis lors, il l'attendait. «Depuis quand?» lui avais-je demandé. «J'attends depuis sept mois, depuis la fin de l'été dernier, j'ai passé tout l'automne et l'hiver dans cet hôtel et je n'en sors jamais. Je ne voudrais pas la manquer si tout d'un coup elle arrivait.»

Cette histoire m'a abasourdie, émue, retournée. Jean C. ne pouvait pas savoir que, nous aussi, nous attendions. Croiser ce personnage, ici, tellement semblable à nous dans son attente anxieuse et son espoir tenace, était une folle coïncidence.

C'est à ce moment qu'il nous a dit: «Le temps est un grand maître…» En mon for intérieur, j'ai terminé ce vers de Corneille: «Le temps est un grand maître, il règle bien des choses…» C'est sur cette pensée que Jean C. appuyait son infinie patience. Son attente. Fallait-il le prendre comme une leçon? Une leçon que m'amenait la vie par le hasard de cette rencontre? J'ai surtout compris une chose en écoutant ce récit: on ne peut pas plier le temps à sa propre volonté. C'est lui qui nous plie. L'épreuve de la patience est incontournable. Mais m'arrêter et attendre, comme Jean C., non. Ce n'est pas possible pour nous. Tu ne reviendrais pas toute seule. Et personne ne te retrouvera si l'on autorise l'oubli.

Au bout de cette semaine, nous sommes donc rentrés dans notre gris pays que je me suis prise à détester.

Mais nous avons retrouvé Michel, Cécile, Manon et ça, c'était tellement bon.

Demain, on reprend la lutte, le travail qui doit nous mener vers toi. Il reste toujours plein de gens qui, avec nous, y croient.

Des choses bougent. Je reprends confiance, même si le temps est long, si long. Ma petite, ma toute petite, déjà je dois essayer de t'imaginer un peu grandie, un peu changée, un peu plus fille et moins petite fille…

Demain, on recommence. Reprendre la route, sans fatalisme, avec un but, un plan, toujours le même, te retrouver bien sûr, mais en acceptant les conditions que m'impose le temps. Voilà ce qu'il fallait faire. Se dire que, d'un instant à l'autre, tout peut basculer dans l'autre sens. Se dire qu'il viendra, ce moment propice qui nous sauvera du néant.

Je t'aime, ma petite fleur.

Le 21 mars 1996, une perquisition est menée chez l'époux de la juge d'instruction en charge du dossier Julie et Mélissa, dans le cadre des dossiers Comuele et Mercure. Les délits présumés sont d'ordre financier et administratif. Ce dossier est instruit par le juge bruxellois Jean-Claude Van Espen qui soupçonne une banqueroute frauduleuse pour une somme avoisinant les 3,9 milliards de francs belges[27].

Le même jour, Marc Dutroux est libéré de prison pour de mystérieuses « raisons humanitaires[28] *». Après sa ré-arrestation par le parquet de Neufchâteau en août 1996, il dira aux enquêteurs avoir retrouvé Julie et Mélissa mourantes dans la cache de la cave de Marcinelle. Toujours selon ses dires, les petites seraient mortes dans les heures qui ont suivi sa libération.*

---

27. Source : *Le Soir*, 23 mars 1996. Information relayée par l'ensemble de la presse belge en ce mois de mars 1996.

28. Information que nous ne connaîtrons qu'en automne 1996 à la lueur de la commission d'enquête sur les disparitions d'enfants en Belgique et du dossier d'enquête de Neufchâteau.

24 mars 1996

Neuf mois... On vous a attendues neuf mois pour vous voir naître, adorables bébés dont on ne pouvait présager l'étrange destin. Aujourd'hui, il y a neuf mois que nous attendons pour vous voir revenir, pour renaître avec vous. Mais vous n'êtes toujours pas là. Je viens d'écouter la cassette audio qu'une certaine Michèle, cette voyante de Bruxelles, nous a fait parvenir. Elle nous parle de vous, Julie et toi. Elle dit vous voir dans un pays chaud et lointain. Elle nous parle de danse, de musique, de soleil et de douceur, même si, dans cette vie-là, elle vous voit en esclavage. Elle nous parle de votre accoutumance, votre adaptation et même d'un certain bonheur retrouvé. J'ai envie d'y croire car ces paroles, dans une certaine mesure, me rassurent. La voyante nous assure que vous ne souffrez pas. Et à cette seule idée, mon cœur déjà s'apaise.

Je me remémore aussi un geste du policier bruxellois, Jean D., ce matin, à la réunion de comité de soutien : une petite tape amicale, affectueuse, sur la joue, comme me donnait Papy quand j'étais petite. Un tout petit geste qui me touche et me réconforte. Un geste d'amitié.

Mon tout petit bout de chou, ma princesse de contes de fées, la douceur de tes yeux viendra à bout du mal. On va se retrouver, avant l'été. En attendant, reçois tous mes bisous du jour, les bisous du matin et les bisous du soir. Et, tiens, encore un bisou. Juste comme ça. Pour rien.

25 mars 1996

Ma petite, ma puce, si tu savais... Nous n'avons pas de chance. La juge est d'une froideur insoutenable. Elle est omnipotente et votre sort est entre ses mains, mais je la déteste. Nous n'irons pas à l'émission *Témoin Numéro 1* sur TF1, en France, papa et moi. Cette juge va tout bousiller, tout l'espoir, ce grand élan porteur d'espoir qui mobilise encore tant de gens pour vous chercher.

Elle nous a convoqués pour nous faire part de soi-disant nouveaux éléments dans l'enquête. Une lettre. Signée de trois prénoms : Aziz, Farid, Robert. Une lettre au contenu épouvantable qu'elle nous lira à haute voix sans sourciller, nous interdisant de la lire par nous-mêmes. Une lettre comportant, selon elle, de précieux éléments pour vous retrouver. Une lettre monstrueuse, un scénario d'une horreur absolue... Les larmes coulaient toutes seules sur mes joues. Alors, la juge s'est interrompue et m'a dit sèchement : « Ah ! non ! Pas de ça devant moi ! » Mais alors, la lecture de cette lettre, du pur sadisme ?

Cette lettre pleine d'étranges erreurs de français parle de vous au passé. La juge la prend très au sérieux. Elle a pris contact avec la chaîne de télévision française pour lui faire part de ce dernier élément qui démontrerait... que vous auriez été sauvagement massacrées. Mais ces fameux éléments, cette lettre mal torchée aux détails inimaginables, ne peuvent pas être pris au sérieux. Les informations qu'elle évoque sont profondément stupides et faire effectuer des recherches sur cette base est d'une profonde inutilité. Nous n'avons pas et n'avons jamais eu les mêmes objectifs. La justice cherche des coupables. Nous, nous cherchons nos enfants. Quant à la piste espagnole qui pourrait s'avérer bien plus crédible, plus positive et plus urgente – celle du témoignage de madame D. –, la juge n'en a que faire.

Je ne pense plus qu'à une chose : courir jusque-là moi-même, tout laisser tomber ici, et courir voir si vraiment vous n'êtes pas là-bas...

Je suis brisée ce soir. La juge m'aurait battue comme plâtre que je n'en aurais pas été moins fourbue. Je crois bien n'avoir jamais ressenti un tel sentiment de haine pour personne dans ma vie. Et je déteste détester. C'est un sentiment qui rend malade.

Ma pauvre chérie, parmi tous ces requins, qu'il est dur de naviguer vers toi.

T'embrasse tendrement où que tu sois.

27 mars 1996

Nous voilà malgré tout embarqués sur un sale bateau. *Témoin Numéro 1* sur TF1, émission sordide qui tente de rouvrir les enquêtes non élucidées. En quoi est-ce que cela nous concerne ? Nous, on voulait des émissions de recherche, d'aide aux recherches. De toute façon, les témoignages sont toujours renvoyés aux autorités judiciaires, qui ne s'attardent que sur les plus insensés. Les autres, ceux qui sont porteurs d'espoir, ils ne les prennent pas en considération. Pour eux, c'est du vent, du rêve, des inepties.

Ma toute petite puce chérie, il va donc encore falloir prendre son mal en patience. Attendre, encore attendre. Car nous n'aurons pas le choix, pas d'autre possibilité que de partir nous-mêmes à travers le monde pour vous retrouver. Eux ne le feront pas. Et dire que l'État les pourvoit de tous les moyens légaux et techniques pour effectuer des investigations. Quelle gabegie! Car, au final, nous nous retrouvons tout seuls pour tenter de pallier toutes leurs lacunes. Avec tous les amis que nous avons, si on se désolidarisait une bonne fois pour toutes de ces flics et si on s'occupait tous les quatre à temps plein de vous chercher, on y arriverait certainement bien plus vite. Ce dont nous avons le plus besoin, c'est d'un retour de renseignement. L'asbl Marc et Corine ne joue pas si mal son rôle pour ça[29], mais nous passons tout de même après les flics. Il faudrait pouvoir recueillir les infos juste pour nous et pouvoir tout vérifier par nous-mêmes. Il faut que j'en parle. Il faut que je mette tout ça au point. Car il faut vous trouver.

Je ferme les yeux, je pense à toi et j'essaie de ne pas pleurer mais de me réjouir de te revoir bientôt.

Bisou du soir, mon papillon. Tu te souviens? Oui? Je t'entends rire. Je t'aime.

28 mars 1996

Jour de pleurs, de cris et de grincements de dents. Que la vie est laide! Tu n'es toujours pas près de nous.

Je regarde ta photo en imaginant que je te caresse les cheveux, que je t'embrasse et te cajole. Je te revois sur mes genoux, tes gestes tendres et tes bras menus autour de mon cou. Et je te trouve belle, si belle, digne fille de ton papa à qui tu ressembles tant. Et je pleure, et je pleure et je ne me console pas. Cette effroyable juge qui nous convoque pour nous mettre dans la tête que, peut-être, vous n'êtes plus là et qu'on ne vous reverra pas…

Mon bébé, ma petite, dis-moi, dis-moi que tu es là. Dis-moi que tu m'attends toujours et que tu espères comme nous le jour où l'on se reverra, ce

---

29. L'asbl Marc et Corine recueillait, en effet, via son numéro de teléphone imprimé sur toutes les affiches de disparitions, les témoignages de première main. Elle était obligée ensuite de les transmettre prioritairement à la gendarmerie et à la police judiciaire. Nous ne pûmes, pour notre part, consulter ces appels qu'après le 17 août 1996.

jour lumineux, cet instant différent qui fera basculer nos vies dans l'autre sens, le sens du bonheur retrouvé, le sens de la vie tout simplement. Toi, moi, nous, enfin réunis pour un avenir radieux. Dis-moi, ma beauté, mon amour, ma fierté, ma tendresse, mon oiseau des îles, ma toute petite, ma nounette, dis-moi que tu nous attends encore et toujours.

Le temps passe, c'est dur, c'est trop. Et pourtant, il FAUT TENIR, encore et encore. Et croire, croire encore et encore. Garder le « Cap de l'Espérance ».

Je t'aime.

30 mars 1996

J'ai appelé madame D. Je veux en savoir plus sur son témoignage concernant l'Espagne. Je n'ai plus que cela en tête : aller voir là-bas. Te chercher moi-même. Et qui t'aime me suive !

Hormis ton frère, tout le reste m'indiffère : les émissions, les affiches, la justice, sa mauvaise volonté, ses incompétences, sa nullité. Tout cela, il sera toujours temps de le crier haut et fort en temps voulu. Pour l'heure c'est toujours toi qu'il s'agit de chercher. Je ne dois plus gaspiller la moindre énergie à autre chose. Bien sûr, nous avons besoin d'argent pour tout ça. Je compte sur une bonne étoile pour ne pas te perdre faute de moyens. Au bout de ce désert, il y a l'oasis, toi. Toi, enfin dans mes bras. Je pense très fort à ce jour. Je pense à toi comme si tu étais déjà là. Bon Dieu, donnez-nous donc le temps comme allié.

Bisous du soir, ma chérie. Je suis là, je suis là, j'arrive vers toi.

1er avril 1996

Dans ta chambre règne un charmant désordre : de nombreux petits cadeaux t'attendent sur le lit. Il y a ce portrait de toi, peint par Lucien, ces petits cahiers que je remplis à t'écrire, ton plumier resté grand ouvert, quelques lettres qui t'attendent, ta jolie robe d'été à fleurs rouges, la dernière que tu as portée avant le samedi de ta disparition, ton album photos, tes effets scolaires laissés là, en vrac, sur ton petit bureau, comme si tu n'avais qu'à les reprendre demain avec ta mallette pour retourner en classe. Tes petites chaussures, tes pantoufles, ton pyjama et ton Nounours Pacha qui semble tellement s'ennuyer de toi, et même, sous ton lit, des crayons de couleur éparpillés et un dessin que tu as commencé ce matin-là. Je n'ai touché à rien. Tout est là et ne bougera pas tant que tu ne seras pas rentrée. Tout est là, dans ce doux désordre. Le temps s'est arrêté afin que, demain peut-être, il puisse repartir avec, enfin, ta présence qui rallumera la joie dans cette sacrée chambrette.

Nous avons appris tant de choses sur le monde durant cette insupportable période sans toi. Je prends toujours des anxiolytiques pour tenir le coup nerveusement, ce qui me rend un peu plus calme. Mais je commence à émerger de la torpeur dans laquelle la rencontre avec la juge m'avait plongée la semaine dernière. Jean-Pierre nous conseille de noter tous ces détails qui rendent plus douloureuse encore notre situation d'attente. Ces détails qui nous rendent la vie un peu plus insupportable et qui viennent du monde de la justice, celle-là qui porte si mal son nom. Je me dis qu'il n'est pas nécessaire de noter quoi que ce soit, que certains faits, certains gestes, certains mots ont été si cruels, si durs, si empoisonnés que jamais je ne pourrai les oublier. Comme s'ils s'étaient gravés en moi, dans le plus profond de mon être. Comme s'ils m'avaient marquée au fer rouge.

Et puis, en réfléchissant, je me dis que si, tout de même, il faudra noter pour laisser une trace ailleurs que dans ma seule mémoire. On ne sait jamais, au fond, quelle sorte d'amnésie pourrait me frapper un jour pour m'éviter de sombrer dans l'autodestruction, la rancœur, la haine. Une amnésie bienfaisante qui me permettrait de survivre à tout ce que je n'aurais pu supporter. Oui, il vaudra mieux, sans doute, garder une trace et écrire. Tout déposer entre les pages d'un volume, quel qu'il soit, pour permettre la transmission à ceux qui n'ont pas su ainsi qu'à ceux qui n'ont pas voulu savoir. J'écrirai pour tuer le mal, pour empêcher l'ignorance, pour que cette souffrance vécue à cause d'une certaine forme d'inhumanité par une partie de l'humanité ne soit plus permise. Pour empêcher l'indifférence, l'oubli.

En attendant, je garde l'espoir. Un espoir que je vais chercher dans le doux regard que tu as sur toutes les photos que j'ai de toi. Je sais ce qu'ils me disent, ces beaux yeux-là.

Je t'aime et je n'abandonnerai jamais la route vers toi, même si le brouillard devenait si épais que je ne verrais plus dans quel sens diriger mes pas. J'avancerai à tâtons, s'il le faut, dans le noir ou dans la tempête et ce sera peut-être encore très long, mais je continuerai d'avancer. J'espère toutefois encore et toujours une brusque éclaircie.

Bisous du soir, mon trésor.

2 avril 1996

Ma chérie,

Notre histoire n'aura pas fait pleurer que nous. Ce qu'il vous est arrivé à toi et Julie est une histoire vraiment impressionnante. Vos doux visages sur les milliers d'affiches qui ont été dispersées aux quatre coins du globe ne laissent plus grand monde insensible. À côté de cela existe un monde obscur, composé de gens obscurs, que nous ne pouvons pas comprendre. Ce sont ceux qui vous ont enlevées à nous, ceux qui savent et qui se taisent, ceux qui restent immuablement, désespérément insensibles à la détresse humaine. Il y a aussi ce côté du monde qui nous fait peur.

L'équipe de TF1 est venue tourner une nouvelle reconstitution. Les petites Morgane et Virginie ont à nouveau joué vos rôles. Le papa de Morgane, monsieur R., qui est aussi gendarme, était sur place avec sa fille. Il ne la quitte plus d'une semelle. Il a l'air si brave. Dommage qu'il soit gendarme. Quand je vois ces gendarmes qui sont aussi des papas, j'ai envie de tout pardonner. Toutes les lacunes, toutes les bêtises et la vaste ignorance de la police. Je vois bien qu'ils font tout leur possible et parfois au-delà de ce qu'il leur est permis. Mais, évidemment, ils ne sont pas vos parents, ils ne vivent pas vingt-quatre heures sur vingt-quatre avec la peur au ventre, ils ne peuvent ressentir comme nous cette rage, cette révolte, cette douleur et ne peuvent agir comme nous avec cette immense énergie que l'on nomme énergie du désespoir, et c'est bien normal. Les parents, c'est nous. Nous sommes seuls à souffrir au point de réclamer peut-être l'impossible.

L'équipe de TF1 nous a quittés, après le tournage sur les lieux de votre disparition et l'enregistrement de nos interviews. Un peu confuse, un peu honteuse, m'a-t-il semblé.

Mimi, mon amour, appelle-moi, guide-moi vers toi. On n'a peut-être plus que cela pour se retrouver : une transmission d'amour par la pensée.

3 avril 1996

Plus je me sens seule et plus je me sens enragée.

Je suis là, ma doucette, je ne te quitte pas. J'irai les chercher, les gens qui nous aideront, j'irai crier, parler de toi, pleurer, supplier, questionner. J'irai au bout du monde retrouver ta trace.

4 avril 1996

Je deviens difficile et même infernale. Mais j'ai si peur qu'on vous oublie. Pour m'apaiser je me réfugie dans ta chambre. Il me semble qu'ici, parmi tous tes objets, tu es un peu plus présente. Tout est à toi ici. Tout t'attend, ma petite princesse des îles. Il va falloir que je me rattrape, je ne dois surtout pas me laisser gagner par le désespoir. Je dois me laisser guider par cet amour, cet immense amour de toi, ce grand désir de te retrouver. J'ai été trop dure aujourd'hui. J'ai secoué ton papa avec des paroles terribles. Je veux qu'il ressente la même peur que moi. Cette peur si forte pour toi que l'on n'a plus peur de rien d'autre. Je redoute ses moments d'abattement car je crains qu'il m'entraîne avec lui dans cet état de déprime. Alors, je le secoue, je me débats et tente de lui maintenir la tête hors de l'eau. Mais je le fais de manière si maladroite que je manque à chaque fois de couler moi aussi.

6 avril 1996

Pâques. Papy et Mamy nous ont tous invités au resto, Michel, Cécile, Gino, Manon, Grégory et moi.

Je suis contente que le temps ait été moche. La pluie éloigne le sentiment de fête que nous ne pouvons plus partager.

Ta zia a apporté un énorme œuf de Pâques en chocolat à Grégory et à toi aussi. Ça m'a fait plaisir. Pour elle, cela signifie que tu seras peut-être là assez tôt pour le découvrir et le déguster.

Je suis allée le déposer sur ton bureau. Ce bel œuf attendra avec nous.

Mon pauvre petit chat, il fait trop calme dans cette chambrette sans toi. Sans ta présence, tout est si immobile…

10 avril 1996

La course vers vous se poursuit.

Il semble que vous soyez devenues les petites filles chéries de tout le monde. Méli, mon amour, ma petite fleur, toi si discrète, si timide, si douce. Toi que l'on cherchait sur les films, les photos, tant tu n'aimais pas te retrouver à l'avant-plan. Toi, ma petite fille toute simple, sans problème et sans histoires, à présent tout le monde te connaît. Vos histoires, vos visages sont connus au-delà des frontières. Les conversations s'animent à votre propos. Les débats publics se sont mis à fleurir quant à l'efficacité des services judiciaires. Les interpellations commencent à agacer le politique.

Moi, je n'ai pas envie de comprendre maintenant ce qui ne va plus dans cette société. Je veux d'abord vous retrouver.

C'est mon seul Objectif avec un O majuscule.

J'entrevois déjà l'immense joie de te retrouver tout en n'osant pas trop imaginer les conséquences de ce tohu-bohu de neuf mois. Comment les deux petites filles disparues cet après-midi-là vont-elles retrouver la paix dans leur petit univers d'alors ? Comment pourrez-vous redevenir des petites filles comme les autres ?

Notre histoire, votre histoire, fait à présent partie d'une histoire plus large, l'histoire d'un pays dans lequel sont survenus des événements qui peuvent changer une société.

C'est aussi cela que nous avons perdu à tout jamais, notre histoire toute simple, notre intimité, ce merveilleux bonheur qui ne se vit qu'en famille.

L'essentiel sera d'être à nouveau ensemble pour vivre tout ce que la vie aura encore à nous apporter.

Je t'aime. Tu me manques tellement. Je sais que tu es quelque part, mais ton absence à ma vue et à ma tendresse est tellement éprouvante, ma chérie.

13 avril 1996

Il y a du soleil et j'enrage.

Je ne veux plus voir le beau temps avant que tu ne sois rentrée. Nous cherchons des idées, un message à faire passer lors de cette prochaine émission en France à laquelle nous allons à nouveau participer. Un grand coup de bluff? Une énorme proposition d'argent? Que pourrait-il bien exister de plus motivant? Souffle-moi une idée, ma chérie. Inspire-moi.

14 avril 1996

Nous sommes donc retournés à Paris. Le standard téléphonique de l'émission *Témoin Numéro 1* a été submergé d'appels. Ainsi, après neuf mois, nous sommes encore parvenus à briser le silence pour combattre l'inertie de la justice. Vous faites à nouveau les gros titres des journaux.

C'est une réussite et un échec à la fois. Réussite d'avoir pu capter à nouveau l'attention des médias. Échec cependant, lorsque nous lisons la manière dont, aujourd'hui, on parle de cette enquête. Les journaux se servent du sujet dans le seul but de hausser leurs ventes et leurs profits ; ils suivent à la lettre les consignes des autorités. Les instances judiciaires ne leur transmettent que des informations décourageantes. Tandis que les politiques, pour leur part, semblent ne réagir qu'en fonction d'un calcul de voix. À travers notre drame, les différents pouvoirs se livrent des guerres ouvertes. Et je me demande qui, parmi eux, pense encore vraiment à vous, qui respecte votre existence, notre souffrance? Une fois de plus, il apparaît que seuls les gens qui n'ont pas partie liée au pouvoir, les gens comme nous, sont vraiment sincères. Mais comme cette société qui n'est même plus capable de mettre en priorité la vie de deux petites filles est donc moche! Que la justice poursuive donc son travail de sape! Que les journalistes débitent donc les conneries que la justice leur cède comme pitance! Je saurai te trouver en dépit d'eux.

Je t'aime, ma chérie. Tu es ma fleur unique. Moi aussi, lorsque nous t'aurons retrouvée, je règlerai peut-être des comptes.

Au lendemain de l'émission française, le 17 avril 1996, un fait divers attire mon attention : un jeune homme prénommé Christophe est retrouvé « suicidé » au domicile d'un certain Paul S. à Grâce-Hollogne. La juge R. du parquet de Liège descend sur les lieux. Un certain Paul S. est perquisitionné et soupçonné de l'avoir assassiné. Je découvrirai plus tard que cet homme, pédophile notoire, plusieurs fois condamné pour des faits de viols ainsi que de séquestrations de jeunes gens et de mineurs d'âge, avait, dès le 26 juin 1995, fait l'objet d'un témoignage en rapport avec l'enlèvement de Julie et Mélissa. Un autre témoignage viendra corroborer l'hypothèse d'une relation entre cet homme et la mouvance de Marc Dutroux. Mais ni l'enquête menée par la juge liégeoise, ni celle du juge Langlois de Neufchâteau ne prendront en compte l'intérêt de ces témoignages.

17 avril 1996

De vieilles histoires remontent à la surface suite à l'émission française : les témoignages du manège[30], la voiture foncée sur le chemin de Fexhe[31], le portrait-robot établi au début de l'enquête sur base d'on ne sait quel témoin potentiel.

De nouvelles choses aussi.

Mais comment faire le tri ? Qu'est-ce qui, parmi tous ces témoignages, pourrait vraiment se révéler important et qu'est-ce qui n'est que parasitage de l'enquête ? Souffle-moi, mon amour, souffle-moi les réponses.

20 avril 1996

Nous poursuivons notre course contre le temps. Je me suis mise à faire des recherches de terrain moi-même, souvent accompagnée de Cécile. Le temps est estival. Je n'aime pas ça. Ce temps d'été ravive en moi le sentiment d'urgence. Urgence ! Un second été va bientôt arriver !

La piste du manège est à nouveau envisagée. Puisque rien n'a filtré de la part de la justice sur l'issue de cette enquête, je m'y suis mise toute seule. Lina m'aide à recueillir les témoignages. Je veux le fin mot de cette histoire incompréhensible en rapport avec ce manège. Grégory est retourné en classe de mer, à Malaucène, en Provence, comme l'an dernier.

Je nous revois tous les trois l'an dernier lui adresser nos signes lorsque le car a démarré. Pour la première fois de ta vie, tu allais vivre dix jours

30. La piste du manège avait été initiée suite à un témoignage faisant état de la présence en ces lieux de Julie et Mélissa cet après-midi du 24 juin 1995. Ce manège était situé sur le parcours emprunté par les petites.

31. Le chemin de Fexhe est le nom du sentier emprunté par Julie et Mélissa, à l'angle de notre rue.

sans ton frère. Pendant cette période, tu as été notre petite fille unique. Tu as eu tes parents pour toi seule. Mais comme Grégory te manquait! À présent, c'est toi qui lui manques, mais d'un manque bien plus cruel que celui de l'an dernier pour lui. Parce que nous aimerions bien savoir que tu es au soleil de Provence, toi aussi, accompagnée d'autres enfants heureux et de la bienveillance de deux institutrices.

Ton absence prend toute la place, Mimi. Il s'agit d'un néant terriblement plein, terriblement lourd. Un néant gigantesque. Vite, il faut te retrouver! Te rendre à Grégory aussi. Il a besoin de sa sœur comme tu avais besoin de lui l'année passée.

24 avril 1996

Dix mois. Dix mois de séparation. Je lutte contre le temps, contre l'oubli, contre l'inertie, contre la lenteur, contre l'indifférence, contre le silence, contre le système.

Je persévère dans mes petites enquêtes personnelles. Plus le temps passe, plus m'apparaît l'urgence et la somme des choses qu'il reste encore à accomplir pour avancer vers toi. Penser à toi, à de futurs projets ensemble, me stimule, décuple mes forces, mon énergie. Je refoule cependant le plus possible mes souvenirs de toi. Nos beaux et doux souvenirs de toi nous ôtent toute rage, toute fureur, toute énergie. Ils nous font craquer. Alors, nous ne pouvons penser à toi qu'au futur.

Nous avons reçu hier une lettre de Caroline, notre amie d'Alsace. Elle avait vu l'émission de TF1, nous avait reconnus, t'avait reconnue et, complètement chavirée, nous avait alors adressé ses plus beaux mots d'espoir. Tu te souviens de Caroline? Bien sûr, tu t'en souviens. Nous l'avions rencontrée l'été de tes trois ans à Ramatuelle, où nous avions passé nos vacances cette année-là. Elle était l'amie de Claude. Nous nous étions promis, comme souvent à la fin des vacances, de nous revoir et de nous inviter peut-être les uns les autres. Il y avait peu de distance entre leur lieu d'habitation et le nôtre. Ils désiraient découvrir Liège et nous l'Alsace. Ils nous ont invités une fois. Nous les avons invités une autre fois. Et puis, nous n'avions plus cessé de nous revoir. Claude et Caroline, qui n'avaient pas d'enfant, t'adoraient. Il y avait de quoi, tu étais une poupée rieuse, toujours partante pour nos balades, si câline et si facile à vivre. Tous ceux qui t'ont connue ont craqué pour toi, petite poupée rieuse.

Il faut que je fasse l'effort d'éloigner mes souvenirs de toi qui m'affaiblissent, me font couler les larmes, me font craindre de ne jamais plus pouvoir retrouver les moments heureux de ton enfance. On nous a détruit cette vie-là. On nous a volé dix mois de nos vies, dix mois de ta vie. Qui a pu infléchir ainsi nos destins, lacérer notre existence en vous soustrayant si brusquement, de façon si incompréhensible, à notre vie? Qui?

Mon Greg qui est arrivé ce soir à Malaucène, ma Mélissa dont je ne connais rien du lieu où tu te trouves, recevez mes bisous du soir. Tous les deux, l'un après l'autre, comme tous les soirs depuis votre naissance. Nous nous retrouverons tous les quatre et nos rires repartiront, s'entremêleront et nous goûterons à nouveau à cette joie d'être ensemble.

Oh! si tu pouvais être retrouvée pour le retour de Grégory à la maison. Quel bonheur ce serait pour lui!

25 avril 1996

Hier, un chef d'orchestre tchèque, vivant à Liège en ce moment, nous a contactés. Il a demandé à nous rencontrer. Un ami de Tchéquie lui a fait savoir qu'il savait des choses à votre propos. Il voudrait nous en faire part le plus tôt possible. Rendez-vous est pris. Nous irons le voir chez lui.

Je n'en peux plus de fatigue, mon lapin, je vais dormir. Avec un nouvel espoir rallumé par ce coup de fil inopiné.

Je t'envoie mon bisou du soir tout doux.

26 avril 1996

Nous avons répondu à l'invitation du chef d'orchestre tchèque, monsieur Ulrich. Il nous a très délicatement accueillis. Mais il nous a semblé très triste et très ému d'emblée. À votre sujet, certaines informations lui étaient parvenues de la part d'un ami, là-bas en Tchéquie, prétendant avoir des nouvelles. Hélas, celles-ci étaient bien sombres. Selon cette personne, vous ne seriez plus de ce monde, victimes d'une mafia dont les liens s'étendraient de la Belgique à la Tchéquie.

Papa et moi ne savons que croire. Que faut-il penser d'une telle information ? Nous ne prêtons plus la moindre foi aux mauvaises nouvelles. On nous l'aura fait trop de fois ce coup-là. Celui de nous amener à penser qu'il est devenu inutile de vous chercher dans l'espoir de vous retrouver saines et sauves. Nous ne prêtons plus foi une seule seconde aux informations qui vous décrivent sans vie. Aussi, malgré la voix hésitante et trouée de larmes de monsieur Ulrich lorsqu'il nous a donné cette version, nous ne nous sommes pas laissé gagner par l'abattement ton papa et moi. La suite de la journée n'a cependant pas échappé à une certaine pesanteur. Au fil des heures, les paroles du chef d'orchestre se sont incrustées dans nos pensées jusqu'à les ébranler. Ce monsieur Ulrich avait l'air si sincèrement convaincu, pour sa part, des propos de son ami.

Et si c'était vrai ? Le doute nous a frôlés. Mais nous allons retrouver la force, ma chérie, mon amour, de le chasser à nouveau de nos têtes. Tu es vivante. Julie est vivante. En aucun cas nous ne pouvons douter de cela et nous devons continuer de nous acharner à le faire admettre aussi aux autres. Sans cet espoir, l'urgence de vous retrouver s'affaiblirait. Pour que les recherches soient activées avec la plus grande et la plus belle des motivations, il faut que vous soyez vivantes. De toute façon, imaginer que tu nous aies quittés pour toujours ne nous est pas supportable. Non, petite fille, tu n'es pas de l'autre côté du miroir. Tu es toujours là, avec nous, dans ce monde-ci, aussi mystérieux et douloureux puisse-t-il être parfois. Nous attendons le dénouement, le fin mot. Nous attendons de te revoir, un peu grandie, assurément. Mais tu reviendras dans ta maison auprès de nous.

29 avril 1996

Un jour de plus, une réunion de plus, des paroles et des paroles en plus, des idées et des débats d'idées, des projets et encore des projets.

Le temps qui passe s'ajoute au temps passé. Ce temps, on te le consacre entièrement. Nous n'avons plus que cela à t'offrir : notre temps.

Il est quatre heures du matin, ma chérie, je suis venue t'embrasser, par ce carnet interposé, avant d'aller me coucher. Depuis quand ne me suis-je plus couchée avant que vienne le petit matin ?

Je m'en vais au lit parce qu'il faut bien dormir. Mais dans ma tête bouillonnent encore une kyrielle d'idées et de projets, comme de former une association de fait avec les personnes les plus motivées et les plus disponibles de notre entourage, lequel s'est sensiblement agrandi ces derniers mois. Je fais des plans d'organisation sur un bout de papier, j'imagine, je donne des missions, je me prends pour une chef d'enquête. Mais quoi de plus naturel pour une maman dont la mission première est de veiller sur son enfant?

Il faut que cela bouge pour vous deux. Il faut que le mouvement vers vous soit constant, et si nous sommes de plus en plus nombreux dans ce même mouvement, j'en suis certaine, on y arrivera.

Tu me manques! Et j'ai envie de le hurler à la face du monde...

Pourvu que l'été soit aimable, pourvu qu'il nous laisse le temps avant d'arriver, pourvu qu'il reste discret, n'arrive pas trop vite, ne vienne pas nous désespérer en se montrant trop flamboyant. Pourvu qu'il nous laisse le temps de vous retrouver avant de revenir. Nous ne voulons pas vivre un second été sans toi.

30 avril 1996

Peut-être une nouvelle piste espagnole. Mais c'est une histoire qui part du pendule d'un radiesthésiste. Je n'ai plus très envie de suivre ce genre de pistes, que nous avons déjà tant de fois essayées et qui se sont toutes révélées nulles.

N'empêche, des témoignages qui vous situent en Espagne, il y en a eu beaucoup. Dont celui de madame D. qui nous a ramené, il y a quelque temps déjà, une photo très troublante qu'elle a prise de la fenêtre de sa chambre d'hôtel. On y voit deux petites filles en peignoir de bain, autour d'une piscine. La photo a été prise de trop loin et l'on ne peut distinguer nettement les traits des visages de ces enfants. Mais la ressemblance avec vous, ces silhouettes, ces coupes de cheveux, est véritablement troublante. Madame D., après nous avoir apporté un tirage de cette photo pour nous demander ce que nous en pensions, est allée voir les enquêteurs. Voilà des semaines que nous espérons connaître ce qu'il en est des vérifications de cette piste par la police. Impossible de savoir ce qu'ils en ont fait. L'ont-ils investigué sérieusement? Ont-ils pu la suivre jusqu'en Espagne? Le gendarme T. m'a dit qu'elle était close.

Qu'un officier de liaison posté là-bas avait procédé à l'enquête et que la conclusion est qu'il ne s'agissait pas de vous deux. Je ne suis pas rassurée. De quelle manière cette enquête a-t-elle été réalisée? Qui est cet officier de liaison? Plus aucune réponse judiciaire ne me rassure. J'ai besoin de preuves à présent. Leur parole ne suffit plus depuis longtemps à ce que je les croie. Madame D., pour sa part, est convaincue à 99 % qu'il s'agit de vous deux.

Cette photo me hante et me trouble depuis des semaines. Je voudrais pouvoir vérifier moi-même. Lina est d'accord pour m'accompagner sur place s'il le faut. Aussi, je ne pense plus qu'à ça. Madame D. m'a donné des indications précises quant à la localisation de la scène: le nom de l'hôtel, le nom du village, la province d'Espagne où elle a effectué son voyage. J'ai tout ce qu'il me faut pour partir. Mais que c'est donc compliqué à organiser pratiquement! Je voudrais des ailes pour pouvoir voler. Je voudrais être transparente pour tout voir sans être vue. Je me voudrais passe-muraille pour tout traverser sans encombres. Sans être remarquée, suivie, rappelée à l'ordre par ces garde-chiourmes que sont devenus pour nous les policiers belges. Je voudrais posséder des pouvoirs surnaturels pour pouvoir parer à cette situation surréaliste dans laquelle nous sommes plongés depuis si longtemps déjà. Mais comme je me sens limitée humainement face à mon amour infini pour toi, face à cette quête si difficile de toi! Car par rapport au vaste monde, notre recherche s'assimile bien à la recherche de deux minuscules aiguilles dans une botte de foin.

Alors, ma chérie, si je ne peux voler vers toi, instantanément par avion supersonique ou au moyen d'ailes fantastiques et merveilleuses, je vole vers toi, au moins en pensée, ce soir.

Je crois en nos retrouvailles et c'est pour cela que je m'agite. C'est là ma seule façon de croire: agir.

1er mai 1996

Aujourd'hui, c'est mon tour: 34 ans. Me voilà vieille d'une année de plus. Et c'est mon anniversaire que nous ne fêterons pas cette fois, faute de ta présence près de nous. J'ai un an de plus et des envies meurtrières. Un an de plus et une foule de sentiments nouveaux en moi, des sentiments jamais connus avant l'an dernier. Greg est rentré de Malaucène. Il t'a ramené plein de petits cadeaux. Comme tu aurais été contente de les découvrir à son retour, ma chérie, si tu avais été là! Et lui, il aurait été si heureux de te retrouver comme l'an dernier, toi sa sœur rieuse, en rentrant.

Mon bébé, j'ai un an de plus, tu n'es toujours pas près de moi.

Je pleure, je m'énerve, je crie, je me calme, je m'endors et puis je m'éveille et je me remets à pleurer. J'ai mal à ton absence, ma Mimi. J'ai mal à toi et mal pour toi. Oh! ma petite fille, ma merveilleuse petite fille, mon bébé, je te sens encore dans mon ventre, je te sens encore tressaillir pour la première fois en moi.

Je t'embrasse et te berce dans mes bras. Mais quand vais-je pouvoir vraiment te tenir à nouveau dans mes bras?

5 mai 1996

Ah, ma Mimi, si tu pouvais me dire… Si tu pouvais me dire tout ce qu'il a bien pu se passer lors de ce fameux camp patro à Huy en juillet 1994! Par un enchaînement d'événements extraordinaires, on a découvert aujourd'hui le t-shirt orange que tu avais oublié là-bas l'an dernier et qui n'avait jamais été retrouvé. Ce t-shirt à franges que tu aimais tant parce qu'il te donnait l'air d'une petite squaw a été retrouvé chez ce fameux « gentil monsieur Michel ». Il paraît même qu'il détiendrait des photos de Julie et de toi, des photos qu'il aurait donc prises de vous deux, l'an dernier. En juillet dernier déjà, ce personnage avait été suspecté, interrogé et perquisitionné par la police judiciaire. Sans résultat. Il nous avait été demandé à Louisa et moi de bien fouiller dans nos souvenirs afin de voir s'il n'y avait personne que nous aurions trouvé plus particulièrement bizarre dans votre entourage et seul ce fameux « gentil monsieur Michel » était réapparu dans notre mémoire. Nous ne l'avions jamais vu, jamais rencontré, mais vous deux, au retour du camp, en aviez abondamment parlé. « Il était si gentil, nous disiez-vous toutes les deux, il nous offrait des petits cadeaux et des bonbons tous les jours. » Voilà qui ne nous avait pas trop plu d'entendre, ma chérie. Nous nous étions posé des questions. Qui était ce monsieur, étranger au camp, qui semblait pourtant y être constamment présent? Pour tout dire, la maman de Julie et moi n'avions pas aimé du tout l'endroit choisi par les monitrices pour le camp patro de cette année-là. On ne l'avait découvert que le jour même où nous vous y avions emmenées, mais quelle déception! Il y avait un chemin de fer qui bordait le terrain du gîte, une vieille voiture au fond du jardin, un espace fort réduit pour y imaginer vos activités de vacances. Le lieu était isolé, mais proche de la ville de Huy, nous avaient dit les cheffes de camp qui avaient tout organisé. Il était prévu que vous fassiez de grandes balades et la découverte de la ville. N'empêche, ce lieu nous apparaissait fort peu commode et l'environnement pas très agréable pour y passer une semaine de vacances. On avait failli vous ramener à la maison. Mais Julie et toi, trop heureuses de passer toute cette semaine d'été avec vos petites amies du patro, vouliez absolument y rester. Alors, Louisa et moi nous en étions allées, dubitatives et mécontentes. Et voilà qu'à votre retour vous nous aviez parlé d'un certain « monsieur Michel, si gentil et toujours présent ». Décidément, ma Nounette, si vous aviez gardé un gai souvenir de ce camp de vacances, ça n'avait pas été le cas pour Louisa et moi... En plus, un maillot de Julie n'avait jamais été retrouvé, de même que ce t-shirt à franges que tu aimais tant. Voilà pourquoi la seule bizarrerie qui nous est venue à l'esprit quand la maman de Julie et moi avons été interrogées en juillet fut celle-ci : la présence de ce mystérieux personnage dans ce camp de vacances de petites filles.

Et voilà qu'aujourd'hui, deux jeunes Amaytois[32] nous appellent ! C'est en faisant du porte-à-porte dans leur quartier pour une marche parrainée qu'ils sont tombés sur un certain Michel, un homme extrêmement bizarre, ont-ils dit. Sous prétexte d'aller chercher un peu d'argent dans son portefeuille, il les a invités à entrer. Les jeunes ont été stupéfaits de vous reconnaître sur une photo affichée au mur. L'homme leur a alors expliqué qu'il vous connaissait bien, que vous aviez d'ailleurs séjourné plusieurs jours chez lui et, comme pour prouver ses dires, il leur a exhibé... ton t-shirt orange, à l'encolure duquel j'avais brodé tes initiales. Évidemment, à cette description, je l'ai tout de suite reconnu. Il s'agissait bien du t-shirt que tu avais perdu lors de ce camp à Huy. Cet homme ne pouvait être que notre suspect du mois de juillet. J'ai alerté alors la police judiciaire. C'est elle qui l'avait intercepté cet été suite à un autre témoignage et peut-être aussi à nos suspicions. Une nouvelle perquisition s'imposait à mes yeux car les deux jeunes m'ont fait part non seulement de l'exhibition du t-shirt par ce monsieur Michel mais également de ce qu'il s'est vanté devant eux d'avoir été votre ravisseur ! Est-ce qu'un tel témoignage ne suffisait pas à interpeller une nouvelle fois ce bonhomme ?

32. Amay est une petite commune faisant partie de la ville de Huy et de l'arrondissement de Huy-Waremme près de Liège.

Eh bien, non ! La police judiciaire n'a pas bronché. Alors je me suis rendue sur place. Et puis, ton papa est venu me rejoindre ainsi que Jean-Denis et Louisa. À la maison, pendant ce temps, Michel et Cécile tentaient de contacter d'autres services de police. Dont la gendarmerie d'Amay (située à moins de deux cents mètres du domicile du personnage en question). Aucun n'a voulu intervenir. Deux gendarmes ont tout de même été dépêchés sur place auprès de nous car nous ne voulions pas bouger tant que nous n'aurions pas obtenu une intervention policière. Ils ont dit qu'ils ne pouvaient pas faire quoi que ce soit sans instruction de la juge, qu'ils étaient en stand-by d'un ordre venu de plus haut mais que, de toute façon, l'heure légale pour interpeller l'individu ou perquisitionner chez lui allait être passée… Et ils nous ont demandé de partir. On est restés là sans broncher, sans obtempérer à quoi que ce soit. Je leur ai dit que si, pour leur part, ils devaient attendre les ordres d'un juge pour agir, en ce qui nous concernait nous n'étions sous les ordres de personne et que nous ne bougerions de là qu'après avoir vu de nos yeux qu'ils allaient enfin intervenir. Ils sont partis. Et rien, absolument rien ne s'est passé ! La nuit tombant, l'heure « légale[33] » dépassée, nous nous sommes alors aventurés à aller sonner à la porte de ce type. C'est monsieur Michel en personne qui nous a ouvert : « Non, a-t-il dit d'emblée, vous ne trouverez rien chez moi. » « Nous allons vérifier par nous-mêmes », lui avons-nous répondu, survoltés. Et nous avons forcé le passage pour entrer.

Ma chérie, je n'ai jamais rien vécu de plus surréaliste que cette nuit ! Nous avons récupéré ton t-shirt orange à franges… Nous avons interrogé nous-mêmes ce nébuleux personnage, nous lui avons demandé des comptes sur ton t-shirt, les photos, les circonstances dans lesquelles elles avaient été prises, sur les propos qu'il avait tenus cet après-midi aux deux jeunes, sur vous. Oh ! mais comment avez-vous pu appeler ce sinistre personnage « le gentil monsieur Michel » ? Ses réponses ont été plus invraisemblables, plus nébuleuses, plus exaspérantes que nous n'en avons pu supporter. Alors, Louisa et moi nous sommes mises à chercher nous-mêmes dans la maison. Une maison emplie d'un fouillis indescriptible. Mais, hormis ton t-shirt à franges, que ce personnage a bien voulu me rendre, nulle trace de photos de vous deux. Nulle trace

33. L'heure légale de perquisition se situait entre 5 et 21 heures. En outre, cet acte judiciaire devait impérativement être signé par le juge d'instruction.

de vous. Nous sommes rentrés au petit matin. Cette nuit nous a semblé complètement folle. Mais c'est surtout le comportement des flics qui, à nouveau, nous a révoltés. Ainsi, depuis si longtemps, ils nous chantent le même refrain : « Rien à signaler, l'enquête suit son cours, nous attendons l'élément qui nous permettra de poursuivre les investigations, etc. » et lorsqu'un élément particulièrement troublant se présente, ils ne bougent pas ?

Il est cinq heures du matin. Le jour se lève. Je m'écroule de fatigue, ma chérie. Je t'aime. J'ai peur, il me semble que je ne comprends plus rien.

7 mai 1996

Encore une journée surréaliste ! Il devient difficile de conserver sa lucidité et de ne pas sombrer dans une forme de paranoïa à ce stade. Le « gentil monsieur Michel » se nomme en fait F. Et on peut dire qu'il nous en fait voir. Mais tout se passe de manière tellement bizarre que cela me donne l'impression de tenir enfin vraiment le bout de quelque chose.

La commune d'Amay s'est retrouvée aujourd'hui encerclée par la gendarmerie. Après avoir raconté les événements de la nuit d'avant-hier à Édith et Daniel, je leur ai demandé de m'accompagner pour revoir Samuel et Cyrille, les deux ados qui nous avaient informés de la présence de ton t-shirt chez ce fameux Michel F. C'est que les deux jeunes m'ont rappelée cet après-midi pour savoir ce qu'il en était de leur découverte, ce qu'il s'était passé ensuite. Ils s'étonnaient de n'avoir rien entendu de neuf aux infos, étant persuadés que le bonhomme avait dû être arrêté et entendu par la police. Je leur ai expliqué que je souhaitais les revoir, que les choses ne s'étaient pas passées comme on aurait pu s'y attendre mais que, comme eux, j'étais intimement convaincue que ce Michel F. avait à voir avec votre disparition. Ils m'ont proposé de tenter une nouvelle fois de faire parler le type. Si je voulais bien leur amener un petit enregistreur, ils se faisaient fort d'enregistrer ses propos, lesquels pourraient ensuite servir d'éléments à la police pour qu'ils fassent quelque chose. On s'est fixé rendez-vous sur la place centrale d'Amay pour 16 heures. Et j'ai appelé Édith et Daniel. Je les voulais avec moi pour qu'ils puissent entendre eux aussi les propos des jeunes. Je voulais qu'au contact de personnes sensées et intelligentes comme elles, je puisse garder mon sang-froid.

Édith et Daniel sont arrivés en un minimum de temps à la maison et nous sommes partis tous les trois en direction d'Amay. J'ai garé la voiture à l'endroit convenu. Il était un peu plus de 16 heures lorsque deux flics en civil, plaquant leur carte de police sur le pare-brise, nous ont fait signe d'abaisser la vitre. « Votre rendez-vous n'aura pas lieu, madame Russo. Vos jeunes amis ont été arrêtés et ils sont entendus en ce moment même par nos services. Vous pouvez donc rentrer chez vous. » Décidément, je n'étais pas la bienvenue dans cette localité. Pour la seconde fois en deux jours, on me demandait poliment de dégager. Daniel, à côté de moi, est devenu blême. Édith, à l'arrière, n'a pas pipé mot.

J'avais, grâce à leur rassurante et encourageante présence, gardé suffisamment de sang-froid pour répondre à ces deux flics que je n'étais pas là pour un rendez-vous avec qui que ce soit mais juste pour une petite balade avec des amis à Amay. Je suis parvenue à leur répondre très calmement. Mais ils n'ont pas eu l'air de me croire, bien sûr. Ils ont continué d'insister pour que nous partions.

Daniel s'est mis à paniquer un peu : « D'accord, il ne faut pas sombrer dans la parano. Mais tout de même, c'est flippant ce qui vient de se passer là. Comment ont-ils pu savoir en un temps aussi court que nous avions un rendez-vous ici ? Il n'y a pas une heure que tu nous as téléphoné. Ton téléphone est-il sous écoute ? » « C'est bien trop de questions pour moi, ça, Daniel. Je ne peux pas y apporter de réponse », ai-je pensé, alors que j'étais moi-même plongée dans la même anxiété. Je me félicitais d'avoir eu cette idée de les emmener avec moi. Au moins, il y avait des témoins. Je n'étais pas seule à vivre cette histoire de fou. La raconter seule ne pourrait qu'amener ceux qui l'entendraient à croire que je commençais doucement à perdre la raison.

Négligeant l'injonction des flics de rentrer d'où nous venions, nous avons emprunté la route qui devait nous mener au domicile de Cyrille. Les jeunes m'avaient donné toutes leurs coordonnées au cas où je souhaitais les trouver. À tous les carrefours, il y avait des barrages de policiers. Les véhicules continuaient cependant de circuler, car ils les laissaient passer. Daniel a continué de poser ses questions tout haut, tandis qu'Édith et moi restions silencieuses, attentives à ce que nous voyions et ne comprenions pas. À quoi pouvait bien correspondre ce déploiement de policiers aux quatre coins de la petite ville ? Qui devait-on contrôler et pourquoi ?

Arrivé chez Cyrille, nous avons trouvé celui-ci complètement bouleversé. Il ne tenait d'ailleurs plus du tout à me voir, me dit-il. Il avait peur. Avec Samuel, il avait été arrêté en rue puis interrogé par la police sur ses intentions par rapport à nous et à ce Michel F. Il avait été relâché ensuite très vite. Mais ils avaient gardé Samuel. La maman de Cyrille est intervenue en suppliant : « Madame, s'il vous plaît, allez-vous-en, Cyrille est trop jeune pour ce genre d'histoire, je ne veux pas qu'il se mette en danger. »

Nous avons donc quitté Amay assiégée. Pendant tout le trajet, notre perplexité n'a pas cessé de grandir. De quelle sorte d'opération policière avions-nous été témoins ce jour-là ?

J'ai tout raconté à ton papa, à Michel et à Cécile. Il fallait que je me délivre de cette incompréhension, de cette sensation de folie que nous avaient laissé les événements de cet après-midi. À quoi avait bien pu servir un tel déploiement policier ? Pourquoi avoir arrêté Cyrille et Samuel ? Pourquoi leur avoir posé toutes ces questions sur leur intervention dans l'histoire Michel F. ? Pourquoi Cyrille ensuite avait-il l'air si terrorisé de me revoir ? Et qu'était-il alors arrivé à Samuel ? Comment pourrais-je avoir le fin mot de cette histoire ? Tous ces événements successifs et étranges avaient-ils une explication rationnelle ? Y avait-il une explication différente de ce qu'une nouvelle forme d'angoisse me dicte aujourd'hui ? Car plutôt que d'arrêter Michel F., on avait arrêté les gamins et nous-mêmes ! Plutôt que de se précipiter sur les éléments véritablement suspects en relation avec vous, les policiers ne s'attachaient-ils pas à entraver nos recherches ?

Me voilà, comme chaque soir, ma chérie, revenue dans ta petite chambre où je t'écris ces quelques mots pour me donner la douce illusion que je te parle, que tu m'entends, que nous sommes ensemble.

Mais ce soir, je suis un peu plus triste, un peu plus honteuse encore, un peu plus dégoûtée de la justice de mon pays et de ses procédés inqualifiables.

Ils ont arrêté Cyrille et Samuel, deux ados de quinze ans, qui n'ont rien fait d'autre que ce que j'ai toujours espéré que l'on fasse si les circonstances se présentaient : nous prévenir de toute attitude suspecte en relation directe avec toi et Julie, témoigner en gardant à l'esprit que vos vies en dépendent.

8 mai 1996

Ce matin, je jubilais presque après avoir récupéré mon sac à main oublié chez la maman de Cyrille. Elle m'a dit avoir été informée que des policiers ou des gendarmes de Bruxelles surveillaient les parages et que cette surveillance allait se prolonger toute la semaine. Alors j'ai voulu penser positif : les choses sont peut-être enfin en bonne voie. Quelque chose va enfin se passer.

Dans l'après-midi, j'ai revu les deux jeunes. Les voilà repartis de plus belle ! Ils se proposent à nouveau pour nous aider dans nos recherches. Ils se prennent sans doute pour des détectives en herbe ou des chevaliers, que sais-je. Mais leur audace et leur fougue me touchent tellement. Il faut pourtant nous protéger et les protéger. L'atmosphère est si délétère ces jours-ci…

Un peintre anversois est venu jusqu'à la maison nous offrir un tableau vous représentant toutes les deux…

Victor et mon cousin Guy se sont énervés sur moi au téléphone. Il y a autour de moi des gens pressés de me voir reprendre le travail, la vie normale. Je ne veux rien entendre. C'est moins le moment que jamais ! Je suis sûre que d'ici peu quelque chose va se dénouer… J'attendrai jusqu'à dimanche. Si rien de nouveau dimanche, si je ne peux rien savoir de ce qui se trame, rien comprendre de ce qui se met ou non en place pour vous trouver ces jours-ci, alors je balance tout. Cette tension silencieuse est devenue insupportable. Rien ne peut plus se vivre normalement dans un tel climat ! Je dirai tout, j'écrirai tout, je n'en peux plus de me taire pour aucun résultat.

Bisous, ma poupée. Je t'aime et j'espère et je crois.

9 mai 1996

Ma petite adorée, tu sais, on se bat tant qu'on peut pour toi. On se bat pour te retrouver et pour cela, il faut aussi se battre contre ces incompétents du monde judiciaire. À ce stade, nous les dérangeons sans doute beaucoup trop. Alors, ils tentent de nous casser par tous les moyens possibles. Ils tentent de nous impressionner, de nous intimider. Mais moi, je n'ai plus de limites pour que l'on te retrouve. Rien ne me fera tenir coite dans mon coin à pleurer.

Le substitut H. a répondu hier à notre avocat au sujet de la demande envoyée il y a déjà plusieurs semaines de nous recevoir. Le procureur général nous avait indiqué, souriant, que ce magistrat serait dorénavant la personne de référence à contacter pour toute information sur la suite de l'enquête. Mais le substitut a répondu qu'il ne pourrait nous voir avant un certain temps...

C'en est trop de cette attitude, de ce sale jeu de cache-cache. Nous décidons, papa et moi, de nous rendre au Palais à la rencontre de ce magistrat dès ce matin.

Oh là ! Quel scandale ! Nous n'avions pas rendez-vous et il est défendu de se rendre en personne chez un magistrat pour solliciter un entretien, qu'il nous refuse donc ! Après nous être renseignés sur l'étage et le bureau du fameux substitut de référence, nous nous y rendons sans plus attendre. Nous frappons à la lourde porte capitonnée et entrons dans la pièce derrière laquelle se tient, assis bien droit à son bureau, le substitut H. C'est la première fois que nous le rencontrons. Nous ne l'avions jamais vu qu'une seule fois lors d'un passage à la télé où il jouait un mauvais rôle de brave homme se souciant beaucoup de la peine des pauvres parents d'enfants disparus. Mais aujourd'hui, il trouve notre attitude i-nad-mis-si-ble ! Le substitut passe par toutes les couleurs. Il a appuyé sur un bouton pour alerter les gardes. Ceux-ci arrivent *illico*. Ton papa est emmené *manu militari* hors de la pièce. Quant à moi, je leur hurle de ne pas me toucher. Ils ne bougent plus, regardent le magistrat, se demandant manifestement quoi faire. Alors, je demande posément, le plus posément possible : « Monsieur le substitut, par quels moyens pouvons-nous vous faire une demande de rendez-vous ? Nous avons écrit, sans résultat. Nous avons téléphoné, envoyé des fax. Toujours rien. Et les mois passent. Or, votre nom seul a été proposé pour nous garantir un contact judiciaire. Voilà pourquoi nous sommes venus vous faire cette demande en personne. Vous ne nous avez laissé aucune alternative. » Le substitut promet encore de nous donner bientôt des nouvelles. Mais « bientôt » dans leur langue veut sans doute dire : « À la semaine des quatre jeudis ! »

On est finalement rentrés sans plus de nouvelles mais contents tout de même, ton papa et moi. Contents de ne pas les laisser nous oublier, vous oublier. Contents de ne pas les laisser tranquilles. Contents de voir qu'en fin de compte, ces gens de pouvoir ont si vite peur.

Éric nous a prévenus qu'une nouvelle émission *Faits divers* de la RTBF allait vous être consacrée à l'occasion du prochain 24 juin qui marquera la première année de votre disparition, un an sans savoir, un an d'angoisse. Pourvu que nous n'arrivions pas à un tel triste anniversaire, à un tel déplorable bilan.

On ne laissera pas les choses en arriver là. On va continuer comme ce matin de forcer les portes, forcer le silence, forcer le destin. Attends-nous, petite chérie. Nous aurons notre heure. Nous oublierons tout mais seulement à partir de cette heure où nous nous retrouverons l'une et l'autre. L'heure du bonheur se remettra à sonner.

10 mai 1996

Michel et ta marraine Cécile sont à leur tour partis se reposer au Portugal. Je suis contente pour eux bien que secrètement je panique déjà un peu à l'idée de me retrouver toute une semaine ici, dans ce pays, cette rue, cette maison, cette petite prison, sans eux.

Andréa et Tina nous ont invités au restaurant. À Huy. Pour moi, c'était l'occasion de vérifier si rien ne semblait s'y passer de particulier. Il y a presque une semaine à présent que les événements d'Amay se sont produits. Tout a l'air si tranquille. Non, décidément, rien. Il ne se passe plus rien par ici. Mes espoirs de ces derniers jours sont à nouveau en berne.

Comment allons-nous vous sortir et nous sortir de cette histoire sordide qui n'en finit pas ?

11 mai 1996

Ma chérie, mon amour, ma fleur de tendresse.

Il se passe actuellement des choses fort curieuses liées à ce fameux « gentil monsieur Michel ». Nous avons compris que cet homme n'est pas un homme comme les autres.

« C'est un homme dangereux, m'a dit le commissaire L., il s'agit de ne plus jamais répéter une telle prise de risques. Votre perquisition privée aurait pu tourner très mal.

– Pourquoi ? ai-je demandé, ce type n'a pas le profil d'un violent capable de se servir d'une arme pour nous assassiner, n'est-ce pas ? ai-je ironisé.

Mais le péjiste n'avait pas envie de rire.

– Je vous répète, madame, que c'est un homme dangereux et que vous avez pris des risques inconsidérés en pénétrant chez lui cette nuit-là.

J'ai donné au policier L. une liste écrite des différents objets suspects ramenés de notre "perquisition".

– Voilà, monsieur le commissaire, ces objets, nous les tenons à votre disposition si toutefois vous les estimez suffisamment inquiétants pour poursuivre ce volet d'enquête. Si vraiment cet homme est dangereux, n'est-il pas de votre ressort de vérifier dans quelle mesure il est lié à des agissements pédophiles qui ne concerneraient pas que lui? Quant à moi, j'ai le droit de savoir si oui ou non cet homme est impliqué dans l'enlèvement de ma fille; j'ai besoin que, de ce côté, le doute soit levé. Car le doute est bien là, n'est-ce pas, monsieur le commissaire? C'est bien ce genre de travail que vous menez lorsque vous nous déclarez qu'il s'agit de refermer des pistes en les menant au plus loin des investigations. Il reste, je crois, matière à investiguer sur les objets que nous avons trouvés et qu'apparemment, lors de votre perquisition en juillet dernier, vous n'avez pas remarqués. Tous ces vêtements d'enfant, par exemple, dans la maison d'un vieux célibataire, dont le t-shirt aux initiales de Mélissa, ne vous avaient-ils pas interpellés[34] ?»

Demain, Mimi, c'est la fête des mères. Fais-moi ce cadeau, offre-moi ce rêve, reviens à la maison.

Ne pas penser. Remplir les jours d'actions et d'espoir...

14 mai 1996

Le rendez-vous officiel avec le substitut H. est enfin arrivé. Il nous confirme que Michel F. fait bien partie de la liste de suspects. Une liste de suspects? La police judiciaire tient donc une liste de suspects? Nous n'en saurons pas plus. Mais le substitut nous informe que nous recevrons d'ici peu une série de PV triés du dossier d'instruction. En quelque sorte un dossier «expurgé de tout élément qui pourrait s'avérer trop sensible pour l'évolution de l'enquête», nous dira-t-il sans plus.

Dans les documents trouvés chez Michel F., il y a déjà suffisamment de preuves que cet individu trafique avec les lois et les enfants. Personne ne pourrait se permettre le centième de ce qu'il fait. Comment s'auto-

34. Ni le commissaire ni Michel F. lui-même ne nous réclameront jamais ces objets «saisis» par Louisa et moi le soir de notre irruption à Amay.

rise-t-il tant d'entorses aux lois sans que cela ne pose jamais de problème? Dans son carnet, on peut lire: «En cas de problème, appelez Christian.» Qui est ce Christian? Quelle sorte de problème? J'aimerais tant que les flics lui posent enfin les questions qui s'imposent. Mais à la question de savoir si, enfin, ce type va être sérieusement interrogé, le substitut nous a fait une réponse de Normand.

Suite aux explications aussi vagues qu'évasives du magistrat, nous ne pouvons toujours pas nous faire une idée réconfortante sur le travail effectué. Pour ma part, je continue de penser qu'ils travaillent mal, à une lenteur désespérante, sans véritable plan, un peu «à la petite semaine». En plus, ils restent braqués sur la recherche d'un criminel, tandis que nous restons obsédés par votre recherche. Le criminel n'est pas notre priorité. Notre priorité, c'est vous, votre vie sauve. Leur priorité, c'est l'arrestation d'un criminel, un procès, un jugement. Nos objectifs sont différents. Ils se chevauchent mais ne se rejoignent pas.

Malgré tous nos appels au secours, nos rappels des priorités, ils ne sont pas prêts à changer. Ils poursuivent leurs vieilles méthodes, leurs modes d'emploi. A-t-on jamais vu un fonctionnaire se permettre de réfléchir au bien-fondé de son cadre de travail? Aussi, dans notre situation, je finis par croire qu'une volonté bien au-dessus de ces pauvres policiers met des bâtons dans les roues de l'enquête.

Le commissaire L. nous a recontactés. Il semble, lui aussi, dubitatif sur le cas de Michel F. Il n'a pas d'alibi, en effet, pour la nuit du 24 au 25 juin, concède-t-il.

Il l'aurait donc réinterrogé? Le commissaire, cependant, ne veut pas de mon point de vue et rechigne toujours à accepter les objets que nous avons trouvés chez lui. Il a juste accepté ton t-shirt orange, ma chérie. Un tel élément est, en effet, à lui seul, déjà suffisamment important.

Ces derniers jours m'ont beaucoup troublée. Je voudrais tant qu'une étincelle jaillisse dans ma tête. Que je puisse crier «Eurêka!» Que ce flot d'éléments bizarres prennent un sens enfin clair.

Il faudrait que tout cela se dénoue, que les éclaircissements viennent plus vite. Que cet imbroglio dans ma tête se défasse. Qu'un fil direct nous mène à toi.

17 mai 1996

24 heures seulement dans une journée. Ce n'est pas assez.

La dernière réunion du comité de soutien était encourageante. De l'avis de tous, la justice finira par plier. Certes. Mais dans combien de temps? Combien de mois encore? Combien d'années? Je doute, pour ma part, que cette institution de marbre dur ne plie avant que l'on ne vous retrouve. Tout cela prend beaucoup trop de temps… Une institution a le temps, des siècles même, si elle le veut. Nous, nos vies sont trop courtes et les vôtres, petites filles, en danger permanent depuis de longs mois. Qui, plus que nous, plus que moi, ma chérie, garde en soi cette brûlure de l'urgence?

J'ai poursuivi l'analyse de tous les papiers trouvés chez Michel F. Bon Dieu, que cela prend aussi du temps! À mon impatience s'ajoutent des sentiments de plus en plus angoissés au fur et à mesure de mes découvertes. Dans ces carnets, il y a une foule de noms de policiers, de magistrats, d'avocats, de politiciens, de prostituées, etc. Et puis, ces photos. De mauvais clichés. Pris à la sauvette, dirait-on. Des photos de parties dénudées de corps d'enfants. J'ai peur, peur de parler et peur de me taire. Peur de comprendre et peur de ne pas comprendre. Peur de fantasmer et peur de passer à côté de choses importantes. Peur de me perdre et peur d'être dans le bon. Peur d'étouffer sous la montagne de mes questions. Et peur pour ta destinée, ma petite fille chérie…

Je tourne et retourne les maigres PV du dossier «expurgé». Une seule chose m'interpelle dans ce fatras de pages sans intérêt: un appel de détresse donné par une petite fille se présentant être une petite Mélissa. Un coup de fil arrivé dans une famille de Waremme[35] possédant le même numéro de téléphone que le nôtre, à l'exception du préfixe, fait état du témoignage de la famille qui a reçu l'appel. Ce fait date de juillet 1995. Il a fallu un an pour apprendre ça? Et qu'en a fait la police? Rien. Il leur a été impossible, écrit-elle dans son procès-verbal, de retrouver la provenance de cet appel. Et s'il s'agissait de toi, mon amour, toi tentant désespérément de m'appeler?

Comment me protéger de cette abominable angoisse? Comment ne pas sombrer?

---

35. Petite ville de la province de Liège, proche de Huy.

Mon bout de chou, ma rose, ma tendresse, comment t'aimer autrement qu'en m'absorbant dans mes pensées les plus tendres de toi, dans mes réflexions et mes activités quotidiennes pour te retrouver ?

21 mai 1996

Comme tous ces gens qui passent pour me remonter le moral me dépriment. « Aucun oiseau n'a le cœur à chanter dans un buisson de questions », a écrit le poète René Char. Je n'ai pas besoin de consolation, j'ai besoin de temps, de temps libre pour ma seule préoccupation : chercher ce qui peut me mener à toi. Mais que croient-ils ? Que nous nous lamentons tout seuls à la maison, que nous dépérissons en attendant que tu reviennes toute seule ou qu'un de ces flics te ramène par la main ?

Et puis, toute cette effervescence autour d'idées bien sympathiques mais qui me minent parce qu'elles mangent mon temps et mon énergie. Des expos, des matchs, des concerts, de nouvelles émissions en préparation. C'en est trop. Je ne peux plus supporter tout cela. Il y a maintenant trop de gens qui veulent nous voir, chacun avec sa petite idée. Notre temps, notre temps si précieux se perd avec eux. Ils ne le savent pas et je ne peux le leur dire de cette façon, mais ils sont un frein, une entrave à ma liberté de te chercher comme bon me semble, où bon me semble. Le poids de la notoriété, la sensation d'être phagocytée, mangée par tous ces gens me met de très mauvaise humeur.

Bisou du soir, mon papillon.

22 mai 1996

Aujourd'hui, un médium de Paris vous situe dans une grande demeure près de laquelle coule de l'eau…

Un témoin de Kansas City aux États-Unis vous localise dans un McDonald's de sa région. Il dit vous avoir vues toutes les deux, accompagnées d'un individu de type étranger…

Daniel et Édith s'acharnent sur leurs étranges découvertes autour d'un château…

Madame D. insiste pour que la police s'occupe de son témoignage concernant l'Espagne…

Moi, je suis obsédée par le « gentil monsieur Michel ».

À cela s'ajoutent mes problèmes avec le travail, les activités festives de Tony qu'il souhaite vous consacrer, les réunions du comité de soutien, le tournage du reportage de l'émission du 24 juin à la RTBF, les pin's, les affiches, les demandes de nouvelles, les encouragements, des coups de fil à tout bout de champ, la sonnette de la porte d'entrée tous les quarts d'heure…

J'en ai marre ! Je voudrais tellement pouvoir m'asseoir au calme et réfléchir un peu. Mimi, parle-moi.

23 mai 1996

Hier soir, j'ai rencontré une dame qui n'a connu que le monde de la prostitution et qui m'a raconté sa vie. Elle m'a appris des choses horribles, quasi insoutenables. J'en suis littéralement malade. Cette réalité si crue est devant moi et je ne peux plus l'esquiver désormais. L'esclavage sexuel existe bel et bien, les femmes usées jusqu'à la moelle sous l'assaut des hommes, ces femmes qui ne sont plus rien que des objets sans âme, ces femmes dont on use et abuse jusqu'à ce qu'elles en périssent, ce monde d'exploitation forcenée des corps féminins, tout cela fait partie de la réalité de notre monde. Et j'en suis malade. Physiquement et moralement malade.

Toi, ma belle, ma promesse de bonheur, quelle est ta réalité d'aujourd'hui ? Décidément, la face obscure du monde ne m'est pas supportable, trop dure à encaisser. Je ne suis pas capable de soutenir la cruauté de ce côté de la vie. Parfois, il me semble que tout ce mal va faire exploser mon cœur. Mimi, ma petite puce, tu es trop jolie pour souffrir, trop jolie pour que l'on te fasse du mal. C'est ce que m'a dit ton frère, comme pour me consoler ou m'apaiser tout en se rassurant lui-même, un de ces soirs où je suis allée l'embrasser avant son sommeil.

Je me raccroche à ceux que j'aime, à ceux qui me soutiennent dans tout ce qu'il me reste d'espoir de te revoir intacte. Édith et Daniel sont de ceux-là. Ils foncent, me suivent ou, parfois, me précèdent. Ils agissent. Ils sont ingénieux, pleins d'humour. Ils vivent à un rythme d'enfer. Ils vivent pour nous, pour toi et Julie. Ils me maintiennent, sans le savoir, à bout de bras dans la vie. Ma chérie, pourvu qu'ils aient la chance de te connaître un jour car ces deux-là mériteront notre plus grande reconnaissance.

Mon bébé, ma toute petite fille, ne bouge pas, nous allons te trouver.

27 mai 1996

Mon petit chat,

Je rêve de toi, de ton retour à la maison. Je me dis qu'à force d'en rêver cela deviendra réalité.

Nous avons revu le substitut H. ce matin. Comme la dernière fois, il n'a donné que des réponses floues à des questions pourtant très précises. Le message qu'il nous transmet en substance est que la police fait ce qu'elle peut et que nous devons comprendre que c'est la loi qui la limite. Message reçu. J'en déduis que si nous voulons mieux, il faut faire changer la loi. Mais nous n'avons pas le temps de penser aux changements de lois sur le fonctionnement de la police et de la justice. Car la priorité, c'est toi. Et toi, pour l'instant, c'est chercher ta piste. Chercher ta piste, c'est poursuivre celle de Michel F., celle du prisonnier de Louvain ou celles que nous laissent entrevoir aujourd'hui « les gens du milieu » que j'ai commencé à rencontrer...

Je t'embrasse, ma chérie. Que mon bisou du soir s'envole au-delà des nuages et te parvienne là où tu es. Je t'aime. Tiens bon.

29 mai 1996

Courte trêve de chasse aux indices et aux informations ce jour. Je ne me suis consacrée, aujourd'hui, qu'à des activités du quotidien : faire des courses, préparer le repas, faire la vaisselle, repasser du linge. Il m'a semblé que Grégory appréciait ce jour de retour à une vie presque normale. Comme il doit en avoir besoin... Retrouver une mère comme les autres, sereine, occupée aux tâches essentielles d'une famille. C'est sans doute une bonne chose pour lui de me retrouver un peu à lui, rien qu'à lui. Et pourtant, je ne peux m'empêcher d'avoir mauvaise conscience. Cette impression de te délaisser me trouble. Ma chérie, je ne sais plus que penser, comment faire, comment vivre. Je me sens si perdue...

Fais-moi un signe. J'ai si peur. Je ne veux pas te perdre. Appelle-moi.

30 mai 1996

Tony le catcheur s'est dépensé sans compter pour organiser un week-end qui vous soit entièrement consacré à l'occasion de la grande braderie de Jemeppe-sur-Meuse. Il a obtenu la grande salle des fêtes de l'école communale pour une soirée en votre faveur. Il souhaite réaliser un petit bénéfice pour aider financièrement nos recherches et nos impressions d'affiches et de cartes. Aux murs de cette salle, j'ai passé des heures à accrocher plus d'un millier de dessins que des enfants de partout nous ont envoyés pour Julie et toi. J'y ai passé une partie de la nuit.

31 mai 1996

Je n'aime pas du tout l'idée de Tony. Mêler vos disparitions à ce week-end de braderie ne me plaît pas. En plus, nous sommes censés être présents à ce souper de bienfaisance. Ce mélange d'ambiance festive et commerçante est incompatible avec ma peine et mon impatience. Mais les amis fidèles, nos familles et même les parents Marchal[36], qui sont dans la même peine que nous, sont venus avec leurs propres amis et familles. Ici encore, il s'agit bien de solidarité, d'amitié, de chaleur humaine qui nous est généreusement manifestée. Il me faut surmonter ma triste humeur. Tous ces gens, à commencer par Tony le catcheur, méritent certainement notre gratitude.

Cette soirée se termine vers trois heures du matin sous la pluie. Je n'ai jamais autant aimé la pluie que depuis que tu es partie, ma chérie. Le soleil qui allège les cœurs, rend les gens gais et insouciants n'est plus un ami. Il contribue à vous faire oublier. Aussi, lorsqu'il apparaît, je lui voue toute ma rancœur. Son appel à la joie me scandalise. Comment peut-il encore briller en ton absence ? Comment peut-il encore appeler à l'insouciance et à la légèreté alors que je me ronge d'angoisse, me noie dans une énigme sans fin ?

---

36. Les parents Marchal sont les parents d'An, cette jeune Hasseltoise disparue le 22 août 95 avec son amie Eefje. Nous nous étions rencontrés peu avant Noël et, malgré la barrière de la langue qui ne nous permettait pas d'échanger autant que nous l'aurions souhaité, nous avions spontanément sympathisé. Paul Marchal était un père aussi acharné que nous l'étions. De son côté, il mit en place tous les moyens d'alerte possible pour retrouver sa fille. C'est notre lien d'amitié qui nous permit d'échanger et de faire circuler les affiches de disparition d'An et Eefje et de Julie et Mélissa tant au nord qu'au sud du pays.

Ma Mimi, mais quand va-t-on se retrouver ?

Tony est un grand cœur. Il a même organisé un combat de catcheurs pour vous ! Incongru. À sa façon, Tony est un poème. Mais il m'a épuisée. Il a fallu faire face à ce long week-end durant lequel j'aurai pu observer tous les comportements humains face à la détresse.

Mais au bout du compte, ma chérie, je garde surtout, le plus précieusement du monde, tous les sentiments de compassion et d'espoirs qui nous ont été exprimés. Il y en a eu beaucoup. Et le contraste fut édifiant face aux manifestations d'indifférence, voire d'hostilité, qui ont aussi émaillé ce week-end organisé pour vous par Tony le catcheur.

3 juin 1996

Depuis une semaine, c'est la disparition d'une petite Sabine de la région de Tournai qui défraie la chronique.

Je me demande comment la famille de cette petite fille fait face à son angoisse ; on ne parle pas des parents, on les voit à peine. Les membres de la cellule « disparitions » de la gendarmerie, créée en septembre de l'année dernière, apparaissent comme les principaux interlocuteurs des médias dans cette affaire.

Et un mystère de plus dans le pays. Si cette affreuse série continue, on finira par le rebaptiser « le pays des enfants disparus »...

Je deviens inutile tant je suis fatiguée. Ta marraine est aussi bien usée par la peine, le stress et toute cette énergie déployée en vain depuis des mois. Aujourd'hui, elle est à l'hôpital pour un examen de l'estomac. Elle n'avale presque plus rien et maigrit à vue d'œil. Je suis inquiète pour elle. Il nous faudrait un vrai coup de chance, à présent. Sinon, nous allons tous y perdre la santé. Et ce sera la fin, nous ne serons plus utiles à rien. Et le temps continuera de passer, tu devras attendre plus de temps encore pour être retrouvée et de savoir cela me rendra plus malheureuse encore.

Mais tiens bon, ma petite. Nous avons des alliés à nos côtés. Nous tiendrons nous aussi pour toi.

4 juin 1996

L'équipe de la RTBF qui réalise l'émission *Faits divers* est composée de gens formidables. Ils commencent aujourd'hui leur tournage pour la diffusion du 24 juin prochain. Ils sont aussi professionnels qu'exceptionnellement respectueux et attentionnés vis-à-vis de nous. Ce sentiment pénible que nous donnent souvent les autres journalistes d'être, d'abord et avant tout, des objets télévisuels, nous ne le ressentons pas avec eux. Nous sommes des personnes à part entière. Et leur émission ne sert pas d'autre intérêt que le vôtre, petites filles. Ils sont là pour Julie et toi. Ils participent à notre espoir. Leur façon d'être avec nous est très différente des méthodes journalistiques habituelles. Ils écoutent jusqu'au bout ce que nous avons à leur dire, ils ne posent aucune question inutile ou déplacée, ils orientent peut-être le sens de leurs questions, mais dans le seul but de laisser la plus grande place à l'espoir, à l'importance de vos vies d'enfants. Ils sont de votre côté, petites chéries, ils sont là pour vous, c'est évident. Ils sont exceptionnels pour cette raison sans doute : ils ont choisi leur priorité en construisant leur émission.

Il y a encore beaucoup de personnes qui émettent le désir de nous aider, de tout faire pour vous retrouver. À côté de tous les escrocs, tous les gens sans scrupules, tous les indifférents qui sont passés sur notre route, tant de chaleur humaine, de compréhension, de sincérité et de générosité nous ont été prodiguées que je crois encore et toujours que le meilleur viendra. Je crois à la transformation du plomb en or. Je crois vraiment qu'une petite quantité d'éléments de haute qualité est plus forte qu'une grande quantité d'éléments de peu de qualité. Je crois à ça. Et donc qu'il ne faut pas plier sous le poids du temps qui passe, ni céder à la peur de la difficulté.

Ma chérie, nous devrons sans doute encore patienter. Mais ce ne sera pas pour rien.

Bisou du soir, ma princesse. À bien vite dans mes bras.

5 juin 1996

On ne parle plus que de la disparition de la petite Sabine. Je me sens frustrée. Les médias nous disent qu'une cellule de vingt-quatre enquêteurs fonctionne 24 heures sur 24 au sein de la police judiciaire et en collaboration avec la cellule « disparitions » de la gendarmerie. Un peu dubitative, j'ai téléphoné moi-même au numéro de téléphone diffusé par la presse. J'ai posé tout de go la question de savoir si l'information donnée était correcte. Il m'a été répondu que oui. Le papa de la petite fille lui-même me le certifie. Tout se passe pour le mieux avec les enquêteurs.

Je me sens, pour ma part, malheureuse comme une pierre de désert. Épuisée. Vidée de mes ressources vitales.

Nous nous battons depuis un an pour vous et nous n'avons rien obtenu. Nous n'avons toujours pas le sentiment que tout a été fait pour que l'on vous retrouve. Au contraire. La pesanteur du silence de l'enquête à votre sujet est telle qu'elle me semble proprement assassine. Quant à nos propres recherches, elles coincent actuellement, freinées par le manque de temps, de moyens, de témoignages directs et crédibles.

Le « gentil monsieur Michel », manifestement à tendance pédophile, n'a pas donné signe de vie depuis notre visite à son domicile. Il ne nous a rien réclamé des objets que nous avons pris chez lui. La PJ non plus. Je ne comprends pas leur silence. Le temps de notre vie continue de couler atrocement. Plus rien ne se passe.

Je t'aime, ma toute petite. Je te le dis et le redis. Je voudrais que tu le sentes et que toi non plus, là-bas, tu ne nous oublies pas. Que toi non plus, de ton côté, où que tu sois, tu n'abandonnes pas. Je n'abandonnerai pas non plus. Jamais. En dépit de tout, je ne t'abandonnerai pas, ma princesse des îles.

6 juin 1996

6 juin : le jour le plus long ? Pas encore. Une impression de compte à rebours. Restent dix-huit jours avant d'avoir bouclé un an. Une année sans toi. Peur d'en arriver là. Que faire encore en si peu de temps ? Nous sommes toujours emportés dans un tourbillon : envoi des invitations à la presse et au comité de soutien pour une conférence de presse que nous tiendrons le 23 juin, longues phases d'interviews pour la préparation de l'émission de la RTBF, rendez-vous à la gendarmerie de Namur. Un adjudant qui voudrait faire avancer l'enquête sur la disparition de la petite Élisabeth voudrait nous voir. Les gendarmes sur place me font part de leur intention de se remettre en question. Ils m'avouent ouvertement leurs manquements. Et m'amènent à penser que l'erreur est humaine. Je veux bien le leur concéder. Mais pas l'obstination dans l'erreur. Je parle, je parle, je parle. Je cherche à convaincre, à sensibiliser,

à brûler les consciences de ces hommes. Je cherche à atteindre l'humain dans ce qu'il a de plus profond. Je suis peut-être maladroite, un peu limitée dans ma prise de parole mais je parle de tout mon cœur. Je parle pour toi, pour Julie, pour Élisabeth. Je plaide pour l'enfance en danger.

Demain, à nouveau Paris, pour un colloque organisé par l'APEV[37]. Mais j'ai peur de cette rencontre avec d'autres parents d'enfants disparus ou assassinés. Peur d'entrer dans la spirale de l'acceptation du pire, mais aussi de l'acceptation de n'être plus que cela : des parents d'enfants victimes. Peur d'accepter notre sort comme s'il s'agissait d'une fatalité.

Les gendarmes de Namur ont posé la question : « Pourquoi Élisabeth ? » Ils se sont posé cette question pendant des années, me disent-ils. « Et maintenant, pourquoi Julie et Mélissa ? », ont-ils poursuivi. Et l'un d'eux a répondu : « Il n'y a sans doute pas de réponse. C'est comme les accidents, c'est le hasard, le destin, la vie est une loterie. » Invoquer la fatalité pour toute réponse est inacceptable à mes oreilles. Trop facile. Si l'homme avait été fataliste dès son apparition sur Terre, n'aurait-il pas disparu de la planète depuis longtemps ? Selon moi, c'est la lutte incessante contre ce qui le détruit, contrairement à toute attitude de résignation, qui l'a mené jusqu'à l'an deux mille.

Pourvu que tu tiennes, mon amour. Pourvu que toi aussi tu te battes là où tu es pour tenir. Mais d'abord, il faut espérer que tu ne souffres pas. Si je pouvais au moins être rassurée sur ce point. À la seule pensée que cela ne soit pas le cas, à la seule pensée que l'on te fasse souffrir, je me sens vaciller, je me dilue, je me perds, je crève de mal.

Mon amour, ma beauté, ma tendresse, ma princesse, sache que maman est là. Pour toujours avec toi, là pour toi. T'envoie mon bisou du soir…

7 juin 1996

Nous voilà de retour à Paris en compagnie de Marie-Noëlle. J'avais pourtant espéré ne jamais en arriver là.

---

37. L'APEV, Association de Parents d'Enfants Victimes, est née en France il y a plus de vingt ans, de la volonté d'Alain Boulay, père d'une petite Delphine disparue la nuit du 27 au 28 août 1988 lors d'un camp scout en Normandie. Alain Boulay en est le président. Son association, reconnue par les autorités françaises, est la structure la plus active en matière de disparitions, enlèvements et crimes commis sur les enfants en France.

Mais je revois aussi Paris. Paris de jour. Paris de nuit. Je suis, comme à chaque fois que je revois cette ville, impressionnée par sa beauté. Paris ville lumière porte si bien son nom. Paris est plus qu'une ville, Paris est un monde en soi. Paris, où chaque coin de rue, chaque quartier décline les pans de notre longue histoire européenne. Pourquoi la déliquescence sociale de nos pays occidentaux aujourd'hui y apparaît-elle moins désespérante? L'origine de cette impression ne tient sans doute qu'à mes propres réminiscences de Paris, des souvenirs d'émerveillement, des souvenirs de bonheur et d'avant ta naissance, ma chérie. Des souvenirs sans douleur puisque tu n'y es pas.

Au colloque de l'APEV, je suis frappée par une image: celle d'un public composé de morts-vivants. C'est ainsi que mes yeux voient cette foule de victimes ici rassemblée: victimes d'actes de violence grave sur ce que nous avons de plus précieux, de plus cher encore que notre propre vie, à savoir nos enfants. Dans ce groupe de parents endeuillés, nous constituons ce que les psychologues appellent «les cas lourds». Certes. Si lourds que les autorités se taisent dans toutes les langues. Si lourds que nul ne s'aventure plus à nous aider parce que les tragédies que nous traversons ne sont supportables à personne. Insupportables, peut-être, parce qu'elles renvoient chacun à sa propre impuissance.

Nous avons rencontré un responsable d'Interpol. Le policier nous décrit son travail avec fierté: il s'occupe plus particulièrement de la recherche des enfants disparus. Il a brandi sous nos yeux le signalement de votre disparition via le réseau d'Interpol, déplorant que la justice belge ait voulu le dissuader de diffuser ce signalement sur l'Europe. Une incompréhension de plus, pour nous, quant à la logique des enquêteurs belges.

Retour en train avec Marie-Noëlle. Ensemble, nous pleurons, nous rions, nous nous révoltons, nous soupirons, nous discutons à bâtons rompus et puis, nous nous taisons. Nous sommes moins seuls. Nous nous comprenons.

Ne nous oublie pas, ma chérie. Trop de temps a passé, mais nous cherchons toujours et encore ta trace. Je te cherche comme on cherche à apaiser sa soif dans le désert.

Ma picounette, je t'envoie mon plus doux bisou du soir. En rêve, je te le donne. Et j'annule les barrières du temps et de l'espace. Au moins, en rêve, nous sommes ensemble. Je t'aime si fort.

9 juin 1996

Comme presque tous les matins, je m'éveille en fureur. Tout ce temps qui passe ! Tout ce temps perdu déjà ! Je poursuis mon compte à rebours : plus que quinze jours avant ce terrible anniversaire. Une année sans toi.

Et il faudrait supporter ces flics qui ne font plus que répéter qu'il faut savoir attendre ?

Mélissa, Mélissou, ma douce, mon espoir. Dire tout haut ton prénom. Il faut durer... Toi aussi. Je t'aime.

10 juin 1996

Les questions du journaliste m'ont lacérée, déchiquetée. Je me suis efforcée de répondre. Mais réfléchir sur le problème de ta disparition et en parler m'est de plus en plus pénible.

Et que faire de toutes ces vagues informations que l'on nous envoie sur autant de pistes qui devraient nous mener à toi ? C'est si décourageant de vérifier chaque fois qu'elles ne correspondent à rien de tangible. Mais dès que l'on me parle de toi, je ne résiste pas, j'écoute. J'ai tellement peur de rater quelque chose qui pourrait s'avérer important, rater l'élément chance, le détail crucial qui conduit droit vers toi.

Le mystère de votre double disparition reste entier. Son épaisseur engouffre tout, nos espoirs, nos énergies.

Plus les jours passent et plus mon angoisse monte et gonfle démesurément. Je crains que cette angoisse ne finisse par m'étouffer. La panique suit. Une panique sourde, profonde, incurable qui ne repose sur rien de concret, ni même sur les fruits de mon imagination.

Le journaliste s'est-il rendu compte à quel point il m'a torturée ? Il a fallu réfléchir à ses questions. Des questions sur toi, ton passé, ton présent possible. Il a fallu dire tout haut ce que je m'empêche de penser tout bas. Ces questions m'ont obligée à poser un bilan. Le bilan d'une année perdue. Un an sans le moindre signe de toi. Un an englouti dans une activité fébrile. Rien ne s'est passé. Tu as disparu, et puis plus rien.

Ce soir de juin est superbe. Je sens monter en moi l'envie douce-amère de me coucher pour mourir.

Je scrute le ciel du soir. Je n'espère à peu près plus rien d'autre que le passage d'une étoile filante. Une étoile, juste une étoile pour soutenir l'espérance. Mais même cette étoile refuse d'apparaître.

« Aussi dure que soit ta peine, tu dois vivre heure par heure, jour par jour », m'a soufflé ton papa. Où est-il allé chercher ça ? Je l'écoute cependant. Je le suis dans sa force retrouvée.

À demain, ma chérie. Je reviendrai demain. Même endroit même heure : ta petite chambre, minuit, pour t'embrasser tendrement en pensée.

11 juin 1996

« Condamnés à vivre. » Cette expression est de Louisa. C'est ainsi qu'elle décrit notre situation.

Toujours aucune nouvelle de toi. Ma toute petite…

13 juin 1996

J'ai rédigé une longue lettre au papa d'Eefje, la jeune fille disparue en même temps qu'An Marchal. Je voudrais le convaincre de ne pas baisser les bras, de ne pas abandonner sa fille. Et pourtant, comme je comprends aussi ces parents-là. C'est tellement dur de vivre tous les jours dans la peur de ce qui vous arrive, dans le stress intense de l'attente, ce stress de ne jamais plus savoir exactement à quoi s'attendre, en fait.

Je termine tout de même ma lettre. Car le mystère de vos disparitions a forcément plus de chance d'être un jour éclairci si nous en gardons la ferme volonté que si nous ne faisons rien.

Je pense à toi, à Julie, à An, à Eefje, à Sabine. Je pense à Élisabeth aussi…

Vos noms d'enfants disparues résonnent ensemble, maintenant. Vous voilà sœurs par le mystère de votre absence.

14 juin 1996

Jour de grande lassitude. Nous avons été interviewés pendant des heures et nous avons le sentiment de répéter les mêmes choses, indéfiniment. Après les interviews, nous nous retrouvons dans le silence de la maison. Épuisés.

La préparation de la conférence de presse qui se tiendra le 23 juin au Palais des Congrès à Liège s'annonce cependant fort bien. Plusieurs personnalités ont déjà fait savoir qu'elles y seront présentes.

J'ai pris contact avec les parents de la petite Sabine. Ils sont exactement au même stade que nous il y a un an. Ils se posent les mêmes questions. Se font les mêmes réflexions. Ils ont fait comme nous leur entrée en enfer. Nous voilà tous prêts, les Lejeune, Marie-Noëlle, les Marchal et les parents de Sabine à chercher ensemble les solutions pour en sortir. Les affiches de tous les enfants disparus s'accumulent aux fenêtres des voitures et des maisons. Aux nôtres, j'ai ajouté celle d'Interpol sur laquelle d'autres enfants disparus en Europe entourent vos petits visages. Il y a tant d'enfants disparus sur cette affiche ! C'est très impressionnant.

Comment continuer de vivre face à une telle calamité ? Comment continuer de supporter ? Comment vis-tu, toi, ma chérie ? Comment supportes-tu la vie là où tu es ? Comment vas-tu ?

Je ne parviens pas à réfréner ces questions qui se forment toutes seules en moi. Des questions qui pourtant me torturent, m'anéantissent.

Je n'ai plus envie de parler. Plus envie de voir personne. Je voudrais me retrouver seule juste avec toi.

Fuir…

M'envoler vers toi. Mais tout ce que je peux faire voler, c'est mon bisou du soir. Reçois-le comme un papillon porteur d'un doux message.

15 juin 1996

Un peu de calme dans la maison. Nous trois : Cécile, Michel et moi. Nous nous activons aux occupations qui sont devenues quotidiennes. Michel parcourt la presse pour en relever d'éventuelles nouvelles en rapport avec vous. Cécile tape les invitations pour la conférence du 23. Moi, je poursuis ma lecture assidue des procès-verbaux du dossier expurgé. Il y a peut-être là encore des éléments, des détails, des indices à côté desquels les policiers sont passés et que je ne dois surtout pas manquer.

Vivre. Heure après heure, jour après jour. Vivre jusqu'au jour de grand soleil où tu réapparaîtras.

Tu nous manques tellement.

Bisou du soir, ma belle. Et n'oublie pas : nous serons toujours là.

16 juin 1996

Il y a trop de bruit, trop de mouvement autour de moi. Les derniers préparatifs des émissions et de la conférence de presse font un sacré remue-ménage. J'en ai marre de toute cette agitation. Et pourtant, lorsque je me retrouve seule et dans le silence, j'ai très mal.

Mimi, ma chérie? N'oublie pas qu'ici tout t'attend. Tout est resté tel quel dans ta petite chambre, tout est comme tu l'avais laissé. J'ai juste rajouté sur ton lit un grand couvre-lit blanc ramené du Portugal.

Pour ton frère et tes copines, c'est la période des examens. Une année scolaire sera bientôt terminée. Une année d'école que tu auras perdue: la quatrième année. Ce n'est pas grave, une année scolaire perdue. Quand tu seras de retour, tu auras tôt fait de rattraper tout ça. Qui sait? Peut-être même auras-tu appris beaucoup de choses pendant ton absence? Beaucoup plus de choses qu'en une année scolaire.

Après une journée infernale de coups de fil, d'allées et venues, de sonneries du téléphone ou à la porte d'entrée, une journée d'agitation, comme le sont devenues presque toutes nos journées, nous nous sommes réunis chez les parents de Julie. Là-bas, il fait plus calme. Le QG, la ruche, c'est chez nous, dans une maison qui n'est plus qu'un lieu de passage et de travail non-stop. Pour pouvoir étudier, Grégory passe ses soirées chez zia Concetta. Ce soir, avec Jean-Denis et Louisa, on se réchauffe le cœur à quatre. On parle de tout et de rien, de vous surtout, bien sûr, toujours, mais aussi des projets que nous espérons pouvoir refaire très bientôt ou du bilan de toutes les actions que nous avons menées cette année pour vous retrouver. On vous aime très fort.

Ma petite chérie, si je pouvais au moins savoir que tu dors tranquille et que tu passes des jours exempts de souffrance, même si tu es loin de moi... Si je pouvais savoir que tu n'es pas malheureuse. On me dira encore que je rêve. Mais certains rêves ne sont pas toujours si loin de la réalité.

Dis-moi, ma Mimi.

17 juin 1996

Le temps est au beau fixe. Mais pas le temps de le percevoir. Rivés à ce vaste bureau qui a remplacé notre salle à manger, nous travaillons des heures durant à faxer, téléphoner, dactylographier, rédiger... Notre incessant mouvement crée d'autres mouvements. José a réalisé une farde de presse impeccable que ta marraine a tapée et mise en page. Le journaliste Michel B. a rédigé un article percutant à publier prochainement pour marquer la date anniversaire de votre enlèvement. Et à sa suite, tous les autres journalistes rappliquent. Pour eux, cet anniversaire, c'est de la matière à journal. Pour nous, le temps n'a pas passé. Rien n'a changé depuis l'an dernier : nous sommes toujours séparés de vous, nos petites. Et cependant, quelle année ! Nous n'aurons jamais tant appris sur le monde dans lequel nous vivons. Nos illusions sont tombées. Nous savons désormais que la presse se sert de vous et de nous comme chair à papier. Nous savons que les instances judiciaires nous trompent par leurs mensonges. Mais nous savons aussi que les juges et les politiciens n'ont de pouvoir que celui qu'on leur prête. Nous ne savions rien de tout cela il y a un an. L'apprentissage fut douloureux mais quel apprentissage ! Il ne sera plus aisé dorénavant de nous berner comme des enfants.

Pourvu que cette conférence qui approche porte ses fruits…

Pourvu qu'elle provoque enfin une étincelle, une flamme, un feu d'artifice : nos retrouvailles !

À bientôt, ma Mimi.

18 juin 1996

Nous sommes l'objet d'une grande sollicitude, mais qui vous place vraiment dans ses priorités, ma chérie ? J'en ai marre des procédures judiciaires et des longues discussions avec Jean-Pierre, Victor ou l'un ou l'autre politique préoccupé par la matière du fonctionnement judiciaire. J'en ai marre des journalistes, des médias, des conférences, des colloques, des réunions de parents d'enfants disparus et de tout ce monde de pouvoir que nous tentons de bousculer sans trêve mais qui s'ébranle à peine. J'en ai marre de ces journées où tu n'es pas. Je suis prise d'énormes doutes. N'avons-nous pas choisi la voie la plus ardue, la plus longue, la plus pénible pour arriver jusqu'à vous ? Ce long détour en valait-il la peine ? Ne nous sommes-nous pas laissés entraîner, dès le départ, par Jean-Pierre Malmendier dans une aventure qui est d'abord la sienne avant d'être la nôtre ? Et vous, petites filles, n'êtes-vous pas en train de devenir une sorte de label sous lequel beaucoup trop d'initiatives malhonnêtes commencent à voir le jour? J'en ai marre. Il faut désormais tout contrôler. Les escrocs prolifèrent autant que les marchands de promesses électorales.

Il faut tenir encore cinq jours. Tenir jusqu'à cette fameuse conférence de presse pour laquelle trop de personnes déjà se sont engagées. Respecter ce délai et puis basta!

Je ne veux plus m'occuper que de toi. À ma manière. Sans plus faire de grands détours par ces combats pour tous dans lesquels, finalement, vous êtes trop oubliées.

À demain, ma chérie.

20 juin 1996

La journée ne fut qu'un tourbillon. Une noria de journalistes a défilé à la maison. Nous répondons patiemment à tous, les uns après les autres. Ils remplissent leurs papiers à bon compte avec nous, car nous sommes très complaisants. Nous avons encore besoin d'eux pour marquer le coup de cette année écoulée sans résultat. Nous avons besoin d'eux pour donner un coup d'aiguillon, peut-être, à l'enquête en cours, obliger la justice à expliquer sa lenteur, la médiocrité du travail accompli, son manque d'initiative. Nous avons besoin d'eux pour tenter d'établir un rapport de forces avec le monde politico-judiciaire. Et eux ont besoin de nous comme sujet vendeur. Mais ce jeu stratégique ne pourra pas durer longtemps pour moi. C'est un jeu dur, un jeu d'homme, un jeu de guerre. Je tiens le coup, ma chérie, pour toi. Parce qu'il n'y a pas d'alternative en ce moment. Parce que je suis dotée d'une certaine résistance sans doute. Mais cela ne pourra plus durer longtemps. La vitesse des événements qui se succèdent commence à me dépasser. Une montagne de problèmes accumulés, qui me rongent de plus en plus et que je ne parviens plus à régler, obstrue ma route vers toi.

À qui oserais-je confier qu'en ces temps de sollicitations tous azimuts, d'interviews à tours de bras, de démonstration de force et de pugnacité, je me sens totalement éreintée, faible, au bord du gouffre? À qui oserais-je confier que je n'en peux plus, que j'ai besoin de retrouver un peu de douceur, de réconfort, d'intimité, de solitude? Il aurait peut-être suffi d'un mot, d'un geste, d'un acte posé par une des autorités judiciaires ou politiques pour tout faire basculer. Pour que cet affreux bilan d'un an de recherches sans résultat ne me plonge pas dans ce noir désespoir qui me guette à présent.

J'ai besoin de paix et de repos. Retrouver ma vie anonyme, me plonger dans mes souvenirs de toi, oser m'y laisser aller, retrouver une vie familiale, une vie privée, une vie intime, une maison qui soit aussi un lieu privé, un lieu personnel. Sans doute ton papa, et ton frère plus encore, ressentent-ils le même besoin que moi.

Me faire oublier. Hélas, si je me fais oublier, tu le seras aussi, mon amour de petite fille.

En un an, nous avons vu, connu, rencontré, revu et côtoyé des milliers de personnes. Il n'est déjà plus possible de se les remémorer tous. Des centaines de gens ont défilé à la maison, pour des affiches, pour une rencontre, pour un encouragement, pour des interviews ou pour proposer leur aide. Je n'en peux plus. De la première heure du matin jusqu'au soir, notre maison est devenue un lieu de passage, un bureau d'investigation, un lieu public.

À te chercher sans répit sans te trouver depuis un an, j'en arrive à me perdre moi-même dans ce maelström.

Ton papa, plus courageux que moi, est allé à Bruxelles cet après-midi. Il a accompagné Victor qui plaidait pour la dernière fois, en appel, la requête d'accès au dossier introduite depuis presque un an, au temps où tous les espoirs étaient encore permis. La décision de la Chambre d'appel sera rendue… en septembre ! Je me dis que je n'en veux plus de ce dossier, ma patience est usée. Qu'ils gardent tout, leurs procès-verbaux minables d'enquête bâclée. Qu'ils gardent donc leur fameux secret qui ne sert qu'à cacher leur misère. Croient-ils vraiment que nous ayons gardé la moindre confiance en eux ? Cette institution austère qu'est la justice croit-elle qu'elle demeurera longtemps encore crédible ?

Ma toute petite, où es-tu, toi, en ce moment ? Quelle place t'ont-ils faite dans leurs textes, leurs décisions, leurs jugements ? Tu n'en tiens aucune dans leur fichu système. Tu es trop petite, sans doute. Trop faible. Trop insignifiante à leurs yeux. Ils ne t'ont fait aucune place, ne nous ont fait aucun cadeau. Pas même celui de l'espoir. Jamais je ne pourrai oublier leur attitude envers nous, envers l'enfance en danger, envers la vie.

Mais dans ma tête et dans mon cœur, mon amour de petite fille, tu tiendras toujours toute la place. Dans mon amour pour toi, il n'y a pas de règles, pas de lois, pas d'entraves qui puissent me retenir de te chercher encore et toujours. En dépit d'eux et de leurs interdits, en dépit de leur morgue et de leur puissance.

Nous ne nous sommes pas encore retrouvées, ma chérie, mais je t'aime si fort que l'on ne peut pas tout à fait dire que l'on se soit vraiment quittées. Tu es à chaque instant dans mes pensées. Tu es là. Et je suis près de toi. Où que tu sois.

Bisou du soir, ma princesse.

21 juin 1996

L'été est arrivé... Plus triste et désolé qu'un hiver sibérien.

Encore et toujours des journalistes. Je me sens comme une machine qui tourne sur elle-même. Je ne fais que répéter les mêmes paroles, répondre aux mêmes questions. Mécaniquement. Vais-je redevenir une personne ?

Dans son magazine d'informations, le journaliste Roland P. a démoli tout ce que nous avons tenté de faire passer comme message : notre vérité sur l'état des recherches à ce jour, c'est-à-dire rien. Selon lui, jamais un travail d'enquête n'aura été aussi sérieusement et rondement mené. Et il assène sa vérité, celle que lui ont sans doute offerte sur un plateau ses amis du Palais de justice liégeois. Ton papa fulmine. Il compose avec rage le numéro de téléphone du journaleux. Il ne peut plus supporter un tel degré de malhonnêteté dans le chef de ceux qui font l'opinion.

L'approche de la date du 24 juin nous rend nerveux, presque enragés. Nous nous sentons de plus en plus malheureux et impuissants. Pire, je me sens, à présent, comme un animal de foire, je ressens une honte immense face à un tel échec. Je n'ai plus qu'une envie : m'enfuir pour me cacher. Il me semble que je suis sortie pour toujours de la communauté humaine et que je ne suis plus, aux yeux des autres, qu'un objet de curiosité, une chose étrange et incompréhensible. Je crois que je suis en train de devenir franchement misanthrope.

Mélissa, ma Mélissou, j'ai peur. Je suis complètement désorientée. Je ne parviens plus à faire la part des choses. Qu'est-ce qui est important ? Qu'est-ce qui vaut la peine ? En qui avoir confiance ? Qui croire ? Que faire ? Cette conférence de presse, est-ce vraiment une bonne idée ?

Je ne suis plus qu'une girouette qui tourne à grande vitesse par un jour de grand vent.

Je veux m'arrêter, Mimi. Je veux que ce cauchemar cesse! Je veux descendre de ce train fou.

Vite! Vite! Il faut se retrouver, Mimi!

23 juin 1996

C'est le jour J.

Conférence de presse au Palais des Congrès. José y a apporté une énorme contribution. Quelle étrange et belle personnalité que cet homme! Si discret et réservé, et si passionnément engagé à la fois.

Le procureur du roi de Tournai, le psychologue Yves D. et le délégué général aux droits de l'enfant prennent position. Il y a comme un défoulement général. Nous avons posé cinquante-huit questions[38] au monde de la justice. cinquante-huit questions que nous nous posons face au silence tenace du pouvoir judiciaire, cinquante-huit questions qui nous taraudent depuis des mois, et auxquelles nulle réponse ne nous a été donnée. Les journalistes sont tous présents. Ils sont repartis à la fin de cette conférence comme médusés.

Le lendemain, les premières réactions dans le journal *La Meuse* sont vives. C'est surtout M., le policier d'Interpol, qui fait la une. Sa dénonciation du parquet liégeois refusant de vous faire figurer dans le fichier de signalements d'Interpol a choqué. Le journaliste de *La Meuse* s'en prend alors à la juge de façon tout à fait singulière. Personne à la conférence de presse n'a pourtant cité la juge. Si? Le journaliste, pour sa part, ne s'en prive pas, en tout cas. Quelle mouche l'a donc piqué?

Terminons la soirée, tous exténués. Demain est un autre jour, un jour auquel j'avais tant espéré ne jamais arriver: un an sans toi...

Je persiste à jouer la dure, mais au fond de moi je craque complètement. Où es-tu, toi, ma poupée, dans ce tourbillon d'événements? Où es-tu?

---

38. Ces cinquante-huit questions posées à la justice quant à la manière dont l'enquête sur les enlèvements de Julie et Mélissa a été menée de juin 1995 à juin 1996 serviront de base de travail à la commission d'enquête parlementaire quatre mois plus tard.

L'an dernier, au matin du 24 juin, tu étais encore là, blottie dans mes bras et nous étions si bien serrées l'une contre l'autre. Mon amour de petite fille, demain, où que tu sois, j'ai rendez-vous avec toi.

24 juin 1996

Tout ce jour, j'étais comme en attente. En attente d'un signe. Mais rien. C'est un bouquet de roses, dix roses anonymes déposées sans le moindre mot d'accompagnement, devant la porte, qui m'a fait craquer. Je ne les ai pas ramassées moi-même. C'est quelqu'un d'autre qui les a ramassées et placées dans un vase.

Je crois que je n'aime pas les roses anonymes, ni les coups de fil, ni les lettres. Même un cadeau, s'il n'est pas nommé, me déplaît. L'anonymat me terrorise. Peut-on comprendre ce sentiment, de la part d'une maman qui depuis un an se demande QUI lui a volé sa fille ?

Ce soir, je me sens tellement découragée. J'ai envie de me terrer. Je n'ai même pas voulu répondre au téléphone. Mamy pleure dans son coin. Je pleure dans mon coin. Tout le monde pleure, impuissant, inutile. Chacun sa peine. Impartageable.

Ainsi, après une année de bataille tous azimuts pour vous retrouver, rien n'a servi à rien. Il y a comme un grand vertige qui me prend quand je pense à toi. Le vertige du vide, du néant. Le vertige de ton absence. Et c'est alors toute la vie qui me semble vaine, insensée.

Mais je t'aime, ma chérie. Mon cœur, lui, n'est pas vide. Il est plein de toi, de tout ce bonheur que ta naissance m'a apporté.

26 juin 1996

Me laisser aller ou plutôt entraîner. Aujourd'hui, nous avons rendez-vous avec Claude Lelièvre pour discuter de la piste du prisonnier F. Il est évident que la juge refuse de s'y intéresser. Les inspecteurs S. et B. nous ont confirmé que ce détenu leur avait fourni par le passé des informations tout à fait fiables[39]. Mais la justice liégeoise ne veut rien savoir de ces deux policiers.

---

39. Les inspecteurs S. et C. réitéreront leurs propos sur le prisonnier F, sous serment, à huis clos, en commission d'enquête.

Je balance entre mon désir de croire encore en une société qui ne fonctionne pas parfaitement, mais un peu tout de même, et la réalité de toutes ces expériences incroyables qui me confrontent à un monde criminel inconnu, proche du fonctionnement mafieux par ses relais dans tous les rouages de notre société belge, en apparence si tranquille. Suis-je de plus en plus lucide ou suis-je happée par la paranoïa ? Je ne sais plus.

Tante Marie-Alice a organisé une messe de commémoration avec l'approbation et la participation du prêtre de son village. Elle est très croyante et ce faisant, pense vous rendre un bel hommage. Bien sûr, une messe, c'est un hommage, une pensée mise en commun. Je lui en sais gré. Mais il n'est pas question pour moi d'y être présente. Je ne veux pas faire semblant d'être croyante et participer à des messes qui ne signifient rien pour moi dans le seul souci de faire plaisir à ceux qui peuvent se satisfaire de cette sorte de consolation. Et pourtant, je ne veux pas faire de peine à cette tante qui a mis tout son cœur à la réalisation de cette messe. Les autres iront, pas moi. En dernière minute, torturée par ce choix de suivre ou de rester sur ma position, je décide de les suivre. Je ne veux pas rester seule.

Ce soir, nous recevons un fax de Victor. Il nous transmet la suite des PV du dossier « expurgé ». Nous les recevons au compte-gouttes. Je ne comprends pas non plus une telle lenteur dans leur tri. Je lis. J'enrage. Il n'y a là rien d'intéressant. Je ne vois pas pourquoi il a fallu autant de temps et de lourde insistance pour obtenir des informations aussi peu dignes d'intérêt. Je piaffe. Quand nous laissera-t-on enfin avoir partie prenante dans la recherche de nos enfants ?

Finalement, cette bataille pour le droit des victimes dont on veut nous rendre porte-parole me dérange de plus en plus. À quoi bon ?

Édith me prévient que le gendarme T. désirerait s'occuper sérieusement de l'organigramme qu'elle a constitué avec Daniel sur les sociétés manifestement écrans qu'ils ont repérées au château de F. Recommencer à collaborer avec les flics ? Je suis perplexe et même sceptique. Je me pose la question de savoir à quel moment les policiers travaillent pour la sauvegarde de l'institution et à quel moment ils travaillent réellement à vous chercher. Je ne sais plus.

Un étudiant de l'ISIS[40] a réalisé son travail de fin d'études sur votre enlèvement. Il nous a apporté son mémoire. Ma Méli, te voilà déjà sujet d'un mémoire… Comment est-ce possible ? Est-ce un bien, est-ce un mal ? Là non plus, je ne sais plus. Hélas, il a fallu vous livrer, nous livrer, tout donner de notre petit monde à nous. Et parfois, je regrette… Comment ferons-nous, lorsque tu reviendras, pour que tout redevienne comme avant ? Tout redeviendra-t-il un jour comme avant ? Est-ce que cela sera encore possible ? Oui, il a fallu mener une guerre à coup de coups médiatiques. Une guerre que je crains de perdre.

Allons, il faut se reconditionner, repartir avec optimisme. Ne pas se laisser emporter par de sombres pensées. Je tiens encore debout, ma chérie. Un an a passé, mais je suis toujours là pour toi. Et ces batailles, c'est pour toi que je les poursuivrai.

27 juin 1996

C'est la débandade. Je perds tout, j'oublie tout, je ne sais plus où je suis, je dis n'importe quoi, j'ai peur de réfléchir. Alors j'essaie au moins de faire comprendre ça autour de moi. Mais on dirait qu'il est trop tard.

Une certaine image, une représentation de vous est en train de prendre forme. Vous n'êtes plus perçues comme des petites filles en chair et en os à rechercher. Vous commencez à être perçues comme des symboles, des icônes. Symboles de l'enfance méprisée, symboles de l'injustice faite aux plus fragiles. Et nous, vos parents, sommes en passe de devenir les symboles de cette lutte contre l'injustice. Que tout cela est effrayant ! Je ne suis pas ce que l'on voit, ce que l'on croit, ce que l'on donne à penser de nous ; je ne suis pas forte, ni courageuse, ni guerrière. Non, je suis tout le contraire : fragile, perdue, triste, fatiguée, impuissante.

Je ne vois plus l'issue du tunnel. J'en suis à désirer ardemment que l'on nous oublie. Je rêve de te retrouver pour moi seule. Dans le plus grand des secrets. Je rêve de retrouver ce merveilleux anonymat d'avant. Une mécanique, un processus a été lancé qui ne s'arrête plus. Me voilà prise dans un engrenage que nous avons contribué à mettre en route. Mais qu'aurions-nous pu faire d'autre ? Comment aurions-nous pu nous y

40. Institut supérieur de l'image et du son.

prendre autrement qu'en sacrifiant notre vie privée? Avoir un enfant victime d'un enlèvement, un enfant disparu que l'on ne parvient pas à retrouver, est une terrible malédiction. Mais, non, je ne crois pas à la malédiction. Il y a quelqu'un quelque part qui est responsable de tout ce gâchis!

Et voilà que la cellule nationale de la gendarmerie nous demande l'impression d'un million de ces cartes postales faisant office d'avis de disparition! Diable, mais pour qui nous prend-on?! Des nababs, des magiciens? Je voudrais bien déclarer forfait.

Ce soir, je regarde le ciel, la lune, les étoiles. Et je me demande si, là où tu es, tu peux les voir comme moi. Nous partageons toujours le même ciel, ma chérie, le même quartier de lune, les mêmes astres qui luisent au-dessus de nous. L'Univers est si vaste et pourtant nous pouvons tous le percevoir rien qu'en levant la tête. Tous sous le même ciel, tous sur la même planète Terre. Toi et moi, sous le même ciel, sur la même Terre. Réconfortante idée qui me donne la sensation bienfaisante qu'au fond, nous ne sommes sans doute pas très éloignées l'une de l'autre en ce moment même.

28 juin 1996

Ton frère a reçu son diplôme de fin d'études primaires. Il était déçu. Il n'a pas obtenu les prix de math et de français. Mais juste ceux d'éveil et de néerlandais. La fille du conseiller communal a raflé les autres prix. Un écart d'un demi-point entre eux a permis qu'elle termine première. Greg est deuxième pour la première fois depuis le début de sa scolarité. Pendant ses six années d'école, il s'était maintenu à la première place. Elle, la petite Céline, l'avait toujours talonné mais jamais rattrapé. J'ai un peu de peine pour lui. Cette dernière session, il a dû travailler et étudier dans des conditions tellement difficiles, tellement exceptionnelles. Il a obtenu un si bon résultat en dépit de l'enlèvement de sa sœur, de parents inattentifs qui courent en tous sens, de ce satané téléphone qui n'arrête jamais de sonner, de ces réunions tardives à la maison toujours pleine d'étrangers, de ces allées et venues incessantes, des journalistes, en dépit de cette vie familiale qui n'en est plus une, de cette maison qui ne ressemble plus en rien à une maison. En dépit surtout de son isolement. Qui pense à lui dans ce grand désordre? Sa cousine Véronique, sa marraine Giovanna, mes parents, sa tante Concetta, ses grands-parents, ma meilleure amie Corine, Jacky et Joëlle, un couple d'amis, parents d'une petite Gaëlle qui a le même âge que lui et avec lesquels il retrouve de temps à autre de vrais moments d'insouciance en famille. C'est tout. Tous les autres semblent oublier son existence. La seule personne qui se soit inquiétée de lui, en dehors des proches, est Claude Lelièvre, le délégué général aux droits de l'enfant, lequel, de ce fait, a pris *illico* des galons dans mon estime. À part ceux-ci, personne ne s'est tracassé de savoir si vivre une telle situation n'était pas trop difficile pour lui, sans toi, avec des parents qui n'ont plus jamais le temps de rien parce que leur petite fille leur manque et qu'ils n'ont plus d'autre préoccupation que de la chercher. Et voilà qu'il n'obtient même pas ces prix tant mérités depuis six ans. « Maintenant, je sais que ce qui compte, ce n'est pas d'être le premier », a-t-il conclu, gaillard, sans aucune amertume.

Tu sais, ma chérie, il est si intelligent que je ne crois pas qu'il faille se tracasser pour une histoire de prix perdu. Il continuera sans problème. J'en suis convaincue. Comme toi, quand tu reviendras.

Mais vivement que l'on te retrouve !

29 juin 1996

Nous avons été invités chez une journaliste de la RTBF. Je trouve étrange ces rapports que nous entretenons maintenant avec des journalistes que nous ne connaissions que de noms. Le monde de la presse est un monde attirant, intrigant et un peu effrayant. Quel regard portent-ils vraiment sur nous ? Que veulent-ils ? Que cherchent-ils exactement lorsqu'ils nous manifestent toute leur sympathie et leurs encouragements ? Nous ? Ou le scoop potentiel qu'ils peuvent faire avec nous ? Nous ne pouvons néanmoins faire abstraction du fait qu'ils ont aidé à donner une dimension à votre histoire, c'est par eux que votre histoire est devenue « l'affaire judiciaire de l'année » jusqu'à prendre des proportions qui en feraient presque une affaire d'État.

La journaliste nous apprend que la dernière réunion de notre comité de soutien a été surveillée par la police judiciaire. Quel est le motif de cette surveillance ? Comment se fait-il que nous nous retrouvions surveillés par les enquêteurs qui devraient être en train de surveiller des suspects de votre enlèvement ? Pour qui nous prend-on ? Est-il possible que la police se fourvoie au point de nous prendre pour des comploteurs ? Est-il possible qu'elle en soit arrivée à se méfier de nous à ce point ? Mais de quoi se méfie-t-elle exactement ? Il y a décidément de la parano dans l'air partout en ce moment. Je me sens mal. Comme enchaînée. Enchaînée à un énorme boulet, épiée, surveillée par je ne sais quelle éminence grise. D'un autre côté, j'ai lu ou entendu récemment, je ne sais plus où, que les policiers de l'enquête utilisent ce même terme « d'éminence grise » pour parler de ceux qui pourraient bien être en train de nous manipuler. Cette ambiance de suspicion généralisée devient effrayante tout autant que ridicule.

Nous avons aussi appris, ce jour, que le commissaire L. est en congé, qu'une commission rogatoire a été envoyée en Italie (information dévoilée ce 23 juin dernier sur la chaîne RTL) suite à un coup de téléphone donné à Milan par un correspondant de Jette. À propos de quoi exactement ? On n'en sait rien, mais ce serait en relation avec votre enlèvement. Qui est parti en commission rogatoire ? Encore une énigme. Pourquoi font-ils tant de mystères ? C'est éprouvant. C'est une véritable guerre des nerfs que l'on nous mène, une guerre d'usure.

Parviendrons-nous à un meilleur dialogue avec la nouvelle procureure générale, Anne T. ? Elle reste notre seule chance, pense Victor qui nous a conseillé de lui refaire la même demande d'accès au dossier que nous avions faite à son prédécesseur. Je me pose tout de même la question de savoir si recommencer une fois encore toutes ces démarches éreintantes en vaut la peine. Un an d'espoirs déçus, ça use. Il y a eu tant de questions sans réponses. Tant d'angoisses sans apaisement.

Oh ! ma chérie, de ton côté, est-ce que tu tiens bon, toi ? Nous devons tenir bon, nous n'avons pas le choix. Nous sommes tes parents. Nul au monde ne tiendra jamais à ta vie autant que nous.

30 juin 1996

Le bilan est vraiment déplorable : les maigres PV transmis par Victor nous laissent penser que les recherches policières ont été fort sommaires. D'accord, ils se sont plaints d'être en sous-nombre. Mais comment ces flics, qui sont pour la plupart eux aussi des pères de famille, ne se sont-ils pas plaints haut et fort de cet état de fait ? Comment comprendre que l'être humain soit à ce point soumis aux règles, aux ordres, à la hiérarchie qu'il en arrive à faire taire en lui sa dimension humaine?

Seule la crainte que tu aies encore besoin de moi, que ton frère ait encore besoin de moi, me retient de me laisser couler à pic. Comment vivre sans joie et sans espoir? Je me raccroche à la pensée de tous ceux qui avant moi ont dû tenir dans un monde sans joie et sans espoir, dans le pire des enfers qui se puisse imaginer: ces déportés dans les camps pendant la guerre... Je pense très souvent à eux. Ils représentent, à mes yeux, le courage et la force de l'humanité. Ils devaient tenir dans les pires conditions, sans savoir, non plus, ce qu'il advenait de leurs amours, de leurs parents, de leurs enfants. Sans savoir s'ils les reverraient un jour. Je pense à eux, à toutes ces vies brisées, anéanties. Et je comprends – ô combien – pourquoi les survivants de cet enfer et les descendants de ces survivants ne cèdent rien à l'oubli! Une telle somme de souffrance ne peut être oubliée. Et aucun être humain, s'il tient vraiment à l'humanité, à ce qui fonde notre humanité, ne peut oublier. Il me semble même que de cette mémoire, de la préservation de ce souvenir-là, dépendra l'avenir du monde, l'avenir de l'Homme. Je pense à eux, je pense à tous ceux-là qui ont tenu, résisté et persisté à chercher le soleil. Je pense à ceux-là qui ne l'ont plus revu. À ceux qui s'en sont tirés. Et à ceux d'entre eux qui savent encore exprimer leur bonheur de vivre malgré tout. Comment ont-ils traversé cet océan de souffrance? Comment n'ont-ils pas été ravagés par l'amertume? Car ma petite, je sais par toi ce que signifie d'avoir mal. Je connais la souffrance engendrée par le manque et la peur. Mais qui peut comprendre l'intensité de cette douleur? Qui peut comprendre sans être passé par là?

Je pense à eux comme exemples. Je pense à eux et ils m'aident à tenir.

Je t'aime, ma douceur de vivre. Je t'aime, mon étincelle. Reçois mon plus doux bisou du soir où que tu sois.

1er juillet 1996

Juillet. Mois d'éclatement de la lumière, mois qu'entre tous, j'ai toujours préféré.

Après notre fulgurante réapparition dans tous les journaux du pays au lendemain du 24 juin dernier, la justice liégeoise joue au mort. Son silence est plus que jamais glacial. Un silence qui sent mauvais. Le commissaire L. est effectivement en congé pour tout le mois. Plus personne, semble-t-il, ne travaille à vous chercher. Et nos premières questions sont restées sans réponse. Au point qu'il m'apparaît déjà vain de poser toutes celles qui attendent encore. Victor ne sait plus que faire ni que dire. Nous nous sentons complètement seuls, complètement abandonnés face à leur silence hostile et persistant, alors que nous n'avions espéré qu'une chose : qu'ils finiraient par comprendre. Il faut se rendre à l'évidence : il est vain de vouloir communiquer avec une machine. Et le judiciaire n'est que cela, une machine. Comme l'administration. Comme l'armée. Ses rouages ont beau être des êtres humains, dès qu'ils se retrouvent au sein de cette mécanique ils ne sont plus que des rouages. Rien d'autre que des pièces sans âme d'une grande machine. Il faut faire ce constat : notre dur combat se solde par un échec. Il semble que, dans mon pays, on préfère ne pas savoir qu'il y a des gens qui souffrent, encore moins quand il s'agit d'enfants. « Le Roi, la Loi, la Liberté », dit l'hymne national. Mais quelle Loi ? Quelle Liberté ? Il me semble, moi, que la première loi des Belges, c'est la loi du silence. Et nous l'aurons appris durement, à nos dépens.

Et pourtant, en cet instant même, il fait si beau... Je veux croire encore en la force de la beauté : la beauté de la vie, la beauté de juillet. Si tant de beauté peut continuer d'exister dans un instant de lumière, de soleil et d'azur, ne peut-on pas croire aux miracles ? Si je peux encore percevoir, en cet instant, avec mon tout petit cœur serré d'angoisse, pétri de peine, une émotion intense devant l'incroyable beauté de juillet, si je suis encore capable d'émerveillement, capable de m'étonner du moment qui arrive avec tout ce qu'il contient d'inattendu, alors je suis capable de croire encore en ce moment inespéré de nos retrouvailles. Ce moment qui effacera toute la douleur du monde : celui de ton retour à la maison. Je crois et je vis pour ce moment : ta silhouette qui se rapproche, ton sourire, tes yeux qui brillent, tes yeux qui rient, ta voix qui m'appelle et mes bras qui, dans un élan de tendresse et de joie, enfin t'enlacent et te bercent.

Mais oui, je suis encore capable de croire en une étoile pour me guider et croire au Ciel pour te protéger. Tu verras, ma chérie, si nous n'avions pas raison de croire...

Je t'aime ma Mimi, comme toujours et comme jamais.

2 juillet 1996

Il y a des jours comme ceux-ci où je perds vraiment les pédales. Ce matin, je me suis présentée au bureau de la mutuelle, tenant en main des documents épars, regardant l'employée comme si je ne comprenais pas ce qu'elle faisait là. Subitement, je n'ai plus été capable de compter ma monnaie pour l'achat du pain à la boulangerie. J'oublie tout, je perds tout et je me sens, à tout instant, prête à éclater en sanglots comme un enfant de cinq ans. Heureusement, je n'ai rencontré personne ni rien de contrariant aujourd'hui. Et si j'ai beaucoup pleuré dans mon coin, c'est parce que mon état me contrarie moi-même. Je me dis que, puisqu'on achève bien les chevaux blessés, on pourrait bien m'achever moi aussi. Je me dis beaucoup de choses très sombres. Je ne comprends pas surtout l'acharnement de la justice à nous mettre à genoux. J'ai des idées noires, je me sens si nulle. Alors j'ai repris du Prozac car il y a aussi Grégory.

Après-midi avec Louisa: nous avons réglé les dernières formalités pour partir en Espagne. Le temps de mettre enfin à exécution mon intention de vérifier par moi-même ce qu'il en est du témoignage de madame D. est arrivé. Nous pourrons emmener Grégory et Maxime, le petit frère de Julie, puisque ce sont les grandes vacances. Je vais recommencer moi-même toute l'enquête de Nulès[41]. Cette enquête qui aurait été réalisée par un officier de liaison vivant en Espagne sur base du témoignage de madame D. et de cette photo qu'elle a prise de deux petites filles là-bas qui vous ressemblent tant. Il paraît que cette piste n'a rien donné. Mais je veux en avoir le cœur net. Louisa, dont la maman est d'origine espagnole, maîtrise la langue à la perfection. L'idéal est donc de nous y rendre ensemble.

Ma chérie, je t'envoie tout l'amour que j'ai pour toi et c'est bien tout ce qu'il reste de vivant en moi.

3 juillet 1996

C'est la série des mauvaises nouvelles. Après le suicide du gendarme G., celui qui rédigea le premier PV concernant votre disparition, l'accident d'un témoin potentiel, François R., happé par un train quelques heures

41. Nulès est une petite ville de la province de Castellon en Espagne.

avant que nous le rencontrions, j'apprends aujourd'hui l'incarcération sans rémission possible du prisonnier F. et, dans la foulée, l'enfermement de Samuel R. – ce jeune qui avait retrouvé ton t-shirt chez Michel F. – en IPPJ[42]. On coince les témoins potentiels tandis que les suspects ne sont pas inquiétés. Voilà tout ce que je peux déduire de ces derniers rebondissements.

4 juillet 1996

Mon amour de petite fille, aujourd'hui nous partons. Chacun de notre côté. Papa, très loin, hors Europe, avec le papa de Julie. Louisa et moi en Espagne. Je veux vérifier par moi-même qui sont ces deux petites sur la photo de madame D. Puisque tout, absolument tout, reste possible, nous allons continuer d'investiguer nous-mêmes toutes les pistes sur lesquelles la police ne nous donne aucun retour.

13 juillet 1996

Voilà, ma chérie. Nous sommes parties et revenues. Nous avons trouvé deux petites Espagnoles vous ressemblant terriblement. L'une s'appelait Laura et l'autre Sandra. La piste espagnole s'est évanouie. Nous avons passé le reste de la semaine à tuer le temps en regardant la mer et toutes les petites filles qui passaient sur la plage. Vos papas, eux, sont en Amérique du Sud. Ils ont saisi l'occasion du témoignage d'un marin, qui vous aurait vues sur un bateau naviguant vers Rio, pour aller ameuter un autre continent. Le Brésil sera donc leur première étape. Nous n'avons pas encore reçu de nouvelles d'eux depuis leur départ. C'est la presse qui nous en donne. En quelques coups de fil avec leur correspondant local, ils peuvent obtenir plus vite que nous les dernières nouvelles. Un journaliste de *La Libre Belgique*, posté là-bas, fait la liaison.

Le temps qui passe a moins de prise sur moi. Je me sens obligée de passer par l'épreuve de la patience. Je l'apprivoise peu à peu et je sens qu'elle commence à faire partie de moi. Il n'est plus possible de faire autrement. Il faut continuer de tenir et je sais à présent qu'il faudra bien compter avec la longueur du temps.

---

42. IPPJ, Institution Publique de Protection de la Jeunesse. Cette institution assure le traitement des dossiers en matière de délinquance juvénile. On appelle aussi IPPJ ces structures d'accueil dans lesquelles les juges de la jeunesse décident de placer les jeunes en difficulté.

14 juillet 1996

Ton prénom associé à celui de Julie ressemble à une terrible énigme. Une journaliste incroyablement bête m'a posé cette question tout à l'heure : « Seriez-vous soulagée de savoir, comme les parents de Carola Titze ? » Carola Titze est une jeune disparue allemande que l'on a retrouvée morte il y a peu ! Mais non, je ne serais pas soulagée ! Le seul soulagement possible serait de vous retrouver saines et sauves. Le plus dur dans cette longue attente, c'est de faire semblant d'être encore sociable, faire semblant qu'on supporte encore les autres et leur petite vie si tranquille, les autres et leurs enfants, les autres et leur satisfaction dissimulée de n'être pas à notre place, les autres que je vois presque tous comme des suspects potentiels de cette tragédie. Le plus dur, en ce moment, oui, c'est de supporter les autres...

À demain, mon amour. Bisou du soir.

15 juillet 1996

Gros boum dans la presse. Les journaux ont eu accès à la lettre du marin qui vous situait sur un bateau pour Rio. Cette lettre est publiée. Les journalistes font la relation entre les voyages des papas et ce courrier. Alors, le téléphone recommence à sonner sans arrêt. Les gens posent des questions, se passionnent, semblent tout heureux, certains déjà que le dénouement est proche et que la solution est là. Ils pensent que c'est LA PISTE. Ils pensent qu'après tous ces mois de silence quelqu'un enfin a parlé. Je ne peux pas participer à cette émotion générale. Ces gens n'ont eu que cela comme information depuis le début de l'affaire. Je me demande pourquoi subitement la presse tient cette info pour si importante. Ce témoignage est si vague. D'autres informations beaucoup plus précises et interpellantes n'ont pu être utilisées par la police. Avec celle-ci, on n'ira pas beaucoup plus loin. Bref, je ne crois pas qu'il s'agisse d'une piste sérieuse. La réalité est souvent bien moins spectaculaire, bien plus banale. Et je me demande même si ce grand engouement médiatique ne cache pas quelque chose de bien plus important en train de se produire ici.

Ces gens qui s'emballent et se passionnent pour ce que l'on appelle désormais « l'affaire Julie et Mélissa » sont pourtant tellement attentionnés. C'est très touchant. Autant d'amour ne peut qu'être bénéfique pour vous deux et certainement susceptible de vous protéger.

16 juillet 1996

Mon amour de petite fille. Nos jours, nos nuits ont basculé dans le surréalisme. Je tente péniblement de renouer avec une vie normale. Mais cela s'avère tout de suite impossible. Et inutile. Pourtant ton frère, tes grands-parents réclament un peu d'attention. Mais il se passe tellement de choses sur une journée. Qu'est-ce qui est encore essentiel, qu'est-ce qui ne l'est pas ? Tout peut être important. Alors, je continue et je tente de répondre à tout, de faire tout ce que la situation réclame tout en me demandant si ce que je fais est utile ou vain... Je ne sais, plus, Mimi. Je suis perdue. Oh ! si tu pouvais m'appeler, que je sache où venir te chercher...

Le journaliste Michel S. est venu m'expliquer que, connaissant bien le commissaire L., il tient à réaffirmer ses grandes qualités d'enquêteur. Oui, et alors ? S'il fait de son mieux son boulot de flic, tant mieux. Pour ma part, je suis ta maman et j'entends continuer de m'occuper de tout ce qui te concerne. Il est hors de question que je me mette au lit en pleurant, comme tant d'autres parents l'ont fait avant nous, en attendant que la police te retrouve ou ne te retrouve pas, ainsi que cela se passe dans tous les autres cas de disparitions d'enfants de ce pays. Hors de question de laisser ta vie entre les mains d'un seul homme, tout qualifié qu'il soit. Si, au moins, je pouvais croire à ses grandes compétences. Peut-être, en effet, les possède-t-il. Mais les moyens de bien exploiter ses compétences, il ne les a pas. Cela, j'ai pu le vérifier plusieurs fois *de visu*. Alors que l'on cesse un peu de vouloir me tenir tranquille. Je ne le serai pas tant que tu ne seras pas à portée de mes bras.

18 juillet 1996

Étrange visite ce soir. Un autre journaliste : Roland P. Mais qu'est-il donc venu faire ici à part se lamenter sur son sort ? Il s'est même mis à pleurer devant moi. Mais qu'est-ce qui lui prend, à ce type ? Il dit qu'il nous comprend et qu'il faut aussi le comprendre. Je ne saisis pas ce qu'il veut. Ils deviennent fous ?

Ton papa a téléphoné du Mexique. Il avait l'air très fatigué. Jean-Denis et lui, là-bas, donnent conférences de presse sur conférences de presse. Ils sont très bien reçus dans toutes les ambassades. Il paraît que la machine médiatique américaine est encore bien plus puissante qu'ici.

Moi, je ne suis pas allée très loin. Juste à Waremme, la ville à côté. Je voulais vérifier par moi-même le témoignage de madame C. – lu récemment dans le dossier «expurgé» – à propos d'un appel téléphonique reçu à son domicile par une petite fille disant s'appeler Mélissa.

«C'était au mois de juillet dernier, Madame. La petite fille a juste dit: «Maman, viens me chercher… C'est Mélissa.» Elle pleurait. L'appel a été brusquement interrompu. Alors j'ai appelé immédiatement la police.»

Cette dame tient un commerce et m'apparaît tout à fait honnête et digne de foi. Ce qui m'a poussée à vérifier ce témoignage, c'est la similitude des numéros. Le sien est le même que le nôtre, à la seule différence du préfixe. Mais les enfants de huit ans ignorent souvent qu'il faut composer un préfixe quand on sort d'une zone téléphonique. Toi, ma petite fille, tu ne le savais pas encore. L'appel n'a pu être donné que de cette zone. Or, Waremme possède le même préfixe que Huy ou Amay. Et à Amay, on retrouve… le «gentil monsieur Michel». J'ai d'énormes raisons de penser qu'il pouvait s'agir de toi. Mais les policiers n'ont pas retrouvé la provenance de l'appel et n'ont d'ailleurs pas fait la relation entre la similitude des numéros de téléphone. Quelle horrible frustration! Je n'ai aucun moyen de vérifier plus loin.

19 juillet 1996

Un bien triste jour. Il me semble faire la traversée du désert en solitaire.

Vivement que ton papa revienne. Vivement vous retrouver tous les deux.

20 juillet 1996

Je suis allée rendre visite à petite Mamy, ton arrière-grand-mère. Elle est si vieille maintenant. J'ai mal au cœur en la quittant. Je ne sais jamais si ce n'est pas la dernière fois que je la vois. Suis ensuite passée revoir oncle Pol et tante Marie-Alice. Les pauvres tentent de m'aider moralement. Mais qui le peut encore? Plus personne ne peut nous aider, aussi bienveillants soient les gens qui nous entourent. Mais j'aime savoir que je ne suis pas seule. C'est réconfortant. J'aimerais juste ne pas devoir

parler, ne pas devoir répondre aux mêmes sempiternelles questions qui partent pourtant toutes d'une bonne intention.
Cette nuit, je suis vraiment toute seule à la maison sans ton papa qui est au bout du monde et Grégory qui est parti pour une semaine chez son parrain. Quant à toi...Toi, on ne sait toujours pas.

22 juillet 1996

Mon petit chat,
En plein cœur de l'été, je suis bien lasse et malheureuse. Plus rien n'a de goût. Pourtant la nature est si belle... Je ne sais plus quoi faire. Je suis perdue devant ce néant. Les éléments dont nous disposons m'apparaissent à présent si maigres. Tout est si flou. Il y a eu tellement d'espoirs déçus que je me sens rompue, cassée. Ce mois de juillet où tout le monde profite du soleil ne nous apporte rien. Plus rien ne bouge. Rien ne se passe. Il me semble parfois que le temps s'est figé... Et moi avec lui.

24 juillet 1996

L'énergie vient à me manquer. Je tourne en rond dans ce travail incessant à ta recherche sans savoir si cela rime encore à quelque chose... Tout se passe chez nous depuis plus d'un an. Nous n'avons plus vraiment de maison. Notre domicile n'est plus qu'un lieu de réunion et de passage, un lieu de rendez-vous, un étrange bureau débordant de papiers, de fardes, de journaux. La cuisine n'en a plus que le nom. C'est plutôt une réserve à boissons. Le café y coule constamment. Si ce n'est pour nous, c'est pour les autres, tous ceux qui passent et repassent dans notre petite cellule de crise, notre QG. Est-ce que ce à quoi je m'active peut encore être utile? Je ne sais plus. Est-ce que cette vie de recluse peut durer encore longtemps? Et ce contrat que j'ai signé avec des détectives a-t-il un sens? Je voudrais tant pouvoir retomber dans l'anonymat, retrouver une maison qui ressemble à une maison, recommencer peut-être à cuisiner, me remettre au jardin, retourner au marché, revoir une boutique, faire un tour à la mer, prendre un apéritif autour d'un barbecue avec des amis, écouter de la musique, lire des romans, retrouver le rythme du monde, savoir par exemple ce qu'il se passe actuellement en politique, dans le monde, aller au cinéma, jouer avec toi, chanter ensemble, rire ensemble, aller nous balader dans les bois, revoir des musées, rouler à vélo, revoir mes amies d'antan, inviter Papy et Mamy, comme avant. Comme avant. Quand cela sera-t-il à nouveau possible ? Même le ministre de la Justice déclare aujourd'hui que vous êtes devenues la première de ses préoccupations. Alors, l'anonymat, la petite vie de famille tranquille que nous connaissions, ce n'est pas demain que nous les retrouverons. Par contre, toi, peut-être – je veux encore y croire – pourrons-nous te retrouver demain. Puisque tout peut basculer d'une minute à l'autre dans un sens, pourquoi les choses ne pourraient-elles pas basculer de la même façon en sens inverse ?

Aujourd'hui, tout le monde pense à vous. Plus personne n'ignore vos prénoms, vos visages, les circonstances de votre disparition. C'est bien. Mais malgré cela, aucun témoignage crucial n'est venu nous donner un véritable espoir. Quant à mes petites enquêtes privées, elles s'avèrent bien difficiles à mener en étant désormais reconnue de tous partout où je vais. La discrétion était notre nature, ma chérie, toi et moi. Ton frère aussi d'ailleurs. Il se fait si discret que personne ne le remarque en dehors de ceux qui l'aiment depuis toujours.

Bonne nuit, ma chérie. Pardon pour mes moments d'abattement. On se retrouvera, il ne faut pas en douter un seul instant. Et… chuuuut ! On disparaîtra discrètement pour retrouver notre vie à nous. Ensemble, pour toujours cette fois.

26 juillet 1996

Comment pourra-t-on te raconter tout ce qu'il s'est passé pendant ton absence ? Où es-tu, Mimi ? J'ai peur. Pourquoi ne sait-on toujours rien ? Il faut qu'on se retrouve au plus vite sinon nous ne pourrons plus nous raconter tout ce qu'il s'est passé pendant si longtemps loin l'une de l'autre. Il y aura trop de choses à dire et aussi à ne pas dire. Vite, il faut se retrouver, car l'été continue de passer en se foutant pas mal de nous. Vite, car la bêtise n'en finit pas de grandir. Des bébés continuent de naître, des personnes âgées de mourir. Tout continue. Sans nous. Vite, Mimi, il faut qu'on se retrouve. C'est la vie qui passe sans nous.

29 juillet 1996

Je suis allée revoir tous les témoins du 24 juin 1995, les uns après les autres, très consciencieusement et rigoureusement; je les réinterroge, un an après la police. Hélas, je n'ai eu leurs noms et trouvé leurs coordonnées que maintenant.

Je suis trop souvent dérangée par des visites impromptues. Comment vais-je m'en sortir? Il faudrait que je parvienne à devenir plus imperméable aux sollicitations qui me détournent de ma volonté. Et me décharger de tout ce qui mange mon temps.

Papa a téléphoné de là-bas. Il est au Canada. Il en a marre de ce long voyage. Il me dit qu'il a rêvé de toi cette nuit. C'est drôle, moi aussi. Ça doit être un bon signe, ça!

On t'aime, Mimi! À tout bientôt!

31 juillet 1996

Papa est rentré! Avec une multitude de petits cadeaux, pour moi et pour Grégory, mais aussi pour toi, chérie, pour ton retour. Si tu voyais comme elles sont jolies, les poupées qu'il t'a ramenées!

Hier, avec Louisa, nous avons parcouru 300 kilomètres pour aller rencontrer madame L., une voyante qui nous a été conseillée par un ami. Elle nous a parlé de vous deux comme si vous étiez là, près de nous, invisibles mais là. Elle promet que d'ici peu, vous serez retrouvées.

Vivement ce jour, ma belle, ma chérie, ma poupée! On se retrouvera et on oubliera tout...

3 août 1996

Ma belle, papa et moi nous retrouvons subitement tout désœuvrés. L'été passe sans que nous nous en apercevions vraiment.

Les journaux ont tous fait leur une avec le retour de voyage de vos papas. Une fois de plus, ce fut le branle-bas de combat à la maison. Tous les journalistes débarquant ensemble. Un certain S., du journal *La Wallonie*, nous a fait part de la dernière rumeur en date: celle d'un milliardaire brésilien qui vous aurait adoptées... D'où proviennent ces rumeurs? Il y en a eu tellement et jamais on n'en retrouve la source. Le commissaire L. aurait bien voulu, lui aussi, en connaître l'origine. Mais lui non plus n'a pas su. Il nous a exceptionnellement et expressément téléphoné à ce sujet.

Il reste tant de silences, tant de non-dits, tant de secrets. Tant d'égoïstes, de curieux, de profiteurs, d'escrocs, de malades et d'inconscients qui racontent n'importe quoi sans penser un instant au mal qu'ils font en ralentissant les recherches par leurs élucubrations. Ce n'est pas tant courir le monde à votre recherche qui est éprouvant, c'est surtout le silence, le silence de ceux qui savent et persistent à se taire.

Mon papillon, ma princesse, je pense à toi très fort. Je t'imagine dans les meilleures conditions possibles. Il faut bien que je trouve du courage pour continuer de tenir. Je t'envoie un bisou magique que tu recevras où que tu sois et même où tu ne seras pas.

5 août 1996

Papa est parti sans un mot d'explication. Juste un mot griffonné sur un bout de papier et laissé là sur la table: «Je reviendrai dans quelques jours si je retrouve mon calme.»

C'est horrible! Je ne sais plus où je suis. Je ne respire plus. Tout s'effrite autour de moi, tout s'écrase, tout se délite. Après son long voyage outre-Atlantique, toutes ces conférences de presse, plus une encore à peine rentré à la maison, il était terriblement nerveux et fatigué. Moi aussi. Et pourtant, pas une seconde de répit. La machine ne s'arrêtait pas. Le temps non plus. C'en était trop sans doute.

Mais aujourd'hui, me voilà à nouveau seule dans notre petite maison pour quatre. Papa est parti sans moi et sans me dire où… Je ne sais pas comment je vais surmonter ça. C'est trop. Trop d'inquiétude. Je vais devenir folle. Je ne sais même plus si je suis encore vraiment vivante. Je suis brisée par trop de peine. Je ne voulais que notre bonheur à quatre. Et voilà que seul le malheur s'est abattu sur nous et nous sépare tous les uns des autres. J'ai le sentiment de subir une affreuse et injuste punition.

Que dois-je faire de ma lamentable carcasse?

7 août 1996

Papa est rentré. Avec un bouquet de fleurs de mer cueilli pour toi sur les côtes de Picardie. Moi je suis malade. Heureusement que Zia était là. Elle arrondit les angles. Elle donne et se donne. Discrètement, sans relâche. Greg, qui était chez Papy et Mamy pendant l'absence de papa, n'aura pas eu le temps de s'inquiéter. C'est ce qui compte. Michel, Cécile et Manon sont aussi de retour d'Italie. Je suis soulagée.

Et dans le ciel de cette nuit d'août, j'ai vu passer une étoile filante...

9 août 1996

J'ai fait un rêve merveilleux cette nuit : une voiture de gitan vous ramenait toutes les deux devant la maison. Il ne me restait qu'à venir te chercher, te cueillir dans mes bras. Et nous étions incroyablement heureuses, serrées l'une contre l'autre. Tu étais toute petite, toute mignonne. Tu n'avais pas changé. Tu étais triste d'avoir été séparée de nous, mais tu n'avais pas été maltraitée. Tu étais juste un peu sale, négligée comme le sont parfois les petites gitanes.

J'ai eu bien du mal à m'arracher à ce rêve qui, pour un moment, me permettait de vivre un peu avec toi et de te retrouver. Je ne souhaite plus qu'une chose : qu'il devienne réalité. Je t'aime, ma chérie. Surtout, n'oublie pas que je suis là et que je ne cesse de penser à toi.

11 août 1996

Paul Marchal, le papa d'An, nous a téléphoné pour nous inviter à sa conférence de presse du 23 août. Nous sommes des parents tellement désemparés. On ne nous laisse aucune alternative que celle d'attendre indéfiniment. Nous avons peur que la police cesse les recherches, nous avons peur que l'oubli gagne. Nous sentons bien que nous dérangeons terriblement avec nos revendications. En principe, nous devrions nous faire tout petits et laisser le temps effacer tout jusqu'à l'oubli définitif de nos filles disparues. Mais nous ne pouvons pas accepter cela. Alors, nous nous révoltons et crions haut et fort notre désarroi.

Ce 23 août, triste date anniversaire de l'enlèvement d'An et Eefje : nous serons présents, bien sûr, monsieur Marchal !

Depuis hier, une nouvelle disparition défraie la chronique : celle d'une jeune Bertrigeoise[43] prénommée Laetitia. Cette disparition fait cette fois beaucoup de bruit dans les médias, y compris télévisés. S'agit-il enfin d'une véritable prise de conscience de la gravité d'un fait de disparition d'une mineure d'âge ou d'une surexploitation d'un fait divers durant la période creuse de l'été ?

Quoi qu'il en soit, dans la population, la réaction est immédiate à présent. Tous veulent se mobiliser pour une distribution d'affiches. Je sais qu'il y a eu d'autres disparitions d'enfants en Belgique dont on a peu ou jamais parlé. Je me demande comment ces familles éprouvées ont pu poursuivre leur chemin…

Je pense sans cesse à toi, ma chérie. Je me demande sans cesse quelle panique a dû vous prendre lorsque vous avez réalisé qu'on ne vous ramenait pas à la maison. Et rien qu'à cette pensée, je sens battre mon cœur affolé, je ressens ta panique d'enfant. Qu'as-tu vécu toute cette longue année ? Je ne peux rien m'imaginer de plus…

Je t'embrasse tendrement. Si je pouvais te consoler de tout ce mal, de toute cette peur que tu as dû vivre…

Bisous du soir, ma chérie. Bisou de tendresse.

12 août 1996

L'asbl Marc et Corine en premier sujet des médias aujourd'hui. Elle met tous ses moyens d'affichage à disposition pour la recherche de Laetitia. Jean-Pierre Malmendier passe sur toutes les ondes et vante l'efficacité de sa structure. Mais déjà, c'est à notre domicile et à notre numéro de téléphone qu'un bénévolat spontané s'accroche. On nous appelle à la rescousse. Mon Dieu, ma chérie, et toi dans tout ça ?

C'est dans cette nouvelle frénésie que les détectives T. et B. arrivent pour donner des nouvelles de leurs dernières recherches. Ils tiennent en main un maigre rapport. C'est complètement nul. Avec un peu de temps, Édith, Daniel et moi aurions fait nettement mieux. Mais je n'ai plus envie de discuter. Plus envie de rendre de comptes à personne. Vous êtes en ce moment en passe de devenir les petites filles les plus connues mon-

43. Bertrix est une petite commune de l'entité de Neufchâteau, dans les Ardennes belges.

dialement. Comment ferons-nous pour faire machine arrière lorsque nous t'aurons retrouvée? Je ne sais pas...

Il ne me reste qu'une certitude, ma Mimi, c'est que je t'aime. Tu seras toujours ma Mimi-tendresse, ma câline, mon papillon, ma fleur d'oranger. Tu m'as tant et tant donné.

15 août 1996

Je tremble. Les petites Sabine et Laetitia ont été retrouvées. Ensemble. Sur base d'un témoignage, paraît-il. Les médias font état d'une bande organisée. Une bande de criminels qui seraient responsables de leur enlèvement et de leur séquestration.

Le gendarme L. est venu nous annoncer que leurs libérations étaient imminentes.

Le JT annonce leurs retrouvailles tout de suite après. C'est la liesse générale. Je ris. Et puis je pleure: et toi? Où es-tu?

Après ce JT, le gendarme L. nous a rappelés: ils vont faire parler les ravisseurs de Sabine et Laetitia et voir si leurs enlèvements ont un lien avec les vôtres.

Ses derniers mots résonnent dans ma tête: «On croise les doigts! C'est bien parti!»

Ça veut dire quoi?

Je passe d'un état d'euphorie extrême à la pire des angoisses. «C'est bien parti!» Papa et moi avons pris du Lexotan. L'état de tension dans lequel ces dernières nouvelles nous ont plongés est abominable.

Il faut que ces sombres individus craquent, il faut qu'ils parlent. Nous avons besoin d'être délivrés de cette angoisse si longue et si profonde qui dure depuis quatorze mois bientôt. Nous avons mal à la poitrine tant nous retenons notre souffle.

Rien qu'à l'idée d'un proche dénouement, ton papa et moi devenons presque fous. Ils vont enfin y arriver. Sûrement. Certainement. Oui, cette fois, ils vont y arriver. Ma chérie, nous allons vous retrouver. Saines et sauves. Puisque les petites Sabine et Laetitia ont pu être retrouvées bien vivantes, aucune raison que cela ne soit pas le cas pour Julie et pour toi aussi! Vite!

17 août 1996 (matin)

Pourquoi préfère-t-on toujours l'ignorance, l'aveuglement, ne rien voir, ne rien savoir, ne rien entendre, ne rien dire ? Il y a tant et tant de choses à faire pour empêcher l'horreur. Les petites Sabine et Laetitia ont été violées. Elles ont été rendues à leurs familles saines et sauves, mais auront connu l'horreur qui marquera leur vie à jamais. Pourquoi n'ont-ils pas voulu envisager qu'il pouvait exister des gens qui les ont enlevées pour les violer ou les offrir à violer ? Pourquoi n'a-t-on pas voulu croire à l'urgence de chercher des enfants encore en vie plutôt que forcément assassinées par l'un ou l'autre psychopathe ?

Et je repense à la Shoah perpétrée par les nazis. Plus d'un demi-siècle plus tard, on n'en revient toujours pas, on en frémit toujours. Pourquoi ne veut-on jamais rien voir, rien savoir en temps voulu, avant que l'horreur se produise ? De quelle étrange lâcheté se nourrit l'être humain ?

Oh, ma chérie ! Comme j'ai besoin de toi ! Les mamans des deux autres petites disparues sont à présent rassérénées. Leurs filles sont près d'elles, elles sont vivantes. Les mamans peuvent, elles aussi, se mettre à revivre enfin.

De mon côté, dans cette tension si palpable qu'on pourrait la couper au couteau, ces derniers moments d'attente insupportable, j'ai l'impression que le sang s'est retiré de mes veines, que la vie ne court plus en moi, que je suis à moitié morte. Je crève littéralement de peur. Je m'attelle à des tâches sans signification, je répète des mots vains, des paroles qui immédiatement s'envolent avant que je ne les aie moi-même vraiment comprises. La peur me consume. Pourvu que je tienne jusqu'à toi… C'est comme le bout d'un marathon pour lequel je n'avais pas les aptitudes physiques ou morales… Je ne vais tout de même pas m'écrouler avant la ligne d'arrivée. Je voudrais hurler. Je ne peux pas. J'ai besoin de pleurer. Je ne peux pas. J'ai besoin de haïr. Je ne peux pas. J'ai envie de mourir. Je ne peux pas.

Toi, ma toute petite, en ce moment même, que t'arrive-t-il ?

À ce jour, nous avons été séparées plus de 10 000 heures. Car j'ai compté les mois, les semaines, les jours et les heures. Surtout ne plus penser. Attendre. On sait maintenant qu'il se passe quelque chose. On ne sait toujours rien mais nous sommes aux aguets. On laisse traîner partout nos oreilles pour ramasser n'importe quelle bribe d'information.

Il n'y a toujours personne pour nous parler, pour nous donner la moindre info, la moindre évolution. Après ce message d'hier soir du gendarme L., plus rien. « On croise les doigts ! C'est bien parti ! » Sa dernière phrase n'en finit pas de résonner dans nos têtes. Mais quand vont-ils se décider à abréger notre souffrance ? Demain, si aucun flic ne s'est manifesté, nous allons à nouveau devoir attendre la fin du week-end pour tenter nous-mêmes, une fois de plus, de reprendre contact. Demain samedi, début du week-end, nous ne trouverons personne à la gendarmerie, à la PJ ou au parquet pour répondre à nos suppliants appels. Comme d'habitude, il n'y aura personne... Je n'en peux plus, Mimi...

17 août (après-midi)

La procureure générale, la BSR, un médecin, un psychologue...

La justice et tout un staff.

Quand je l'ai vue arriver, la procureure, j'ai compris. On ne voit ces gens-là se déplacer qu'en cas de malheur. Comme les vautours. D'autres vautours commençaient d'ailleurs à déployer leurs caméras devant la maison...

Elle n'avait plus besoin de parler. Je n'ai d'ailleurs rien entendu des paroles qu'elle a formulées. J'avais compris rien qu'à la voir...

Ils t'ont retrouvée, mon amour...

Ils vous ont retrouvées toutes les deux, Julie et toi.

Trop tard.

Jamais plus je ne pourrai te serrer dans mes bras...

Adieu, ma chérie...

On nous avait prévenus : le dénouement de notre longue attente était imminent. L'individu fou arrêté, Sabine et Laetitia sauvées, il ne restait plus que quelques heures pour connaître le sort de Julie et Mélissa. Je n'avais pas compris pourquoi. Julie et Mélissa avaient été enlevées en juin 1995, Sabine en mai 1996, Laetitia en ce milieu du mois d'août, il y avait à peine quelques jours. Que savaient donc les flics que nous ne savions pas et qui leur permettaient de lier si brusquement les histoires des quatre enfants ? Je ne comprenais pas, mais je ne doutais pas de leur avertissement. Si les gendarmes de l'enquête sur la disparition de Julie et Mélissa avaient repris contact aussi soudainement avec nous après des mois d'absence et de silence total, je ne doutais pas de leur certitude au sujet de nos filles : la réponse était proche. Quatorze mois d'angoisse, d'espoirs et désespoirs, d'agitation fébrile, d'insomnies, de recherches, d'interpellations tous azimuts, d'appels au secours, de questions et encore de questions allaient prendre fin. Je n'osais plus penser. Dans l'espace de ces deux jours qui ont séparé la libération de Sabine et Laetitia de la découverte macabre de nos petites filles, j'ai coincé ma vie dans une bulle, je l'ai mise entre parenthèses, en retenant mon souffle. Gonflée d'un gigantesque regain d'énergie, je ne savais qu'en faire. Je retenais le moindre filament de pensée. Le temps, l'espoir, tout s'était démesurément dilaté, attendant le moment d'exploser, comme une bombe à retardement. Quarante-huit heures plus tard, tout explosait, en effet. Sauf moi. J'étais entrée dans la stupeur…

J'avais pourtant ri et pleuré, paniqué, retenu ma respiration. J'avais, à l'encontre du Ciel, poussé un dernier cri d'espoir, une dernière supplication ; j'avais même prié tous les saints dans un instant de déraison. Pendant deux jours et deux nuits, j'avais vécu aux frontières de la folie. Car, deux jours auparavant, deux enfants avaient été retrouvées. Vivantes ! Dans une cave insensée. Deux gamines enlevées, elles aussi, quelque temps après les nôtres. Deux gamines qui avaient survécu aux violences physiques et psychiques perpétrées par un fou que l'on venait d'arrêter. En boucle passaient, sur toutes les ondes, les images de leur libération. Laetitia, Sabine. L'une, quinze ans. L'autre, treize. Deux petites femmes en devenir, blondes et frêles, pâles, à peine vêtues, nous étaient apparues, entourées et soutenues par des policiers qui sortaient de la plus étrange habitation qu'il soit donné de voir. Étrange parce que banale, grise, petite et laide, comme il y en a tant dans les banlieues belges mais, désormais, pourtant, symbole d'enfer sur terre.

Le 17 août 1996, Julie et Mélissa ont été retrouvées à Sars-la-Buissière, petite commune belge à deux pas de la frontière française, enfouies sous six mètres de terre, dans le jardin d'une institutrice, mère de trois enfants. Ce qu'il s'est passé là, dans ce village perdu, dans ce jardin d'institutrice, quatorze mois après l'enlèvement de nos petites filles, je n'en sais pas grand-chose et néanmoins assez. J'en sais assez pour ne plus pouvoir supporter la vue d'un bulldozer ou d'une excavatrice. J'en sais assez pour ne plus jamais oublier à quoi correspondent, dans un sous-sol, six mètres de profondeur. Assez pour ne jamais pouvoir oublier.

Elles étaient mortes, j'avais le cœur troué. Ils pleuraient tous. Les parents, les amis, les voisins, les flics, les juges, les greffiers, les agents de la protection civile, l'assistante sociale, les psychologues, l'avocat, les journalistes, peut-être même – qui sait ? – le ministre en personne… Il était trop tard. Ils devaient tous bien constater qu'il était trop tard et qu'il ne restait que la mort. Deux petits corps frêles, nus, inertes, blessés à outrance. Deux dépouilles d'oiseaux, pour eux. Pour nous, les dépouilles de nos vies. La fin de l'espoir. La fin du monde.

Des larmes et des larmes. Notre maison s'est emplie des larmes de tous ceux qui accouraient auprès de nous dans un élan de sollicitude. Je les voyais entrer sur la pointe des pieds, je les sentais m'embrasser, je les entendais me parler doucement, murmurer quelques mots. Je sais qu'ils étaient nombreux, mais je ne comprenais plus rien. Ne ressentais plus rien. Je tournais sur moi-même, vide et lointaine. J'étais au milieu de ces gens, là pour nous réconforter, et pourtant je me sentais loin, dans un ailleurs désertique, désespérément seule. Au-delà de ce qu'il me restait de vie, au-delà de toute émotion. Les cycles des jours, des semaines, des mois et d'une année avaient passé. Quatorze mois.

Il m'avait semblé devenir folle. Ces questions sans réponses, obsédantes, inextinguibles étaient un défi permanent posé à ma raison. Elles le sont encore aujourd'hui. Où ? Où étais-tu ? Cette interrogation qui sous-tendait chacun de mes actes, chacune de mes paroles, mes moindres faits et gestes, qui traversait toutes mes pensées, ne m'avait laissé aucun repos. Mais il avait fallu tenir, lutter contre le temps, ne pas céder au désespoir. Il avait fallu, en dépit de tous les éléments contraires, croire à la meilleure des issues. Et c'était peine perdue…

Alors, au temps de l'espérance, succéda celui de la révolte. Et parce qu'au fil des mois où nous les avions tant cherchées notre fol espoir de parents avait gagné nos familles, nos amis, notre ville, notre pays jusqu'à déborder de ses frontières, notre douleur et notre sentiment de révolte furent entendus, partagés, soutenus et portés par une foule au bord des larmes, sidérée, mise au pied du mur de l'insupportable, de l'injustifiable, de l'impensable.

L'après-17 août 1996

Une foule d'événements liés à l'arrestation du « monstre isolé », ainsi que d'une série d'individus potentiellement complices, se sont enchaînés à toute vitesse dans les rotatives de la presse. Brusquement, au silence polaire de juillet et des mois précédents, a succédé une tempête médiatique d'une intensité que la Belgique avait rarement connue. À l'aube du 18 août, faire la part entre le réel et l'irréel devenait impossible.

Tout d'abord, il y avait cette étendue blanche, cette mer, cette neige compacte sur toute la surface de la pelouse devant la maison. Il avait donc neigé au mois d'août? Non, c'était un tapis, un immense tapis de fleurs jonchant le sol, de fleurs blanches, presque uniformément blanches. Il y avait là des centaines, des milliers de roses, sans doute. Une foule de gens que nous connaissions peut-être, et d'autres qui nous étaient inconnus, s'était pressée, presque instantanément, spontanément, pour déposer une rose, un lys, une larme...

J'étais seule dans la maison, je ne pouvais déjà plus pleurer, je ne comprenais plus rien. J'étais là sans y être. Je regardais la foule qui allait, venait et s'en allait silencieuse, recueillie. Ces événements, ce jour étrange qui se levait, cette foule qui pleurait, ces inconnus qui me parlaient à mi-voix avec tant de douceur, tout cela était-il réel? La possibilité que tout ceci me concerne existait-elle vraiment?

Tout éclatait dans ma tête. Impossible de lier ces noms – les noms de ces individus que toutes les chaînes du monde allaient dévoiler comme étant ceux de leurs ravisseurs, violeurs et assassins – à nos enfants. Ces lieux que l'on nommait, que l'on découvrait dans les journaux télévisés, ces faits que l'on dévoilait, qu'est-ce que tout cela avait à voir avec ma petite fille ? Je ne croyais rien. Je doutais de tout. Je voulais être sûre qu'il s'agissait d'elle. Car même cela, on me le refusait. Pire, on m'inventait des histoires, on me mentait encore et encore. L'un à la suite de l'autre, et ce jusque dans les auditions publiques de la commission d'enquête[44], juge, procureur du roi et procureur général scandèrent « qu'eu égard aux familles il avait été décidé de ne pas leur laisser voir les corps des enfants dont l'état était tel qu'ils en étaient méconnaissables ».

Il me fallut cette mèche de cheveux que je reconnus au toucher pour cesser de dénier la réalité. Ce fut pour moi le moment de vérité. Le seul moment de vérité. Nul ne me demanda de reconnaître formellement cette mèche de cheveux fins qui avait été prélevée sur le corps de ma petite fille après son exhumation. On me la remit, sans plus. Mais à la fine et soyeuse texture de ces cheveux, je la reconnus tout entière, non sans une intense émotion. Elle était là, au bout de mes doigts. Aucun doute, c'était elle.

La petite fille retrouvée au fond d'un sinistre jardin du fin fond de la Belgique le 17 août 1996 était bien la mienne. Je pouvais faire fi des invraisemblables propos proférés par madame la procureure générale qui nous avait assuré, le jour suivant leur exhumation, que la reconnaissance formelle des enfants avait eu lieu en comparant des radiographies d'hôpital avec les petits corps retrouvés. L'énormité de cette affirmation nous avait plongées, Louisa et moi, dans un abîme de perplexité. Car jamais Julie ni Mélissa n'avait subi de radiographies dans quelque hôpital que ce soit au cours de leur courte existence. Le mensonge était donc flagrant. Destiné à nous apaiser sur l'identification des enfants, il provoqua l'effet contraire.

Quelques jours plus tard, la police judiciaire me remit également, dans une petite poche plastifiée, une paire de boucles d'oreilles. Il s'agissait de toutes petites boucles en or, en forme de fleur, dont le cœur était serti d'un petit brillant, un cadeau d'une tante bien-aimée de Mélissa. Une paire de boucles d'oreilles qui ne la quitta donc jamais jusqu'à ce jour où l'on me les rendit et qui constitua, à mes

44. Une commission d'enquête parlementaire sera mise sur pied le 18 octobre 1996. Pendant deux ans, elle entendra des centaines de témoins dont les auditions seront presque intégralement retransmises en direct sur la chaîne de télévision publique.

yeux, une seconde preuve intangible qu'il s'agissait bien de ma fille. Bien sûr, des mois plus tard, longtemps après l'enterrement, après que les travaux de la commission parlementaire eurent débuté, après que l'enquête sur les responsabilités des crimes commis sur les enfants eut été reprise à Neufchâteau par un troisième juge d'instruction[45], nous pûmes disposer du rapport d'autopsie. Celui-ci contenait les photos des petites au moment de leur exhumation. Et sur celles-ci, nous pûmes alors reconnaître leurs petits visages « parfaitement reconnaissables », ainsi que nous l'avait assuré le chef d'enquête de la police judiciaire Daniel L. lorsque, dans les jours qui avaient suivi la découverte des corps, je lui avais posé la question de savoir sur quelles bases avait été réalisée leur identification. Derrière ses lunettes noires, cet homme froid, fermé, discret et peu bavard m'avait fait cette réponse : « Elles étaient parfaitement reconnaissables, madame. Il n'y avait pas de doute : c'étaient les petites filles des affiches de disparition. »

Bien sûr. Ces avis de disparition comportant photos et descriptions des petites, que nous n'avions jamais cessé de diffuser et de distribuer depuis le jour de leur enlèvement devaient avoir imprégné les mémoires de tous les policiers. Des centaines de milliers d'affiches avaient voyagé en Belgique, en Europe et dans le monde puisque nous nous étions juré de ne jamais interrompre cette large diffusion aussi longtemps que Mélissa et Julie ne seraient pas retrouvées. Cette année-là, il fallait avoir vécu sur une autre planète pour ne pas avoir croisé les visages des petites, chers petits visages, figés sur le papier glacé, qui ne se laissaient pas oublier. Aussi le commissaire pouvait-il m'assurer qu'il n'y avait pas à s'y méprendre, car

---

45. En août 1996, c'est le juge Jean-Marc Connerotte de la juridiction de Neufchâteau qui fait arrêter Dutroux et ses complices à la suite de l'enlèvement de Laetitia quelques jours plus tôt dans cette même juridiction. L'arrestation de Dutroux et consorts permettra la libération de Sabine et Laetitia ainsi que les découvertes des corps de Julie et Mélissa puis d'An et Eefje. Ainsi se résolvaient les mystérieuses disparitions de mineures d'âge des années 1995-1996 en Belgique. Un mois plus tard, les avocats des principaux inculpés, Marc Dutroux et Michel Nihoul, introduisirent une plainte en suspicion légitime contre ce juge à qui ils reprochaient d'avoir participé à un souper spaghetti en faveur de l'asbl Marc et Corine (censée œuvrer pour les familles d'enfants disparus, et à ce titre partie civile). Le 14 octobre 96, en dépit des manifestations de colère de la population, la Cour de cassation fit dessaisir le juge Jean-Marc Connerotte du dossier sur les disparitions des enfants pour ce qu'elle considéra comme un manque patent d'impartialité. Le juge Jacques Langlois qui lui succéda mena la suite de l'instruction jusqu'au procès.

« elles étaient parfaitement reconnaissables » à partir des photos des affiches. C'était un homme intègre, qui préférait le silence au mensonge. Dès lors, il parlait peu. Au moins, celui-là ne nous mentait-il pas.

Deux affirmations s'opposaient donc. Celle du commissaire, faite en aparté, à celle de la magistrature, publique et largement relayée par l'ensemble des médias. L'officielle vérité s'opposait à l'officieuse. Le discours public, cette fois encore, masquait la réalité.

La dernière fois que je rencontrerai la juge, en son bureau du Palais de justice, je lui reposerai la question de savoir pourquoi elle nous avait défendu de revoir les corps des enfants.

« Une décision mûrement réfléchie, pour votre bien », avait-elle répondu. « Que pouvez-vous savoir de ce qui est bien ou non pour nous en de pareilles circonstances ? C'est moi qui l'ai mise au monde, c'est moi qui l'ai portée, je l'ai vue et connue à tous les stades de sa vie, je l'ai connue à l'état de petit poisson dans mon ventre, je l'ai vue sur les premières échographies, cet enfant est né de mes cellules et de mon sang, pourquoi me l'a-t-on volée jusque dans sa mort ? Qui mieux que nous pouvait savoir ce qui était le mieux pour nous ? De quel droit la justice pouvait-elle décider à notre place ? » avais-je rétorqué, plus révoltée que jamais.

Toujours aussi placide, la juge avait soupiré : « Décidément, vous ne me comprendrez jamais, madame... »

J'étais sidérée. Elle me demandait de la comprendre... Avais-je bien entendu ? Son attitude n'avait pas changé d'un iota depuis notre toute première rencontre. Une froideur extrême, une totale impassibilité, un calme à toute épreuve devaient être sans doute naturels chez elle. En ces jours consécutifs aux retrouvailles des petites, j'avais vu les lunettes noires du commissaire L., les yeux massacrés d'avoir trop pleuré du gendarme M., j'avais vu les larmes dans ceux de son collègue L. J'avais vu tous ces hommes, gendarmes de terrain ou gradés, ainsi que les péjistes, affectés, raides, lourds, malheureux, tentant de préserver la dignité de leurs rôles, tentant de garder la tête haute, tentant d'affronter le drame avec la rigueur et le sang-froid inhérents à leur fonction. Et je les avais vus, tous, pour cela, effectuer sur eux-mêmes un grand effort. J'avais vu des hommes. C'est ce contraste entre l'attitude détachée de la juge et celle de ces hommes crispés, manifestement émus et tendus, qui me fit penser que je n'avais pas affaire à quelqu'un d'humain. J'avais vu une femme que rien ne touchait, dont on me dira d'ailleurs qu'elle fut la seule à garder les yeux secs lors de la découverte des corps. Je ne comprenais pas cette attitude étrange, comme coupée du réel. Je me suis même demandé un moment si, sous ce masque d'impassibilité, ne se cachait pas un mal secret : c'est peu dire que son attitude faisait tache en ces circonstances. Il n'y avait rien à comprendre, il n'y avait aucune explication à chercher, surtout il n'y avait pas à prolonger ce pénible tête-à-tête. Il n'y avait pas, entre elle et moi, il n'y avait jamais eu de communication possible. Je ne répondis que trois mots, m'appliquant à les prononcer sur le même ton atone, froid et détaché qu'elle avait pris pour me répondre : «Vous non plus, madame... »

Je ne devais sans doute plus jamais la revoir. Lorsque je quittai le bureau, je ne ressentais plus à son endroit qu'une plate indifférence. Tout était fini désormais. Mon enfant était mort. Plus rien ne me liait à cette enquête ratée et aux protagonistes de ce fiasco. J'ai quitté le Palais de justice dans un tout autre état d'esprit que je ne l'avais été pendant ces quatorze mois de mystère et d'angoisse. J'avais perdu. Ma fille. Ma vie.

Je me déplaçais comme une ombre, comme engloutie dans un autre univers, un néant. Le crime, la duperie, le mensonge, nous avions rencontré tout cela. Le voile délicat qui nous cachait la face sombre du monde, nous préservant de sa trivialité, était tombé. Désormais, nous ne pourrions jamais plus le voir avec les mêmes yeux, nos yeux de parents heureux qui, bien qu'adultes, avaient conservé la candeur de l'enfance. Certains individus commettaient des crimes, volaient ou mentaient. Certes, nous le savions. Mais, comme la plupart des gens sans histoire, nous n'en imaginions pas l'ampleur et la noirceur. Et surtout, nous ne soupçonnions pas que les garants de nos institutions ne méritaient pas plus de confiance que les plus patentés menteurs.

Nous n'en étions certes pas à notre première expérience face au mensonge institutionnel. Les représentants des pouvoirs n'avaient cessé de nous demander d'avoir confiance, mais en quoi s'étaient-ils montrés dignes de cette confiance ? Les quatorze mois de disparition de Julie et Mélissa avaient contribué à nous ôter toute illusion sur les véritables compétences des pouvoirs institués. Nous étions tombés de déceptions en déceptions, jour après jour, au fil des mois. Bien avant que l'on retrouve les petites, nous avions dû comprendre que nous étions seuls face à l'adversité. Nous avions dû comprendre que « le roi était nu ». Une expérience éprouvante, rendant plus cruel encore l'insupportable silence de l'absence des petites. Ces hommes de la Brigade Spéciale de Recherches (BSR) que nous avions vus arriver le soir même de leur enlèvement à notre domicile et qui nous étaient apparus comme leurs potentiels « sauveurs », ces hommes que nous prenions pour des experts, des professionnels, de fins spécialistes, pourvus de tous les moyens légaux qui permettraient de les retrouver au plus tôt, s'étaient révélés, en bout de course, n'être que de piètres exécutants. Les magistrats, les politiques, les journalistes, tout ce à quoi nous avions cru, cette élite de la société, ces représentants du pouvoir, ces institutions garantes de nos droits, de nos libertés et de notre démocratie avaient perdu, les uns après les autres, toute la considération que nous leur portions jusqu'alors. Quel crédit pourrions-nous encore désormais leur accorder ? La pénible impression d'évoluer dans un décor de carton-pâte avait commencé de me gagner. Tout m'apparaissait d'une extrême fragilité. Et ce sentiment de vulnérabilité m'épouvantait, rendant plus aléatoire encore la recherche de deux petites filles perdues dans l'immensité d'un monde devenu soudainement si hostile. Une question m'habitait alors, et me taraude encore aujourd'hui : les édifices humains ne tenaient-ils donc que sur notre aveugle croyance ?

La suite, hélas, ne changerait rien à cette nouvelle et cruelle vision du monde dans lequel nous vivions.

Les funérailles blanches du 23 août 1996

Le 23 août eurent lieu d'impressionnantes funérailles, des « funérailles blanches » pour deux petites filles. Louisa et moi avions choisi d'être en blanc. Nous ne pouvions accepter de nous prêter au rituel du port du noir. La couleur noire était à l'opposé des sentiments que leur souvenir évoquait pour nous : deux bébés, deux petites filles, prêtes à s'envoler pour l'aventure du monde, deux petites filles réjouies et réjouissantes, heureuses, libres et prometteuses d'avenir. Nous avions dans nos cœurs la mémoire de leurs visages souriants, le son de leurs rires, la vision légère de leurs pas de danse, la joie insouciante de leurs jeux d'enfants. Et ces images d'elles n'inspiraient que le blanc. La couleur de l'aube de la vie d'un enfant. Non, le noir n'était pas de mise. Pour traverser un tel jour de douleur, nous avions bien besoin de toute la douceur, toute la lumière du monde. Nous portions le deuil de nos enfants. C'était un deuil à contre-courant. Un deuil contre nature. Au noir, nous avions besoin d'opposer la blancheur, la clarté. Nous ne pouvions tout simplement pas accepter leur disparition définitive de ce monde. Parce qu'elles vivaient encore en nous, nous les portions encore en nous. Et parce que, d'une certaine manière, nous, leurs mères survivantes, en étions les « héritières ».

Nous avons suivi les petits cercueils blancs jusqu'à la petite église de notre quartier. Parce que Julie aimait y aller. Il y eut, là-bas, une courte messe dite par le prêtre de la paroisse. L'église s'était emplie de familiers, d'amis et de voisins. Ce fut notre petite cérémonie privée. Intime. Une cérémonie pendant laquelle nos petites filles nous furent personnellement rendues, un court moment. Car une autre cérémonie avait été préparée, avec le concours d'amis très chers, à la basilique Saint-Martin de Liège, un joyau historique de la ville.

Il y eut une retransmission publique de cette messe. Il y eut une foule amassée sur le parvis de l'église. Il y eut même (étrange impression) des applaudissements sur notre passage. Il y eut quinze corbillards blancs chargés de fleurs… Il y eut deux prêtres pour dire la messe. Il y eut des chants…

Nos petites n'étaient plus, nos petites avaient souffert. Mais un immense hommage leur était ainsi rendu. Le plus beau des hommages : celui d'une population qui, en toute spontanéité, en toute simplicité, s'était déplacée, ce matin, jusqu'aux hauteurs de la ville où est juchée cette basilique, afin d'accompagner du regard et du cœur les deux petits cercueils de Julie et Mélissa. La tristesse générale était patente. Le fardeau de notre peine, partagé par des milliers de gens. Nous n'étions pas seuls. Au-dessus de nos têtes bourdonnaient des hélicoptères. Je n'en comprenais pas la raison. Je ne distinguais plus les visages familiers parmi tous ces visages nous suivant du regard. Je savais que nos familles étaient là. Mais je ne les voyais plus. Trop de gens nous saluaient, nous embrassaient, nous serraient dans leurs bras. Mais au fond, n'étaient-ils pas tous, ce jour-là, notre famille ?

Marie-Noëlle voulut lire quelque chose. Je lui proposai le dernier paragraphe du *Silence de la mer* de Vercors. Parce que, j'en étais persuadée, nous avions perdu notre enfant à cause de l'inertie et de l'indifférence, celles des puissants.

Alors Marie-Noëlle, de sa belle voix claire et grave, lut ceci, haut et fort, en cette magnifique basilique : « Et si au fond de ce puits, au fond de cette inépuisable géhenne, si au fond de cette hébétude déchirée j'avais une pensée – s'il me restait un sentiment, c'était l'amer crève-cœur, c'était le déchirement, c'était le désespoir désert et glacé de savoir que des gens, par le monde, des hommes comme nous, avec une tête et un cœur, connaissent notre existence et notre vie, et qu'ils mènent leur vie à eux, leurs affaires d'argent, d'amour et de table, qu'ils avancent chaque jour parmi les choses et dans le temps sans nous consacrer l'obole d'un souci. Et que même il en est d'autres, oui, qu'il en est d'autres qui parfois songent à nous – et que cette pensée fait sourire. »

Gaston Schoonbroodt, notre ami prêtre-ouvrier, lui qui avait baptisé Mélissa, s'emporta : « Dieu est-il sourd ! ? »

Gabriel Ringlet[46] cita Christian Bobin : «Tout le mal dans cette vie provient d'un défaut d'attention à ce qu'elle a de faible et d'éphémère » et il poursuivit : « Nous devons résister. Nous devons résister à une société où le moindre signe de faiblesse fait figure d'indécence. Nous ne pouvons plus accepter que le monde méprise à ce point la fragilité. Nous ne pouvons plus tolérer que le monde écrase à ce point les plus petits. "Quiconque entraîne la chute d'un de ces petits qui croient, il vaut mieux pour lui qu'on lui attache au cou une grosse meule et qu'on le jette à la mer." C'est un des textes les plus durs, les plus forts de l'Évangile. Mais il s'y trouve ! Il s'adresse à chacun de nous. Les petits, parce qu'ils sont petits, sont promesse. Comme une aurore. Comme un commencement, comme une graine. Comme un premier pas... » Il lut aussi l'histoire de l'enfant qui nourrissait l'ombre des oiseaux, l'histoire de la graine de sénevé dont parle l'Évangile, la plus petite, la plus fragile de toutes les graines. Et commença de me réconcilier avec la vie en prononçant cette dernière phrase : «Vous vous dites sans doute, comme moi, que Julie et Mélissa n'ont pas assez poussé. C'est vrai. Mais leur croissance, je le crois profondément, n'est pas terminée. Sinon, pourquoi serions-nous ici ? »

Une voix d'enfant, très belle, s'éleva pour emplir tout l'espace de la basilique : « Pour les enfants du monde entier qui n'ont plus rien à espérer, je voudrais faire une prière à tous les maîtres de la Terre. Peut-on convaincre un dictateur d'écouter battre un peu son cœur... » L'enfant chantait de toute sa ferveur. À travers mes larmes, j'ai aperçu, présent parmi la foule, ce ministre de la Justice qui avait prêté serment la veille de la disparition de Julie et Mélissa. « Peut-on souhaiter d'un président qu'il pleure aussi de temps en temps ? » À cet instant, j'en suis certaine, j'ai vu briller les yeux du ministre. Comme une fleur vivace qui s'obstine à renaître dans une faille de béton, une lueur d'espoir s'est rallumée en moi. Quelque chose de tout neuf. Une autre forme d'espoir : que leur vie volée, mutilée, anéantie à jamais ne soient en rien la fin de tout mais le commencement d'autre chose...

46. Gabriel Ringlet : prêtre, professeur émérite à l'UCL, théologien et écrivain.

À l'issue de la messe, la foule se déploya, s'égrena, personne par personne, devant nous pour nous embrasser. Une très longue succession d'accolades, de regards embués de larmes, de paroles de condoléances s'ensuivit, qui me sembla ne jamais plus devoir finir. Il y eut alors ce dernier moment de séparation : le cimetière. Deux tombes creusées côte à côte. Les petits cercueils que l'on enfouit, que l'on soustrait aux regards, les roses blanches sur la première poignée de terre. Comme une nouvelle disparition. Cette fois, définitive.

Après cela, il faut rentrer chez soi…

L'heure de la colère

Et puis, le soir, Gino, écrasé de peine et de fatigue, trouva encore un dernier sursaut d'énergie, puisée dans une inextinguible colère, pour faire irruption sans y avoir été invité dans une émission spéciale de la RTBF intitulée *Enfance violée, enfance volée.*

«Je serai là partout où l'on parlera de ma fille», déclara-t-il, d'emblée.

Des criminels nous avaient volé notre fille, la justice nous avait volé notre place de parents, nous sentions confusément, déjà, qu'on allait à présent nous voler notre histoire. Et c'était bien ce qui commençait à se passer sur ce plateau télévisé qui introduisait des personnalités du monde judiciaire censées expliquer à tous les raisons de leur monumental échec par des banalités telles que la «faute à pas de chance» ou «l'erreur est humaine». Cependant, quelle surprise de découvrir un tel subit intérêt pour les enlèvements et les viols d'enfants, les réseaux de pédophilie et les carences profondes de l'appareil judiciaire!

Après avoir brossé à grands traits le tableau des dysfonctionnements structurels du monde de la justice, on évoqua aussi les filières pédophiles. Il ne faisait plus aucun doute pour les intervenants du plateau que ces réseaux existaient bel et bien et que les personnages arrêtés[47] par le parquet de Neufchâteau, la semaine précédente, en faisaient partie. N'avait-on pas saisi, selon le journaliste Georges H.[48], des centaines de cassettes vidéo pédo-pornographiques sur lesquelles on pouvait voir ce Marc D., le principal inculpé, abuser sexuelle-

47. Suite à l'arrestation de Marc Dutroux, une douzaine de personnes furent arrêtées et inculpées par le parquet de Neufchâteau pour participation à une organisation criminelle.

48. Georges Huercano, ex-journaliste RTBF.

ment de jeunes enfants ! Des saisies dont, les années passant, on finira par ne plus parler du tout, jusqu'à ce que l'on oublie complètement leur existence, y compris les allégations selon lesquelles elles avaient existé.

On évoqua aussi les victimes, bien sûr. Dont, désormais, en tant que parents d'enfants disparues et assassinées, nous faisions tout à coup intégralement partie. Ainsi, des « spécialistes » commencèrent à rappeler toutes les manifestations d'inhumanité auxquelles nous avions été confrontés. Surprenant ici aussi, ce revirement ! Les membres du corps judiciaire ne nous avaient pas habitués à autant d'empathie. Et soudainement, ils se retrouvaient tous au diapason avec nous. Si Gino n'avait pas pris la liberté de se rendre à cette émission et d'y participer déjà, ce soir-là, tout aurait sans doute été dit à notre place. Les voix autorisées reprenant presque en chœur tout ce dont nous nous étions plaints pendant tout le temps de la disparition des petites, comme si notre épouvantable situation les avait préoccupés de longue date. Enfin, chacun à son tour, du magistrat national chargé du grand banditisme au représentant du ministre de la Justice, répéta que « tous les moyens seraient mis en œuvre pour que cette affaire soit menée jusqu'au bout... » Le procureur du roi de Neufchâteau[49], devenu pour l'occasion une sorte de communicateur public sur l'évolution de l'enquête désormais poursuivie dans sa juridiction, ne fut pas en reste. Il appuya, avec vigueur, cette péremptoire affirmation, commettant cependant un petit lapsus qui n'allait pas passer inaperçu : « Si on me laisse faire... »

«Tout est dit ! » trancha immédiatement Gino. « Si on vous laisse faire ? Toute la problématique est là. Le débat est fini ! »

Et comme le magistrat national s'entêta à répéter que, décidément, il fallait le croire, que tout serait fait pour mener les choses à leur terme et à leur résolution, Gino s'emporta : «Vous croire ? Continuer de croire ? Pendant quatorze mois, on nous a demandé de croire. Voilà le résultat. Pourquoi devrions-nous croire la parole des magistrats comme si elle était parole d'Évangile ? Vous vous prenez donc pour Dieu ? »

---

49. Michel Bourlet était le procureur du roi de Neufchâteau pendant toute la période de l'instruction des dossiers sur les disparitions d'enfants depuis l'enlèvement de Laetitia le 15 août 1996 jusqu'au procès.

Dans les années qui suivirent, nous avons pu nous convaincre que Gino avait raison avant la lettre. Les demandes du procureur restèrent lettres mortes. Il y eut tant d'actes élémentaires qui ne furent pas exécutés que l'on put conclure à la fin de l'enquête que, décidément, non, *on n'avait pas laissé faire* le procureur du roi. De part et d'autre, il fut continuellement bloqué dans ses initiatives. Ce soir-là, comme l'avait prédit Gino, tout avait été dit, déjà, du sort futur de l'enquête. Contrairement à toutes les déclarations officielles de l'automne 1996, celle-ci n'irait pas jusqu'au bout et nous n'en connaîtrions jamais vraiment les tenants et aboutissants. Quant au problème de fond, celui d'une société qui ne priorise aucunement ses enfants mais d'abord et avant tout son PIB, il ne fut évidemment pas abordé… Il ne l'a d'ailleurs jamais été.

En fin d'émission, le présentateur eut l'excellente idée de laisser à Gino le dernier mot:

« Que pouvez-vous dire ce soir, monsieur Russo, aux gens qui vous soutiennent ? »

« Je vous demande de nous laisser nous reposer et, d'ici quelque temps, nous ferons appel à vous. Car nous aurons encore besoin de vous », répondit le papa de Mélissa, bien droit face caméra, à tous ceux qui, devant leur écran, suivaient en même temps que moi la diffusion d'une émission singulièrement décalée ce soir-là.

J'ai éteint le téléviseur. Aux derniers mots prononcés par mon mari, j'avais compris que nous n'en avions pas fini avec la lutte contre « ces puissants qui n'utilisent leur pouvoir que quand bon leur semble[50] ».

Le 3 septembre, on retrouvait les corps suppliciés d'An et Eefje enterrés dans une fosse sous un hangar dans l'entité de Jumet à Charleroi.

À l'épouvantable succédait l'épouvantable.

Dès le 13 septembre, nous nous remettions en selle pour une nouvelle conférence de presse. Nous avions retrouvé d'autres familles d'enfants disparus dont on ne connaissait pas même l'existence jusqu'alors, dont la famille Cavas, la famille Benaissa, la famille Van den Brande, la famille Maast. Nous les avions invités à nous rejoindre

50. Réaction de Gino Russo lors de l'émission de la RTBF du 23 août 1996.

ainsi que les parents d'An, les parents d'Eefje, les parents de la petite Sabine, les parents de Laetitia et Marie-Noëlle Bouzet, bien sûr. Nous étions à présent une seule et même « famille » de parents d'enfants disparus. D'autres se signaleraient encore à nous par la suite, des familles françaises notamment. Nous étions beaucoup plus nombreux que le silence des quatorze mois des disparitions de Julie et Mélissa ne nous l'avait laissé penser. J'étais écœurée. Ainsi, toutes ces familles avaient attendu, comme nous, dans la plus parfaite indifférence de la justice, des nouvelles de leur enfant disparu, et ce, pendant des années, sans qu'aucun de ces petits n'ait jamais été retrouvé. Je pensais à la Convention des droits de l'enfant, ratifiée par la Belgique en 1984, stipulant que les États parties s'engageaient à protéger les enfants de toute forme de violence, en ce compris l'enlèvement. Je pensais que l'on ne cessait de signer de grands traités, conventions, chartes, protocoles d'accord, résolutions qu'au final on ne respectait jamais. Je pensais qu'il était possible d'empêcher des individus en mal de conscience de perpétrer ce genre de crimes, même au sein d'une société dite civilisée. Je le pensais vraiment.

Ces derniers jours, les droits des enfants, évoqués par les Nations unies pour la première fois en 1958, n'avaient-ils pas encore été rappelés par 126 chefs d'État réunis à Stockholm[51] ? En cette fin de XXe siècle, dès cinq ans, un enfant sur quatre dans le monde était touché par la famine, la guerre, l'enrôlement de force dans les conflits armés, le travail dans les mines ou l'exploitation sexuelle. Des millions de petits esclaves souffraient sur la planète des hommes et les gouvernements restaient sourds et aveugles à ce massacre. Nos petites filles, tous ces enfants enlevés à leurs familles en Belgique, avaient rejoint cette armée de petits martyrs, et je ne pouvais plus me taire. La somme d'horreurs dont les petits faisaient les frais dans ce monde ressortissait, à mes yeux, du crime contre l'humanité.

Jamais peut-être autant que ce 13 septembre, je n'ai ouvert les yeux sur la lâcheté, l'hypocrisie et l'amoralité des responsables de mon pays. Toute ma rancœur leur était destinée. Ils s'étaient dits

51. La Conférence de Stockholm du 27 au 31 août 1996 réunit 126 gouvernements en vue d'élaborer une stratégie commune de répression de l'exploitation des enfants par des réseaux de prostitution mondiaux.

« responsables », nous avaient enjoints de nous taire, de les laisser faire, de les écouter, de les croire. Nous nous sentions trahis autant que démunis. Et, en voyant toutes ces familles autour de moi, je ne pouvais comprendre qu'une seule chose : les enlèvements d'enfants en Belgique n'étaient pas chose exceptionnelle. Pourtant, jamais aucune instance de pouvoir ne s'était préoccupée de ce dramatique problème. Aussi, je fus très dure lors de cette conférence de presse, au moment de ma prise de parole : « Il est trop tard pour rendre confiance ! »

Ce fut là l'essentiel de mon message. Il s'adressait clairement aux politiques, aux magistrats, à tous leurs porte-voix qui, depuis quelques jours, ne cessaient de gesticuler, au Parlement, dans les médias, dans les prétoires, essayant de joindre aux nôtres leurs larmes de crocodile, appelant à un grand sursaut, revendiquant tout à trac des réformes urgentes, des aveux de responsabilité, des éclaircissements. Comme si leurs propres comportements étaient exempts de toute faute, fût-ce celle de l'indifférence.

La fièvre de l'automne 1996

La presse s'emballait. Chaque jour, dans tous les journaux du pays, s'étalaient de nouvelles révélations. Tous, sans exception, faisaient alors la part belle aux hypothèses de grands réseaux de pédophilie. Des émissions, des reportages, des débats télévisés faisaient florès sur le sujet. Jusqu'à en avoir la nausée. Cette profusion de discours et d'images développés par l'ensemble des médias sur le thème des réseaux pédo-criminels, ce phénomène quasi inconnu jusque-là de l'opinion publique belge, fit certainement grande impression sur le téléspectateur de l'automne 1996 et indigna comme jamais les familles. Plus tard, les médias tentèrent de faire machine arrière en affirmant que la thèse des réseaux pédophiles était née de l'« hystérie collective » d'une « opinion publique délirante » que d'aucuns iront jusqu'à qualifier de « populace éméchée[52] ». Le bouc émissaire de l'hystérie, non pas populaire mais médiatique, qui s'était bel et bien développée en cette période agitée, était ainsi désigné : les Belges, les gens, l'opinion, le peuple, la population, la foule, bref tout ce que l'on peut accuser de manière suffisamment floue, dans la certitude de n'encourir aucunes représailles. Au dire de certains, « les gens voulaient des têtes », des « noms » de politiciens, de protecteurs, de pédophiles ; « les gens » étaient curieux de faits sordides, avides de rebondissements macabres, de mises au jour de plans machiavéliques. Preuve en était que le commerce du papier journal ne s'était jamais aussi bien porté.

J'en ai pourtant rencontré fort peu, pour ma part, de ces gens qui se délectaient de ce genre de nouvelles. Que nombre d'entre eux,

52. Cf. *L'enquête manipulée,* de René-Philippe Dawant, éd. Luc Pire, 1997.

par contre, aient espéré comprendre ce qu'il s'était véritablement passé dans leur petit pays et aient, pour cette raison, acheté les gazettes et suivi, plus souvent qu'à l'ordinaire, ces émissions qui annonçaient tapageusement des éclaircissements, je n'en ai pas douté. Jamais comme dans cette période de notre vie nous n'avons reçu autant de marques de soutien et de sympathie, d'encouragements et de témoignages, venant de parents, grands-parents et familles, tellement outrés de la finalité de nos vains efforts pour retrouver nos petites que leurs sentiments rejoignaient les nôtres : peine, déception immense, impression d'injustice et, malgré tout, encore et toujours espoir. Espoir que l'on découvre une vérité tangible, qu'une justice enfin équitable, tournée davantage vers la protection des enfants que vers le respect de textes de lois devenus illisibles au plus grand nombre, advienne. Espoir aussi, sans doute, d'un monde tout simplement plus juste et plus humain.

Mais ceux-là même qui avaient allumé la mèche des grands réseaux, des grands complots, des grandes rumeurs remontant jusqu'au Palais royal ou aux sectes sataniques, ce petit nombre de journalistes qui se ruaient sur tout et n'importe quoi sans s'encombrer des vérifications d'usage afin de gagner la course au scoop, dans un bel élan de solidaire lâcheté, crièrent haro sur le baudet. La population, « l'opinion publique », « la foule », « les gens » feraient l'affaire. L'« opinion publique » serait désignée comme le fauteur de troubles, celle qui voulait du sang et des larmes, des têtes à couper, des noms à salir, de l'horreur et du macabre jusqu'à plus soif.

Pauvre petite Belgique... Elle comptait pourtant une formidable population, plus prompte à marcher silencieusement, en famille, vêtue de blanc dans les rues de la capitale, qu'à manifester pour le rétablissement de la peine de mort. Une formidable population qui avait participé des mois durant à toutes les campagnes d'affichage pour aider des parents aux abois, à Liège, à Hasselt, à Tournai, à Bertrix. Une population qui s'était ingéniée à créer ici et là, qui un spectacle, qui une chanson, qui un hommage public, qui une association d'aide aux enfants maltraités, qui un groupe de réflexion, qui une action de soutien matériel aux familles d'enfants disparus. Une population qui n'avait rien à envier aux moralistes et aucune leçon à en recevoir. J'entendais les gens, je les écoutais, nous partagions des sentiments, des idées, des questions, mais aussi tant d'espoir et de volonté d'engagement concret pour rendre le monde moins triste. Car, si nous étions des parents traumatisés par la tragédie de la mort de leurs enfants, tant d'inconnus bienveillants que nous avons pu rencontrer cet automne-là se sentaient tout comme nous traumatisés. Tout comme nous, ils cherchaient la reconstruction après un tel flagrant gâchis. Eux aussi cherchaient à reconstruire leur société comme ils l'avaient aimée, comme ils l'avaient rêvée, comme ils espéraient désormais qu'elle devienne : réellement meilleure, réellement plus humaine, réellement en phase avec leurs aspirations.

Or, cette belle face de la population belge fut peu reconnue par les représentants des pouvoirs institués au-delà des premiers jours qui suivirent la Marche blanche du 20 octobre 1996. Les discoureurs, les penseurs des plateaux télévisés, les maîtres à penser autoproclamés, les chroniqueurs institués, tous ceux qui se targuent d'écrire, de savoir et de penser mieux que les autres, à l'unisson, fustigèrent, au contraire, cette population-là. Sans doute parce qu'ils n'ont jamais pu comprendre un tel phénomène d'empathie face à ce qu'ils ne reconnurent jamais comme autre chose qu'un affreux fait divers. C'était pourtant à cette formidable population dans toutes ses composantes que je devais, cet automne-là, d'être fière, terriblement fière, en dépit de tout, de ce petit pays tout gris où j'étais née.

Dans les pays voisins, on s'interrogeait, ébahi par cette impressionnante démonstration de solidarité et de dignité. Les choses s'étaient, semble-t-il, mises en place presque naturellement. Et c'était ce qui étonnait le plus dans les sphères du pouvoir ou chez les observateurs étrangers. Aucune structure, aucune organisation, aucune autorité reconnue n'avaient pris part à ce vaste mouvement. La Marche blanche était née, quasi spontanément, de l'aboutissement d'un long processus, d'une longue lutte, d'un long bras de fer entre les parents des enfants disparues que nous étions et les institutions de l'État. Les révélations de l'été n'auraient pu, en effet, susciter autant d'émoi et d'indignation populaire si elles n'avaient été précédées des événements qui émaillèrent les années 1995 et 1996 à partir de la disparition des petites. Julie et Mélissa en juin, An et Eefje en août, Sabine en mai de l'année suivante et Laetitia en août de la même année : six fillettes et adolescentes disparues. Un pays noyé sous les affiches de disparitions d'enfants pendant quatorze mois. Quatorze mois pendant lesquels nous avions résisté envers et contre tout à l'abattement, au désespoir, à la résignation et aux multiples manœuvres des pouvoirs de nous réduire au silence et les petites à l'oubli.

Lorsque Julie et Mélissa, puis An et Eefje, furent retrouvées mortes, les raisins étaient mûrs pour la colère. Et cette colère fusait désormais de toutes parts, même parmi les enquêteurs. Comme en témoigna cette lettre envoyée en septembre 1996 par le gendarme M. peu après les funérailles de nos petites filles :

«Julie, Mélissa. La première fois que j'ai entendu prononcer vos prénoms, c'était le 24 juin 1995. J'ai vu ensuite vos photographies. Ce qui m'a ému et fait travailler pour vous retrouver, ce sont d'abord vos yeux qui regardaient disant : "Monsieur, rendez-nous nos parents." Vos yeux me faisaient confiance. En outre, vos parents me parlaient tellement de vous que j'ai bravé beaucoup d'interdits dressés par l'institution, dont tous devraient attendre la protection et la compréhension. Je me suis heurté à un mur, le sacro-saint secret de notre institution. Fallait-il vous sacrifier sur l'autel de la justice et que l'on dise "c'est malheureux ce qui arrive"? Ceux qui m'ont interdit de travailler, de rencontrer vos parents éprouveront-ils jamais de la honte ? Vous ont-ils considérées autrement que comme un numéro de procès-verbal ? Je dis non. Je viens ici, mes chères petites, de vous écrire une partie de mes pensées.»

Car la vérité était là : le fait divers «Julie et Mélissa» avait évolué en fait de société dès le moment où il questionna le fonctionnement de ses institutions. Ce questionnement atteignit sans doute son paroxysme à l'instant de l'annonce du dessaisissement du juge Connerotte. De fait de société, le fait divers en question prit alors une tournure clairement politique. Pétitions, grèves spontanées, manifestations, actions de solidarité collective, démonstrations de colère telle celle des pompiers qui s'employèrent à arroser le Palais de justice de Liège (il y eut même des grèves de la faim) marquèrent les jours et les semaines qui suivirent cette ultime démonstration d'arrogance et de force que représenta l'arrêt de la Cour de cassation, dessaisissant un juge qui avait enfin permis de sauver deux fillettes à temps et de retrouver les autres disparues de l'année 1995. Tout ce qui existait comme moyen d'exprimer son indignation à l'égard d'un pouvoir inflexible fut employé. Le pays tout entier semblait bouillir de rage. La révolte grondait. Le moment était insolite. On aurait dit que la population belge s'éveillait d'un long sommeil. Les titres de la presse devenaient édifiants; observateurs et commentateurs de ce qu'il se passait au pays croisaient le fer à longueur de pages dans les journaux ou sur les plateaux de télévision. Les tenants du droit dur répétaient à l'envi leur mantra *dura lex sed lex*, tandis que des spécialistes des sciences humaines, se rangeant aux côtés des manifestants, tentaient d'expliquer le fondement d'une telle crise: «En tant que citoyen, j'ai perçu cette décision comme les travailleurs de Volkswagen qui ont débrayé, écrivit l'un d'eux[53]. J'ai pensé que cette décision risquait d'anéantir l'énergie donnée jusqu'à présent à l'enquête. Entre la loi et le sens de cette loi, il y a eu une distance trop grande. Entre les techniciens du droit, les magistrats, les juristes et la population en émoi de voir un juge considéré comme humain dessaisi[54], il n'y a pas de communication possible. Chacun est convaincu de part et d'autre de son bon droit.»

Ainsi émergèrent les premières analyses de l'automne 1996, certainement les plus judicieuses.

«Face à l'émotion populaire règne un silence assourdissant du côté des gouvernants, le silence de ceux qui ne peuvent ni assumer ni rejeter la faute. Un gouffre moral se creuse entre la population et les dirigeants qui donne l'impression de n'attendre qu'une chose, que ça se tasse, comme toujours», écrivirent les uns. «La gendarmerie, la PJ et la magistrature s'empressent d'affirmer leur irresponsabilité respective, chacune couverte par sa hiérarchie et son ministre de tutelle. En s'enfonçant les uns les autres, en entrant dans un cycle sans fins d'accusations réciproques, de moins en moins voilées, de fuites et de rumeurs, elles portent un coup fatal à ce qui pouvait subsister de la crédibilité de l'État», notèrent les autres.

L'analyse du politologue Jean Vogel s'avéra à mes yeux une des plus pertinentes[55]:

53. Yves Winkin, professeur d'anthropologie de la communication à l'Université de Liège, *Le Soir*, 21 octobre 1996.

54. En référence au dessaisissement du juge Connerotte, le 14 octobre 1996.

55. Voir *L'affaire Dutroux, la Belgique malade de son système* (collectif), Complexe, 1997.

« Les simples révélation et imagination de ces crimes monstrueux n'auraient jamais produit ces effets-là. D'une façon générale, le mélange d'attrait et de répugnance que mobilise une scène d'horreur met hors d'état de penser. De telle sorte qu'ensuite nous en perdons le souvenir ou ce qu'il en reste en nous isolé et comme déconnecté de nos représentations. C'est précisément le contraire qui s'est produit, une fois passé le premier état de choc : loin de rester polarisé sur une représentation isolée et déconnectée, la plupart des gens ont fait passer progressivement à l'avant-plan les questions du pourquoi et du comment, des causes, des conditions et des responsabilités de cette horreur, ils l'ont appréhendée comme un fait social et comme un fait politique. [...] Il n'y a pas de pouvoir institué [...] qui ne repose sur une croyance en sa légitimité. [...] Il ne s'agissait pas que de compassion. Une évidence scandaleuse s'est imposée d'emblée : Julie et Mélissa auraient pu être sauvées... »

« L'éclatement de l'affaire D. marque un bond en avant qualitatif de cette crise de légitimité : qu'est-ce que cet État qui n'est même plus capable de protéger nos enfants ? » se demanda encore l'un de ces intellectuels comme prélude à une analyse de cette subite effervescence de la société belge cette année-là.

Aucune suite concrète ne fut donnée, hélas, à ces pertinentes questions de société. Les bases d'une réflexion profonde avaient bel et bien été posées. Mais, en très peu de temps, les pouvoirs mis en cause, à coups de nouveaux discours fallacieux, s'employèrent à les oublier.

Et pourtant, nous étions bel et bien en présence d'une crise de légitimité de l'État belge. Il ne s'agissait, en effet, de rien moins que de cela. Si la question de la légitimité de l'État était ainsi posée, il fallait bien qu'un sentiment de trahison l'ait précédée. Or, par rapport à quelle autre attente, quelle autre certitude que celle de vivre dans un État de droit protecteur, le citoyen belge pouvait-il, dans ces circonstances, se sentir brusquement et violemment trahi par ses institutions ? Et pourquoi à partir de ce « fait divers » en particulier ?

Sans doute parce que nous n'avions tout simplement pas voulu laisser cantonner nos enfants dans la rubrique des « chiens écrasés ». Sans doute parce que, parents, nous n'avions pas estimé plus importante chose à respecter et faire respecter que nos enfants. Non, le respect des règles et des institutions ne passait pas avant leur vie. Non, on ne nous ferait pas respecter les lois de l'inertie institutionnelle. Non, il ne se trouvait pas, à nos yeux, de valeur supérieure à leur vie. Et oui, nous estimions, puisqu'il ne nous était même pas donné le droit de les rechercher nous-mêmes, que les instances qui se prévalaient d'être les professionnels en la matière nous rendent au minimum des comptes sur le travail réellement effectué. Non, il ne pouvait être question de croire sans preuve « que nos enfants étaient mortes », ou « qu'aucun élément objectif » ne permettait d'entrevoir une piste sérieuse de recherche. Les journalistes judiciaires qui ont connu cette période des quatorze mois savent bien à quel point nous les avons interpellés et sollicités en ce sens. Ils ne furent pas nombreux, mais ils ne peuvent avoir oublié. La plupart d'entre eux ont suivi, mois après mois, l'évolution, non pas de l'enquête – qui stagnait –, mais de nos efforts d'interpellation, de tous ces petits événements que nous parvenions à créer, en dépit du silence tenace des autorités en charge du problème.

Voilà pourquoi et comment le fait divers «Julie et Mélissa» se mua en fait de société : nos questions simples, évidentes, légitimes s'opposaient aux réponses alambiquées, techniques, obscures, peu lisibles et souvent infatuées des représentants institutionnels. Nous parlions une langue de « parents » que toute famille pouvait comprendre. « Eux » parlaient dans leur langage abscons, défendant des règles de droit dont on percevait immédiatement l'inadéquation par rapport à un crime aussi perturbant que celui d'un enlèvement d'enfant. Les « experts » et autres « docteurs en droit » eurent d'ailleurs fort à faire, cette année-là, pour tenter de convaincre – jusqu'aux plus intimes des membres de leurs propres familles – de la pertinence de leur science. Une science qu'ils considéraient comme une science exacte, tout comme les économistes orthodoxes de l'Europe de l'argent considèrent encore aujourd'hui leurs dogmes comme une vérité inaliénable. La mort de Julie et Mélissa, cette démonstration éclatante que les règles de l'État de droit ne pouvaient être figées au point d'en devenir mortifères, avait permis ce doute énorme, cette faille, cette rupture entre les citoyens belges et leurs institutions. Les jours qui suivirent les enterrements des enfants jusqu'à ceux qui précédèrent la Marche blanche, nous avons été inondés d'appels téléphoniques témoignant de ce que j'affirme ici. Les familles, les citoyens de Belgique avaient compris. Ils s'étaient sentis trahis en même temps que nous ; ils se sentaient en deuil des « petites » comme si elles avaient été les leurs et, partant, se sentaient en deuil aussi de leur insouciance passée, de leur confiance envers les autorités, ces garants de l'État et de la justice. C'est sur cette base qu'ils se sont retrouvés, unis tel un seul homme, donnant corps à la devise du pays[56] comme jamais auparavant.

« Le mouvement populaire suscité par l'affaire D. est un des plus importants événements de l'histoire sociale et politique de la Belgique. L'ampleur et l'intensité des réactions populaires, le gouffre qui s'est creusé entre la population et les gouvernants, les lézardes de l'appareil d'État, le désarroi et la désorientation complète de la classe politique ont ouvert la perspective d'une crise de régime dont il faut remonter à 1950, à l'affaire royale[57], pour trouver un équivalent, dans un tout autre contexte et avec une tout autre portée », écrivait alors le politologue Jean Vogel.

56. « L'union fait la force. »

57. L'affaire royale ou la question royale désigne en Belgique les événements qui eurent lieu entre le 7 mai 1945 et le 17 juillet 1951 à propos du retour au pays du roi Léopold III après la Seconde Guerre mondiale. Cette question fut à l'origine d'un soulèvement insurrectionnel principalement en Wallonie. La crise aboutit à l'abdication de Léopold III au profit de son fils Baudouin.

La marche blanche

Nous n'avions plus vraiment le choix : nous étions appelés à faire quelque chose. Depuis le message lancé par Gino lors de l'émission du 23 août à la RTBF, depuis la conférence de presse du 13 septembre, depuis que nous avions montré notre volonté de ne pas en rester là, il fallait proposer une suite. Il ne pouvait être question d'entendre reprendre à leur compte nos interpellations, nos questions, nos indignations par ceux qui nous avaient manifesté tant de dédain, pendant tout le temps où l'espoir était encore permis, comme s'ils en avaient été parties prenantes. Ainsi, malgré les écueils d'une médiatisation qui devenait de plus en plus démesurée, nous n'en renonçâmes pas moins à garder la parole que l'on nous donnait dans l'espoir de ne pas la laisser à ceux qui, déjà, en déformaient la forme et le contexte pour la récupérer à des fins totalement opposées. Nous voulions encore croire en un avenir meilleur, un monde moins inquiétant, plus solidaire, plus juste. Dans la déferlante de manifestations indignées qui affluèrent à cette époque, nous comprîmes cependant très vite que nous devions parler avec prudence. Nous étions sollicités par les médias de toute l'Europe et au-delà. Objets médiatiques, nous l'étions bel et bien. Dès lors, nous ne pouvions plus nous exprimer haut et fort sans considérer les conséquences de nos paroles. Nous avions compris, tout citoyens que nous nous prétendions être dans une société appelée démocratique, que nous n'étions que des objets aux mains des puissants. Au plus fort de nos sentiments de révolte, nous devions encore trouver les moyens de nous préserver des fâcheux opportunistes cherchant à utiliser notre ressentiment à la publicité de leurs sombres desseins. Au moins devions-nous tenter de ne jamais leur offrir les armes de nos propres mots pour nous abattre. Il y avait les tenants de la peine de mort, les tenants d'une société sécuritaire à outrance, ceux qui évoquaient les castrations chimiques. Il y avait, bien sûr, tous ceux que la gabegie de l'État, mise en évidence comme jamais par les révélations des faits d'enlèvements d'enfants en Belgique, enflammaient à outrance. Nous sentions la menace : celle de la récupération de nos paroles à très mauvais escient. Désormais, nous étions sommés de nous montrer responsables de nos propos. Nous devions veiller à ne pas laisser la moindre occasion aux discours d'extrême droite de se profiler et de s'installer. Or, chaque micro qui nous était tendu représentait autant de pièges dans lesquels il fallait être attentif à ne pas tomber. Les journalistes, toujours aussi pressés, coupaient court, contrôlant de manière serrée nos temps de réponse, induisant par des questions qui ne portaient que sur nos impressions immédiates des réponses courtes et prévisibles, très personnelles, très émotionnelles, qui risquaient de faire la part belle aux réactions de vengeance, au rétablissement d'une justice expressément répressive. Ils attendaient des réponses dans la lignée de ce que l'on était habitué d'entendre et qui ne sortaient pas de ce que l'on pouvait admettre ou tout simplement comprendre. Car, pour Gino et moi, la justice, ce n'était pas le rétablissement de la peine de mort, ce n'était pas le rétablissement de peines fortes et incompressibles, ce n'était pas la castration chimique, ce n'était pas la limitation du contrôle judiciaire par le politique, ce n'était pas une sécurité policière renforcée. Ce n'était pas, enfin, cette avalanche de mises en garde destinées aux enfants et censées leur apprendre à se protéger par eux-mêmes. Pour lui comme pour moi, rétablir plus de justice passait inévitablement par le rétablissement de plus de justice sociale et par le principe d'égalité, si souvent invoqué et si rarement appliqué. Nous étions certains, en effet, que si l'intérêt de nos dirigeants s'était réellement porté sur la protection des enfants, les politiques qui auraient dû être défendues et voir le jour auraient dû prendre en compte la réalité sociale du pays. Le tout-à-l'argent, cette idée fausse qui avait peu à peu gangrené toute une société jusqu'à laisser croire que tout était permis dans l'unique objectif du profit matériel, avait conduit à ce que d'aucuns estiment normal d'exploiter l'humain jusqu'à la mort. Enlever des enfants, les séquestrer, les violer et surtout profiter des penchants pervers de certains hommes en leur vendant de la « chair fraîche » à seule fin de « consommation » provenait-il d'une autre logique que celle de l'exploitation des plus faibles par les plus puissants ? Dans certains pays (la Thaïlande, notamment), la prostitution enfantine était comptabilisée dans le produit intérieur brut, ce marqueur absolu de la prospérité d'un État[58] ! Comment ne pas voir alors, suivant une telle logique, que l'humain devenu marchandise, transformé en chiffres d'affaires selon le degré d'exploitation auquel on pouvait le soumettre, ne pesait plus que très peu dans la balance des choix politiques ? Nous en avions fait les frais, nos petites en étaient mortes. Cet automne-là, l'attitude de la presse à notre égard prit un tournant plus surprenant encore. On alla jusqu'à nous poser des questions sur l'Europe... « Pensez-vous que la construction européenne soit une bonne chose ou non ? Quelle est votre position par rapport à l'Europe ? » Nous n'avions certes rien contre la construction européenne, nous en espérions encore le meilleur possible, mais surtout nous nous sentions embarqués dans des considérations politiques hors de propos, sur un terrain qui n'était pas le nôtre, dans une cour où nous n'avions pas l'intention de jouer. Bref, ce nouveau rôle que l'on tentait de nous faire endosser nous pesait. Nous pressentions aussi que ces questions nous détournaient de nous-mêmes. Au final, nous n'étions rien d'autre que des parents survivant à leur enfant dans un monde qui marchait sur la tête, qui perdait la boussole, qui perdait tout repère au point d'avoir mis nos vies en pièces. Nous n'étions que des citoyens comme tant d'autres. Peut-être avions-nous acquis, par l'expérience d'un événement atroce, une lecture du monde bouleversée, une vision empirique des mécanismes du mal et de sa banalisation, voire une certaine faculté de discernement. Mais nous ne voulions pas être les nouvelles voix autorisées ; nous n'avions pas vocation à jouer les guides : nous souhaitions être entendus par les pouvoirs institués sur la cause des enfants, sans plus. Certainement pas jouer leur rôle à leur place. Hélas, dans le tumulte du moment, exprimer simplement ce en quoi nous croyions n'était pas une option. Il fallait louvoyer, tenter de ne pas se laisser enfermer dans le statut de victimes éplorées et revan-

58. Lire : *Un monde qui dévore ses enfants*, de Claire Brisset, éd. Liana Levi, 1997.

chardes ni dans celui de « guides éclairés ». Nous ne pouvions que tenter de rester qui nous étions. Tenter, malgré tout, de nous appartenir. En outre, nous n'avions plus ni le temps, ni l'opportunité de développer dans les médias – qui pourtant nous entouraient jusqu'au harcèlement – les idées qui étaient les nôtres en matière de justice. Nous étions à nouveau replongés dans l'urgence. Les gens attendaient, piaffaient d'impatience ; nous étions noyés de coups de fil, submergés de sollicitations les plus diverses. Le temps n'était plus au développement de grands discours, de propositions politiciennes ou d'idées de débats. Le temps était au mouvement. Il fallait répondre à cette attente gigantesque d'une population pour qui notre cause, la cause de nos enfants, et plus encore de tous les enfants – tant de Belgique que du monde entier – était devenue une priorité. Nous devions montrer que nous étions nombreux à partager cette cause. Il était temps de bouger. De décider.

C'est au retour d'un déplacement à Paris effectué ensemble pour une émission de témoignage sur les disparitions d'enfants que Marie-Noëlle émit l'idée de la Marche blanche. C'était peu avant l'intervention de l'avocat Julien Pierre, défenseur du « pervers isolé » qui fit dessaisir le juge Connerotte. « Les gens demandent une marche, une manifestation, il nous suffit de suivre leur souhait. S'ils souhaitent marcher, eh bien, nous allons les faire marcher ! » avait-elle proclamé.

Plus intimement, nous avions aussi évoqué ensemble notre quotidien devenu ingérable en raison des appels téléphoniques incessants que nous recevions à toute heure de la journée, des caisses entières de courriers déposés chaque matin par les facteurs à nos domiciles respectifs, de l'impossibilité de faire des courses incognito dans les magasins et, bien sûr, de notre potentiel épuisement si nous devions continuer de vivre dans de telles conditions. Je me souviens, par exemple, n'avoir trouvé la lettre de condoléances du Palais royal que des semaines, voire des mois après son envoi, et presque par hasard, dans les boîtes débordant de lettres. Le ministre de la Justice lui-même nous avoua à cette époque que, pour sa part, il avait dû engager un staff spécialement préposé à l'ouverture du courrier tant son ministère en était également noyé. Nos documents prioritaires, ceux qui concernaient nos obligations de salariés notamment, nous les retrouvions également toujours trop tard au milieu de cette masse de missives. Il fallait ensuite s'en justifier…

Oui, nous étions au centre d'une tornade nationale, nous étions sollicités par le roi Albert II et la reine Paola, par la majorité des ministres du pays, et même par des représentants d'autorités étrangères, mais notre statut n'en restait pas moins semblable à celui du citoyen lambda, confronté à ses devoirs et obligations coutumières. Il nous fallait donc cumuler notre position de citoyens «comme les autres» avec celle de cet après 17-août qui faisait de nous des «icônes». Conjuguer l'ordinaire et l'extraordinaire: c'était là un exercice d'équilibre parmi les plus difficiles qui soient. Comme Alice au pays des Merveilles, nous ne cessions de passer de l'état de géants à celui de gnomes. Ces successives et inévitables transformations nous demandaient une souplesse, une capacité d'adaptation et de réadaptation drôlement exigeante.

Au moins avons-nous pu toujours garder le contact avec la réalité de tout un chacun. Loin en l'occurrence de toute forme de facilitation de la vie quotidienne dont bénéficient ceux qui évoluent dans les «hautes sphères»: aucun problème d'organisation pour eux, pas de souci de transport, pas de temps perdu non plus à lire personnellement son courrier, le personnel *ad hoc* est là pour ça, pas d'entretien des lieux de vie, pas de perturbation intempestive, agendas gérés par les secrétaires, relations avec la presse régies par des attachés, pas de courses alimentaires, montre en main, dans les grandes surfaces, pas de files aux guichets des banques ou de la poste, pas de pied de grue pour attendre, sous la pluie, un train en retard une fois sur deux. Nous ne bénéficiions pas de ces appréciables gains de temps. Nous observions juste que tout cela était organisé à merveille pour nos édiles et le temps ne leur manquait jamais. Pour notre part, il nous fallait gérer celui du quotidien comme nous pouvions, certes aidés par des amis. Mais trop souvent, le temps des repas ou celui du sommeil était sacrifié. Parce qu'elles dépendaient tellement des moyens, les armes étaient inégales. Toutefois, le fait d'être confrontés à nos obligations multiples, aux contraintes quotidiennes, mangeuses de temps, préservait en nous la lucidité nécessaire. Tandis que nos représentants, plongés dans la facilité des avantages, perdaient inévitablement le sens du réel…

Cette époque fut dès lors pour nous une formidable expérience du fonctionnement social qui nous permit de cerner quelque peu l'incompréhension mutuelle entre gouvernants et gouvernés, entre possédants et possédés, entre citoyens et État. La puissance et la rapidité, l'intelligence et le savoir ne pouvaient véritablement se développer que là où étaient réduites à rien les obligations du quotidien.

L'appel à la Marche blanche répondait donc aussi à cette nécessité de «normaliser» un peu notre vie devenue «extraordinaire». Marie-Noëlle, Gino et moi imaginions, à tort, qu'après ce sommet de rassemblement proposé à toute la Belgique, nous serions délivrés de l'énorme attente citoyenne que, par nos interpellations des pouvoirs et nos prises de position dans les médias, nous avions contribué à créer, sans véritablement nous en rendre compte ou, du moins, sans en mesurer la portée. Une attente gigantesque à laquelle il ne nous était matériellement plus possible de répondre…

Le lendemain de notre retour de Paris, Marie-Noëlle, interviewée dans *La Libre Belgique*, lançait l'appel. Le jour suivant, après avoir réuni les familles d'enfants disparus conquises par l'initiative, nous envoyions à tous les médias ce texte:

«Annonce officielle d'une marche à Bruxelles organisée par les parents des enfants disparus à l'intitiative de Madame Bouzet, maman d'Élisabeth Brichet disparue, Monsieur et Madame Russo, parents de Mélissa disparue, Monsieur et Madame Lejeune, parents de Julie disparue, Monsieur et Madame Marchal, parents d'An disparue, Monsieur et Madame Benaissa et leur fille, parents de Loubna disparue. Le 25 novembre 1991, en approuvant les 37 articles de la Convention internationale des droits de l'enfant, la Belgique s'est engagée à:

– protéger l'enfant contre toutes les formes d'exploitation et de violences sexuelles;

– prendre toutes les mesures pour empêcher l'enlèvement, la vente ou la traite d'enfants.

Aujourd'hui, face aux événements tragiques survenus cet été dans notre pays, qu'en est-il de ces engagements? Vous qui êtes nombreux à nous manifester votre impuissance, vous qui êtes nombreux à vouloir participer activement à la protection de tous les enfants, nous vous proposons de marcher ensemble afin de démontrer notre union et notre détermination à revendiquer une concrétisation urgente de ces engagements. Cette marche, nous la voulons sans calicots et sans revendications politiques d'aucune sorte. Le blanc sera notre symbole, celui de nos enfants abîmés et massacrés, celui de l'innocence trahie, mais aussi celui de la non-violence. Soyez des nôtres, avec une fleur blanche ou un ballon blanc en signe de reconnaissance. Nous voulons que cette marche soit une démonstration populaire, pacifique et digne de notre solidarité envers tous les enfants. Nous vous fixons rendez-vous ce dimanche 20 octobre 1996 dès 14 heures à Bruxelles.»

Il ne fallut ensuite que très peu de temps pour mettre sur pied cette manifestation, laquelle sembla d'ailleurs presque s'organiser d'elle-même tant la volonté et l'énergie des Belges lui préexistaient.

Les marcheurs blancs. Ils étaient plus de 300 000, soit deux millions à l'échelle de la France. La sûreté de l'État comptabilisa 600 000 participants, les forces de gendarmerie 350 000. Nous-mêmes, initiateurs du rassemblement, ne pûmes jamais en faire le compte. Nous étions plongés dans cette marée humaine, tandis qu'une chaîne de policiers, formée autour de nous, nous protégeait littéralement de l'étouffement. Certains, me fut-il raconté, ne purent jamais quitter la gare d'arrivée tant la foule se faisait compacte. D'autres ne parvinrent même jamais à embarquer, les trains spéciaux – mis gracieusement en circulation par la SNCB – ne pouvant contenir tous les passagers.

Tous témoignèrent d'un moment exceptionnel, comme en attestèrent également les titres de la presse belge au lendemain de cet incroyable dimanche: «La marée blanche», «Les Belges étaient tous là», «Historique! Une force immense et tranquille», etc.

L'événement connut des retentissements dans toute l'Europe, en Amérique du Nord comme du Sud, dans les pays d'Afrique, au Moyen-Orient, au Japon, en Australie. En France, les éditorialistes s'en donnèrent à cœur joie:

«Marée blanche sur Bruxelles. Énorme manifestation qui s'est déroulée dans le calme et la dignité.» (*Le Parisien*)

«Bruxelles, la marée blanche.» (*L'Humanité*)

«Le gouvernement face à la marée blanche.» (*Le Figaro*)

«Le soulèvement moral. Écœurement et colère des citoyens devant le fonctionnement de la justice, la déliquescence de l'État et l'indifférence de la classe politique à leurs problèmes.» (*Libération*)

La République des Pyrénées écrivit: « En l'occurrence, les Belges tendent à l'Europe un miroir qui lui renvoie une image grimaçante d'elle-même. Car le pays ne fait que vivre de manière paroxystique ce qui, ici et là en Europe, mine notre modèle démocratique… »

L'Est Républicain: «Comme éveillés d'un cauchemar, les Belges réclament la vérité. Ils attendent aussi des autorités qu'elles leur redonnent la conviction d'appartenir à une nation. Les années passées ont vu l'État se déliter sous les assauts des querelles linguistiques, de l'affairisme, des pouvoirs occultes. Ses fonctions de justice et de police s'en trouvent altérées. Rien d'étonnant à ce que la révolte naisse d'une incapacité à assurer la sécurité, celle des enfants qui plus est. N'est-ce pas le fondement du contrat social? Faute de répondre aux attentes, le pouvoir s'exposerait à une crise de régime.»

La Charente Libre: «Cette marche blanche et l'intervention royale confirment que la Belgique est bien entrée dans un processus quasi révolutionnaire. Il y a quelque chose que nous ne devons pas oublier: cette tragédie belge, si lointaine et si proche, pourrait bien être aussi la nôtre.»

La Nouvelle République du Centre-Ouest: «Tous les pouvoirs publics ont matière à réfléchir sur leur responsabilité et même leur utilité, lorsqu'un peuple crie pour que justice soit effective, qu'elle ne se coupe pas de ses racines populaires et que l'État délaisse ses querelles politiciennes habituelles afin d'assurer d'abord la sécurité de tous, à commencer par celles des plus faibles. Au nom de la défense de l'innocence dans un monde sali, un petit État a peut-être illustré comme jamais la détermination d'un peuple pour être désormais plus et mieux écouté par ceux qui le dirigent. La leçon vaut pour d'autres pays.»

Le Républicain Lorrain: «En demandant justice pour ses enfants, le petit peuple belge élargit confusément ses revendications jusqu'à exiger une réforme de ses institutions et une vraie justice sociale au sens le plus large du terme. Réveillé par la pire des horreurs, n'est-il pas en train de réinventer une sorte de mai 68 en octobre 96 ?»

Presse Océan : «Le peuple belge, justement, a montré qu'il refusait toute forme de résignation dès lors qu'il s'agissait d'opposer à l'horreur totale l'espérance en des valeurs humaines inexpugnables. En démontrant dignement et fermement que cet avilissement des cœurs n'était pas, loin s'en faut, inéluctable... »

La Dépêche du Midi : «Ainsi les Belges n'ont plus rien d'autre pour accrocher un peu d'espérance. Dans leur cri de désespoir jeté à la face du monde, ils font savoir que dans de telles inhumaines conditions, le ticket pour la vie n'est plus valable. Dès lors, Bruxelles, au cœur de l'Europe, ne peut être considéré comme un cas isolé... »

«La colère blanche», titra *France-Soir*. « Par la calme détermination qui en émanait, l'immense manifestation de Bruxelles ressemble assez à une révolution. Une révolution dépouillée de ses ingrédients de violence et de récupération partisane mais forte d'une incroyable densité de lassitude devant les défaillances et la corruption des institutions censées protéger les citoyens d'une démocratie contre le retour à la barbarie... À part peut-être leur démarche pour les droits civiques des Noirs aux États-Unis, on ne trouve pas dans l'époque récente un tel rejet unanime du système politique et judiciaire en place. Cette métamorphose stupéfiante d'un fait divers en cataclysme social devrait faire réfléchir les élus des nations qui privilégient l'ultralibéralisme, fût-ce au prix de la corruption, au détriment du respect de la personne humaine... Les ballons blancs de Bruxelles sont sans doute le premier signe léger mais lourd de menaces d'une vague de fond contre les États technocrates qui oublient une seule donnée dans leur gestion méprisante et élitiste de notre présent et de notre avenir : l'homme, priorité de toutes les priorités.»

L'Union : «La Belgique, hier, a une nouvelle fois entouré d'un linceul blanc ses jeunes victimes, tout en réclamant la mort d'un système. Dans une sorte de cérémonie expiatoire qui n'avait finalement d'autre but que de redonner sens... à la vie.»

La Croix : «Les Belges donnent à l'Europe une leçon d'humanité. Message : sans céder au populisme ni à la violence, les Belges exigent une société plus humaine. La classe politique va devoir imaginer rapidement des réponses. C'est une leçon de civilisation que nous donne la Belgique. La marée blanche, qui dimanche, a recouvert le pavé bruxellois, loin d'être un simple coup de colère à visée politique ou revendicative est un signal d'alarme à l'usage de nos sociétés. [...] Mais l'essentiel du message ne doit pas se lire de manière platement politicienne, ni même comme une sorte de coup d'État moral. C'est un immense cortège de la conscience qui a envahi la capitale belge, et sans doute la plus vaste manif éthique de l'histoire européenne. Les fillettes transformées en marchandises symbolisent le degré extrême atteint dans des sociétés que dominent l'image et l'argent, par le déni de l'humain. Le cap ultime a pu être franchi parce que l'indifférence, la négligence, l'absence du jugement, la lâcheté et l'individualisme sans normes ont inspiré la routine des institutions. Les Belges, unifiés par l'émotion, rappellent que la seule légitimité des forts est la protection des faibles. En cela, ils ont défilé pour toute l'humanité[59].»

En début de soirée du 20 octobre 1996, le Premier ministre Jean-Luc Dehaene, enfin inquiet de ce qui se tramait dans le pays, nous recevait au 16, rue de la Loi[60]. Les pressions se multipliaient de toutes parts : au Palais royal, chez les mandataires politiques, au sein des organes de presse tant nationaux qu'internationaux. Nous ne connaissions plus de repos mais nous étions galvanisés par la puissance d'un mouvement inédit[61].

---

59. Éditorial de Bruno Frappat.

60. Le 16, rue de la Loi, est le bâtiment qui abrite les services administratifs et le bureau du Premier ministre, siège du gouvernement fédéral.

61. Malgré la litanie de promesses formulées par le Premier ministre (installation des assises de la démocratie au Parlement, commission d'enquête parlementaire, réforme de la Justice, de la police, etc.) le 20 octobre et les semaines qui suivirent, la méfiance des Belges à l'égard de leurs institutions n'avait cessé de s'amplifier. Des milliers de citoyens émettaient le désir de poursuivre au-delà de la Marche blanche leur engagement en faveur du respect de l'enfant. Transformer l'immense désarroi du moment en force de résistance en s'impliquant personnellement et en participant activement à l'élaboration d'une société plus juste et plus humaine, telle semblait être la volonté d'une large part de la société belge en cet automne si singulier. Ainsi naquirent, de ce « mouvement blanc », un mois à peine après la marche du 20 octobre, ce que l'on appela « les comités blancs », des centaines d'associations de citoyens disséminées à travers le pays, expérimentant ensemble telle ou telle action citoyenne pour la protection de l'enfant.

Comment oublier Bruxelles en ce dimanche d'automne ? Bruxelles, envahie par une foule lumineuse et tranquille en ce superbe après-midi d'été indien. Bruxelles embellie de milliers de « marcheurs blancs ». Bruxelles-la-Blanche, plus étonnante que jamais. Un moment unique où toutes les barrières, toutes les divisions, toutes les rancœurs et les humiliations semblaient abolies. Des milliers et des milliers de familles, réunies en une seule, marchaient silencieusement au nom de petits enfants injustement, scandaleusement abîmés, abandonnés, torturés. Des milliers de familles manifestaient leur pleine indignation, leur sentiment d'injustice et leur compassion. Le message silencieux, déterminé, solidaire était : « Les enfants d'abord ! » Et c'était en cela que cette foule s'adressait à l'État en marchant ce dimanche-là. Rien, à leurs yeux comme aux nôtres, ne pouvait justifier que nos institutions publiques laissent mourir des enfants sans faire le nécessaire, sous quelque prétexte que ce soit : dysfonctionnements, guerre des polices, délitement de l'appareil judiciaire ou manque de moyens.

Il me semblait que l'on ne pourrait pas effacer aisément un tel moment de communion. On n'efface pas un vécu d'une telle ampleur. On peut tenter de réinventer la réalité, lui donner un autre sens, l'affaiblir, la réduire, l'abîmer pour en réduire l'impact, mais ce moment avait existé et avait été vécu par des centaines de milliers de personnes et l'on ne peut effacer des mémoires ce qui a été vécu à un tel niveau d'intensité. Aussi, malgré la longue entreprise de destruction mémorielle des pouvoirs, soucieux de restaurer au plus vite l'ordre en place, je n'ai jamais douté que le déferlement de la Marche blanche d'octobre 1996 reste à jamais dans l'inconscient collectif.

Les années qui passèrent virent le nombre de manifestants du 20 octobre 1996 régulièrement diminué, dans les médias du moins, sans que l'on puisse comprendre pourquoi l'ampleur de cette Marche inédite était constamment revue à la baisse. Sans doute les pouvoirs institués, qui s'étaient sentis un moment menacés, avaient-ils repris du poil de la bête ? Car, assez vite, ils se réapproprièrent leur position dominante, le devant de la scène, affirmant, avec un mépris renouvelé, ces contre-vérités, reconstruisant par une *storytelling* les pièces éparses du puzzle de la réalité que nul n'était encore parvenu à rassembler et qu'une presse soit ignorante, soit conciliante ou peut-être juste naïve, allait alors répandre tous azimuts longtemps encore après l'événement de la Marche blanche. Un événement que les pouvoirs en Belgique s'employèrent ainsi à refouler dans les limbes d'une amnésie générale fabriquée à grands coups d'événements festifs, dans la tentative d'effacer un moment qui fut celui, retentissant, de leur échec et de leur honte.

Le temps des promesses

Dans la foulée de la Marche blanche, le Premier ministre avait engagé publiquement sa parole, fait des promesses. Jean-Luc Dehaene était un homme pragmatique : on l'appelait le « bulldozer » ou le « démineur » tant il s'était montré habile à résoudre des situations de crise ou d'agitation en Belgique. Aussi, nous ne fûmes pas particulièrement surpris de l'entendre décliner des propositions très concrètes, annoncées avec un surcroît de fermeté comme si la force de l'effet d'annonce devait suffire à balayer toute inquiétude, toute velléité de changement, toute méfiance envers son gouvernement et les institutions. Ainsi, la création d'une commission d'enquête sur les disparitions d'enfants en Belgique, la création d'un centre pour enfants disparus, la réforme de la police, le droit au dossier d'instruction pour les parties civiles, la création de tribunaux d'application des peines (dont on mesura toute l'importance au moment de la libération de « l'institutrice »[62]) ou encore cette improbable intention de dépolitisation de la magistrature furent les points forts abordés pour une mise en chantier immédiate.

La commission d'enquête fut installée dès le lendemain de la Marche blanche. Elle fut retransmise en direct par le canal de la télévision publique et suivie par une impressionnante proportion de la population. Elle dura deux ans et émit deux rapports dont seul le premier fut évoqué à grand bruit par l'ensemble de la presse.

Une énorme ambiguïté pesait sur sa conclusion. On opta pour une définition des faits les plus nébuleux par l'emploi de termes

62. Le tribunal d'application des peines (TAP) décida de la libération de Michelle Martin, épouse et complice de Marc Dutroux dans les crimes commis sur les enfants, le 28 août 2012.

prudents tels que « dysfonctionnements » ou encore « estompements de la norme » pour expliquer l'inexplicable, c'est-à-dire la multiplication de faits illicites commis par les inculpés au nez et à la barbe de toutes les instances administratives, judiciaires ou policières qui en avaient été averties. Une lecture intégrale de ce premier rapport ne fut sans doute jamais effectuée par les journalistes, trop pressés d'en faire leur événement avant la concurrence. On se contenta d'en commenter prudemment la conclusion[63].

Le second rapport[64] ne reçut pas le même accueil. La deuxième partie de l'enquête parlementaire fut d'abord semée d'embûches.

---

63. Conclusion du premier rapport de la commission d'enquête : « Le travail que la commission d'enquête parlementaire a fourni ces six derniers mois a permis de faire la lumière sur un certain nombre d'enquêtes particulièrement complexes. Sur la base de l'analyse de plusieurs dossiers et de nombreux documents dont elle a demandé à pouvoir disposer et qui lui ont été transmis, la commission a pu se rendre compte par elle-même de la manière dont s'étaient déroulées les recherches à Bruxelles, à Liège, à Charleroi et à Bruges. La commission a, à présent, une vue d'ensemble de ce qui s'est réellement produit. Il convient à cet égard de souligner un point : pour arriver à cette constatation, la commission a dû vaincre de nombreuses résistances, tant de la part des services de police que de la part des autorités judiciaires, ce qui, en soi, est significatif et nécessite une analyse plus approfondie.

Au terme de la première phase de ses travaux, la commission est donc en mesure de dénoncer des causes structurelles et quelquefois individuelles qui sont à l'origine de l'échec de l'enquête. Ces observations rejoignent et renforcent celles qui avaient été formulées au cours d'enquêtes parlementaires précédentes. Les dysfonctionnements de l'appareil pénal belge posent aujourd'hui de graves problèmes, qui mettent réellement en péril l'État de droit.

Si elle est parvenue à mettre au jour les causes, la commission n'a pas encore réussi à en découvrir les raisons. La commission devra donc s'attacher à cette tâche au cours de la seconde phase de ses travaux. Elle ne peut exclure, à cet égard, que les dysfonctionnements soient liés à l'existence de protections éventuelles. »

64. Conclusion du deuxième rapport : « La commission parlementaire d'enquête aboutit à la conclusion générale qu'il y a des indices selon lesquels tant Dutroux que Nihoul auraient mené soit séparément, soit ensemble une activité polycriminelle se déployant dans de nombreux domaines (escroquerie, trafic de drogues, enlèvement et viols d'enfants, suivis d'assassinats, traite d'êtres humains, trafic de voitures, etc.) et que les réseaux qu'ils ont mis en place pour favoriser cette activité ont bénéficié à divers niveaux d'une protection indirecte engendrée par des phénomènes individuels ou collectifs d'estompement de la norme ou de comportements corrupteurs. En fonction des données dont elle dispose et sans préjudice des développements ultérieurs des enquêtes judiciaires, la commission n'a pas constaté d'indices que les mouvances criminelles en question aient bénéficié au sein des services de police, de la magistrature, de l'administration ou du monde politique de protections telles qu'elles puissent expliquer à elles seules les échecs, les retards, les anomalies dans les enquêtes.

Fuites dans la presse, soupçons, invectives, menaces, pressions, accusations en tout genre ne facilitèrent pas la tâche des députés, dont certains souffrirent d'attaques ignominieuses, survenant toujours à point nommé, lorsque leurs questions approchaient de trop près la possibilité d'un éclaircissement majeur. Peu à peu, l'intérêt des médias et du public pour ces travaux parlementaires s'estompa. Le tout fut pesé, emballé et rangé aux archives de l'État pour un demi-siècle, rendant de plus en plus aléatoire la possibilité de comprendre l'affaire dite « Dutroux, Nihoul[65] et consorts ». Les documents archivés ne pourraient, en effet, plus être consultables avant la mort d'au moins une ou deux générations…

Jean-Luc Dehaene avait aussi fait la promesse saugrenue que l'enquête de Neufchâteau serait menée jusqu'au bout. Fallait-il que la crédibilité de l'appareil judiciaire soit vraiment tombée bas pour

---

Dans la seconde partie de ses travaux et en particulier dans le chapitre IV, la commission a donc été amenée à constater que les graves lacunes relevées trouvent aussi surtout leur origine d'une part dans des manquements, des défaillances, des carences, des fautes professionnelles, tant personnelles que collectives, d'autre part dans des défauts structurels de conception et de fonctionnement de la politique criminelle et du système répressif en Belgique.

Comme elle l'a déjà souligné dans son premier rapport, la commission estime toujours que le système judiciaire et policier, tant dans sa conception législative que dans son organisation par le pouvoir exécutif (hiérarchie des responsabilités, communication et transfert de l'information tant verticalement que transversalement, organisation et disponibilité de la documentation, centralisation et coordination en matière de grande criminalité, etc.), est profondément déficient.

La commission constate notamment qu'en l'espèce des défaillances de conception et de fonctionnement ont pu être mises en évidence au niveau du BCR qui a échoué dans sa mission alors surtout que certains prétendaient initier, organiser et conduire tout ou partie des enquêtes en usant à cet effet de leur autorité hiérarchique.

La commission continue à croire que tout le système doit être profondément repensé et remanié, tant sur le plan humain que structurel, de haut en bas de l'échelle, et que les réformes doivent être poursuivies et menées à bien sans désemparer.

La commission regrette aussi que son travail ait été entravé par la volonté de certains de dissimuler des informations, de nier des évidences, de camoufler les réalités, et ce, dans le but évident d'esquiver leurs responsabilités.

Il appartient aussi aux membres du pouvoir judiciaire et aux forces de police de collaborer, loyalement et positivement, à la mise en place des réformes indispensables. »

65. Michel Nihoul est un homme d'affaires belge. Plusieurs fois inculpé pour faits d'escroquerie, il sera également inculpé dans le dossier des enlèvements d'enfants pour complicité avec Marc Dutroux. Il bénéficiera d'un non-lieu à l'issue du procès d'Arlon. Son histoire à elle seule nécessiterait trop de pages pour la relater ici.

que le chef de l'État se sente obligé d'annoncer haut et fort un engagement qui pourtant aurait dû aller de soi…

Mais au final, après toutes ces années, et malgré les engagements du Premier ministre et du Palais royal, malgré les multiples déclarations déjà formulées en ce sens par les plus hautes instances judiciaires, nous en sommes restés à nous demander au bout de quoi cette enquête était censée parvenir. Sans doute au bout de ce qu'il était possible de révéler. Car, tout comme il existe des secrets de famille, il existe aussi des secrets d'État. On dit aussi que la vérité n'est pas toujours bonne à dire. Ce qui n'est pas inconcevable. Par contre, pouvions-nous accepter que le mensonge ne tienne pas seulement au secret et aux non-dits ? Pouvions-nous accepter que le mensonge soit institutionnalisé et que sa valeur ait pris le pas sur celle de l'honnêteté ?

J'aurais aimé, par exemple, que l'on me dise pourquoi il aurait fallu que j'accepte d'entendre par la bouche d'une femme qui a participé toute sa vie à des exactions telles que des enlèvements, des viols, des films de scènes de viol, des séquestrations et même des ensevelissements d'enfants assassinés, la vérité sur ce qu'il est vraiment arrivé à ma fille ? Cela peut paraître surprenant mais la réalité est telle : au moment où j'écris ces lignes, vingt et un ans après l'enlèvement de nos petites filles, vingt ans après leurs funérailles, vingt ans après l'arrestation d'une série de personnages plus nébuleux les uns que les autres, vingt ans après l'instauration d'une commission d'enquête parlementaire sur les disparitions d'enfants en Belgique, douze ans après la fin de ce procès d'assises qui devait établir « la vérité judiciaire » sur les faits de leurs enlèvements, séquestrations, viols et meurtres, vingt ans après la Marche blanche, les éléments tangibles confirmant que nos petites filles sont mortes dans les conditions décrites par celui qu'on surnomma « le monstre isolé » sont, en effet, restés infimes. Car la « vérité judiciaire » que l'on étalerait au procès n'allait finalement tenir que sur les déclarations des principaux inculpés. Des déclarations alambiquées, contradictoires, fumeuses le plus souvent, mais qui seront pourtant considérées comme éléments de preuve par les policiers et magistrats en charge de ce dossier. Fallait-il si simplement, en dehors de toute autre preuve, considérer de tels personnages dignes de foi, considérer tous leurs dires comme vrais ? Leurs multiples contradictions ne devaient-elles, à aucun moment, être l'objet de confrontations ? Les incohérences, les lacunes et les invraisemblances de leurs récits soulignées ? Une reconstitution des faits d'enlèvement n'aurait-elle pas dû avoir lieu ? De ce fait, parce que l'on avait pris leurs déclarations pour argent comptant, de nombreux devoirs d'enquête élémentaires ne seront jamais réalisés tandis que l'on se jettera dans d'absurdes recherches comme ces fouilles macabres en des lieux insensés[66] ou la piste des sectes sataniques[67] ou encore dans ces soupçons de pédophilie concernant d'éminentes personnalités belges. Il semblait que, pour gagner du temps, on avait opté pour la tactique d'en perdre.

Pendant que l'on se consacrait en pure perte à ces pistes folkloriques, on omettait de travailler sur les véritables relations qu'entretenait le « monstre isolé » avec le milieu du crime et de l'argent. On avait beau savoir que le « monstre de Marcinelle[68] » avait partie liée avec le trafic de voitures volées, le trafic d'armes, le milieu de la drogue et de la prostitution, on n'évoqua pas, en son chef, le trafic d'êtres humains. On suspendait les recherches dès qu'elles s'orientaient vers la piste de la criminalité organisée, dont celle de l'ISI (Inspection spéciale des impôts) spécialisée en matière de fraude ; les enquêtes financières sur les avoirs des différents inculpés étaient stoppées à la frontière, les montages frauduleux des sociétés de certains de ses co-inculpés ne furent jamais investigués, on ne chercha pas non plus la provenance de toutes ces armes, parmi lesquelles des armes de guerre (kalachnikovs, fusils UZI, grenades) qui furent saisies en quantité parmi les relations du « monstre », dont un péjiste renommé. On ne parlera plus jamais des saisies de cassettes vidéo, on

66. Les fouilles de Jumet, parties d'un témoignage anonyme auquel s'ajoutèrent les dires de Michelle Martin, consistèrent à rechercher pendant des semaines sans résultat des corps d'enfants morts en certains lieux souterrains de l'entité de Jumet. C'est sous l'égide du juge Langlois que ces travaux inutiles et hyper-médiatisés eurent lieu durant la plus grande partie de l'hiver 1996-1997.

67. Voir à ce sujet : le premier article du 24/12/1996 du journal *Le Soir*, « Un volet satanique dans l'affaire Dutroux ».

68. Le « monstre de Marcinelle » fut le nom attribué à Marc Dutroux par l'ensemble de la presse pendant l'enquête de Neufchâteau. Il fut ainsi nommé en référence à son lieu de résidence qui fut aussi celui de la séquestration de Sabine et Laetitia et, probablement, mais sans certitude, celui de Julie et Mélissa ainsi que d'An et Eefje.

ne parlera pas de cet informaticien chargé par la justice de procéder à l'analyse des ordinateurs saisis, et qui disparut du jour au lendemain, laissant sur place le matériel abandonné. Aucune suite donnée non plus à tous ces meurtres avérés dans la mouvance des inculpés, et guère plus d'intérêt pour l'inquiétante épidémie de morts parmi des témoins essentiels. On n'éclairera jamais les multiples déplacements à l'étranger – dans les pays de l'Est principalement – tant du « monstre de Marcinelle » que de ses co-inculpés pendant la longue période de séquestration de nos petites filles. En conséquence, jusqu'à l'issue du procès, une ombre inquiétante continuera de planer sur l'enquête consacrée aux crimes commis sur les petites puisqu'elle n'aura tout simplement pas éclairé cette suite d'éléments pour le moins troublants.

À l'issue de l'enquête, en 2003, aucun des crimes commis sur Julie et Mélissa, hormis leur séquestration, n'aura été reconnu ni avoué par qui que ce soit. Le « monstre » tentera de charger un comparse nommé Weinstein, malencontreusement retrouvé mort et enterré lui aussi dans le jardin de l'institutrice. Weinstein ne parlerait plus. On n'en ferait ensuite qu'à peine mention au procès[69]. Ce complice, également chargé d'un lourd passé judiciaire en France et en Belgique, présentait pourtant bien quelques liens sérieux avec le monde de la prostitution, notamment, et de la criminalité en général. Mais ces liens-là non plus ne devaient pas intéresser le juge de Neufchâteau et son principal chef d'enquête…

« L'institutrice », quant à elle, se résoudra, en fin de parcours, peu avant la tenue du procès, à accuser son époux de tout. Tandis que lui persistera à nier. La blonde institutrice qui, quelques années plus tôt, avait envoyé les enquêteurs sur les pistes les plus folles, comme celle des tunnels de Jumet, qui n'aura pas cessé pendant toutes ces années de dire, de se contredire, de ne plus savoir que dire, d'oublier puis de se souvenir, deviendra ainsi le témoin providentiel du dossier. Sa dernière version des faits, aussi légère que

69. Bernard Weinstein, complice de Dutroux dans plusieurs affaires de vols et de séquestrations, disparaît à la mi-novembre 1995. Son corps sera retrouvé en août 1996, à Sars-la-Buissière, dans le jardin de la maison de Michelle Martin, au même endroit que Julie et Mélissa. L'autopsie révèlera qu'il a été enterré vivant après avoir été torturé. Dutroux sera également accusé de ce meurtre.

toutes les autres, conviendra parfaitement au bouclage de l'enquête. Vite fait mal fait.

On était déjà en 2003. Il fallait passer au procès. On pouvait enfin compter sur l'érosion des mémoires, tout autant que sur le détournement d'attention de la population. Beaucoup d'eau avait coulé sous les ponts depuis la fin de la commission d'enquête ; beaucoup de bêtises, d'approximations, de contre-vérités avaient été écrites dans la précipitation par des journalistes en mal de scoop. Après les années de guerre de clans entre « croyants et non-croyants »[70], le lecteur ou téléspectateur belge avait eu droit aux années-chroniques sur le « couple infernal », répulsif fort efficace pour évacuer les dernières velléités de compréhension. « L'affaire des disparitions d'enfants en Belgique » qui avait enflé, à l'époque de la Marche blanche, au point d'en éclipser tout autre sujet d'actualité national ou international, s'était peu à peu transformée, réduite, déformée jusqu'à devenir et n'être plus que l'affaire d'un « couple diabolique ».

Malgré toutes les promesses, malgré tant de moyens mis à disposition, malgré l'élaboration d'un dossier de plus de 400 000 pages correspondant à autant d'heures de travail réalisé par des dizaines de policiers, gendarmes et magistrats, il était clair pour nous que cette enquête avait été freinée. Elle s'était éparpillée dans toutes les directions sans qu'aucun fil de cohérence n'ait jamais semblé la traverser.

Au bout de ma lecture de ces pages innombrables, lues toutes les nuits pendant des années au point de m'en brûler les yeux, je savais que mes questions les plus élémentaires ne recevraient jamais de réponse. Il s'agissait d'un dossier-fleuve, exceptionnellement épais. Comme au temps de la recherche de notre petite fille, il me semblait que nul ne serait jamais plus motivé que nous à chercher la vérité. En 1995, je cherchais ma fille vivante. Les années qui suivirent, je la cherchais sans doute encore à travers cette lecture.

Je lisais et, au fur et à mesure, je faisais part de la synthèse de ces fastidieuses lectures à Gino. Aucune lumière ne sortirait de ce fatras de papier que nul d'ailleurs, me semblait-il, ne prendrait jamais la peine de lire dans sa globalité. Je voulais connaître sa vie sans nous, savoir comment elle avait pu résister, quels moments elle avait traver-

70. La guerre entre « croyants » et « non-croyants » opposait les tenants de la thèse des réseaux pédophiles aux tenants de la thèse d'un pervers isolé.

sés ; je voulais savoir pourquoi le rapport d'autopsie ne correspondait pas aux déclarations faites par les inculpés, pourquoi An et Eefje avaient été enchaînées, ainsi que Sabine et Laetitia, et si nos deux petites avaient dû vivre ce même calvaire, cette condition inhumaine qu'on ne réserve qu'aux animaux sauvages. Je voulais savoir pourquoi les enfants avaient été rebaptisées d'un autre prénom. Je voulais savoir pourquoi on avait retrouvé le t-shirt de Julie dans la maison de Sars-la-Buissière, celle qu'occupait « l'institutrice ». Je voulais savoir… Il me restait tant de pourquoi…

Mais surtout, j'aurais voulu savoir pourquoi on s'était tellement échiné à essayer de nous faire croire que Julie et Mélissa avaient pu survivre plus de trois mois dans cette citerne d'eau de pluie, réaménagée en cache dans la cave de la sinistre maison de Marcinelle. Tandis que Gino, de son côté, s'échinait à faire comprendre, à dire et à redire, à répéter en boucle, année après année, l'impossibilité que les petites aient pu tenir durant une aussi longue période dans cette cache minuscule au fond d'une cave[71]. Pouvait-on concevoir, en effet, que deux petites filles de huit ans, plongées dans le noir absolu, sans chauffage ni aération au plus fort de l'hiver 1995-1996[72], sans boisson, sans nourriture[73], dans un isolement physique et psychique insoutenable, un manque de possibilité d'hygiène absolu, aient pu survivre et résister à de telles conditions de vie ? Comment les autorités judiciaires qui témoignèrent de leur travail au procès d'Arlon ont-elles pu affirmer sérieusement que cela fût possible ?

La question des conditions de survie de Julie et Mélissa dans cette cache était évidemment cruciale. Car si l'on convient que celles-ci étaient matériellement impossibles, cette histoire selon laquelle Julie et Mélissa y seraient mortes de faim, faute de soins, n'était donc qu'une monumentale invention. Une monumentale et géniale inven-

71. Dutroux et Martin ont affirmé que Julie et Mélissa avaient été séquestrées dans la cache de la maison de Marcinelle du 5 décembre 1995 (date de l'arrestation de Dutroux) jusqu'au 20 mars 1996 (date de sa sortie de prison). Selon leurs dires, les enfants seraient mortes dans les jours et heures ayant suivi la libération de Dutroux.

72. Le juge Lorent de Charleroi avait fait couper l'eau et l'électricité dans la maison de Marc Dutroux peu après avoir arrêté et fait incarcérer celui-ci, le 5 décembre 1995, pour des faits de vol et de séquestration commis en novembre 95.

73. Même si Michelle Martin, après des mois de dénégations, finira par « avouer » qu'elle était allée porter de grands sacs-poubelles de nourriture à la date du 20 janvier 1996.

tion qui permettait d'évacuer toutes les autres questions : les hématomes, les traces de sévices sexuels tellement graves que l'on ne pouvait même plus parler de viols mais de séances de torture pures et dures. On évacuait la question de l'auteur de ces tortures et de ces traces de coups manifestes. On évacuait surtout la véritable cause de la mort des petites. Et l'on s'en tenait à la réponse simpliste du pervers isolé. La fable était construite. Un seul coupable, un « pervers isolé ». Un fou qui « séquestrait des enfants pour agrandir sa famille[74] », victime d'un malheureux concours de circonstances ayant entraîné la mort de faim des enfants, une mort évidemment non intentionnée, en quelque sorte « naturelle ». Point final.

On m'objectera que Sabine et Laetitia avaient, pour leur part, bel et bien été retrouvées dans ce réduit souterrain. Mais « comparaison n'est pas raison ». À aucun moment, je ne voudrais mettre en doute la parole de ces deux malheureuses, bien sûr. Je tiens tout de même à faire remarquer la différence substantielle existant entre la possibilité de survivre quelques jours en cet endroit, et celle d'y survivre cent et quatre jours d'affilée, soit plus de trois mois, au cœur de l'hiver ! Ni Laetitia ni Sabine n'ont séjourné dans cette cache au-delà de trois jours consécutifs[75] !

Pour nous, la démonstration selon laquelle Julie et Mélissa, huit ans, complètement abandonnées, sans vivres, sans hygiène, sans air, sans eau, sans lumière, enfermées dans un sous-sol, une cache de deux mètres sur trois, tout au long de cet hiver rigoureux que fut celui de la période 1995-1996, ne tenait clairement pas la route. Toute personne sensée aurait pu en convenir.

Mais l'entreprise de banalisation avait fait son œuvre. Et la banalisation, c'était aussi cela : l'utilisation de l'émotion, des sentiments des gens, à grand renfort médiatique pour affirmer l'idée que les petites étaient mortes de faim dans la cache sordide de Dutroux, entérinant ainsi la légende tout en fabriquant savamment l'amnésie. Car, en

---

74. La thèse du « pervers qui séquestrait des enfants pour agrandir sa famille » fut avalisée comme thèse officielle par le juge d'instruction suite aux déclarations de Dutroux.

75. Par ailleurs, Marc Dutroux a expliqué lui-même que cette citerne n'avait été « viabilisée » (système d'aération, chaufferette, etc.) que peu avant l'enlèvement de Sabine, au mois de mai 1996. Elle ne l'était donc pas pour Julie et Mélissa. Avant l'enlèvement de Sabine, cette citerne n'était qu'une citerne.

effet, que faire, que penser, que conclure des actes commis par un « monstre » ? Les *serial killers*, ça ne s'explique pas. Ce sont des éléments déviants de nos sociétés qui ont toujours existé et qui sont, en quelque sorte, acceptés comme on accepte les catastrophes naturelles. Quand elles se produisent, c'est spectaculaire, dramatique, « malheureux » pour ceux qui en sont les victimes mais, fondamentalement, personne ne se sent responsable de ces phénomènes mortifères. À partir de cette « vérité judiciaire », il n'y avait plus rien à questionner, plus rien à reconnaître, plus rien à expliquer. La question des responsabilités du fiasco était évacuée. Ces petites filles outrageusement violées et assassinées avaient fait une mauvaise rencontre, c'était la « faute à pas de chance », un destin fatal. Et la fatalité, bien sûr, c'est comme Dieu, ça ne s'explique pas...

Quelque temps avant le procès, Gino estima que l'on s'était suffisamment moqué de nous, moqué des enfants, et que la tenue du méga procès spectacle dont on rebattait les oreilles de tous depuis si longtemps se ferait sans nous. Afin de nous épargner la souffrance de cette monumentale humiliation que serait ce procès-bidon, nous avons décidé de fuir le plus loin possible le petit pays que les journalistes du monde entier, au contraire de nous, rejoignaient, certains de produire d'excellents papiers sur l'extraordinaire débat qui allait se tenir en Belgique.

Notre décision de ne pas participer au procès émanait de notre volonté de boycotter la farce. Ne pas laisser, une fois de plus, utiliser les petites et les souffrances qu'elles avaient endurées pour permettre l'édification d'un mensonge final qui tiendrait lieu de vérité. Il était surtout question pour nous de ne pas nous trahir, ne pas trahir la mémoire des petites, mais plus largement ne pas participer à l'énorme duperie de toute une population à qui, autant qu'à nous, il avait été promis de faire toute la lumière sur ces crimes.

Gino, qui s'était trouvé dans l'obligation de reprendre son travail tout de suite après la première partie de la commission d'enquête, ne connaissait du dossier que ce que je lui en rapportais. Mais c'était déjà cent fois plus que ce que les enquêteurs, voire le procureur ou le juge eux-mêmes, en connaissaient parce qu'aucun d'eux n'avaient jamais pu en effectuer une relecture intégrale, par manque de temps. Personne, dès lors, y compris les magistrats d'assises, n'en connaîtrait jamais la teneur globale, d'autant plus qu'il avait été maintes fois «saucissonné[76]» et renvoyé volet par volet vers d'autres juridictions du pays (raison pour laquelle, d'ailleurs, nous nous étions constitués parties civiles dans chacun de ces volets afin de rester informés sur l'ensemble de notre affaire).

Cette enquête, finalement, fut-elle jamais autre chose qu'une accumulation de brouillard et de fumée, un enchevêtrement de faits avérés et de fausses conjectures, une quête épuisante et sans issue. Toute éclaircie, toute embellie finissait toujours en orages, tempêtes, saccages et désolation pour, finalement n'aboutir qu'au grand froid, au gel, à la pétrification, à ce qu'ils appelèrent vérité judiciaire et que j'appelais mensonge d'État. Un énorme mensonge érigé en vérité. Un obscurantisme en lieu et place d'une lumière. Un flagrant déni de justice. De ce terrible gaspillage d'énergies et de moyens consacrés à ces longues et vaines investigations, nous ne pourrions jamais tirer que cette lourde conclusion: il existait en Belgique une forme de criminalité suffisamment puissante pour que l'État se retrouve en position de faiblesse et d'impuissance. Ce qu'il ne fallait surtout pas laisser apparaître au grand jour – et c'était peut-être cela la raison d'État –, c'était sa déliquescence. Il fallait cacher à nouveau la grande misère tant de la justice que des hommes politiques.

D'ailleurs, ne nous avait-on pas expliqué, par la voix de la déesse Thémis[77] en personne, qu'il ne fallait miser aucun espoir sur ce procès?

«Je suis non seulement une déesse mais aussi une vertu. Et on ne fait pas un ministère ni une institution avec une vertu. Vous imaginez cela d'ici, le ministère de la Sollicitude ou le service public fédéral de la Bonté! Ça ferait rire. Eh bien le ministère de la Justice, cela devrait faire rire aussi.»

---

76. Le «saucissonnage» des dossiers de l'enquête consista en une opération de disjonction des différents volets du dossier judiciaire de Neufchâteau. Les différentes formes de criminalité exercée par Marc Dutroux et autres complices (vols de voiture, fraudes à l'assurance, incendies volontaires, trafic d'armes et de drogue, enlèvements de mineures et autres viols, morts suspectes de témoins) furent renvoyés devant d'autres juridictions. Les liens potentiels de Dutroux avec le domaine du crime organisé furent de ce fait totalement séparés des crimes commis sur les enfants.

77. Thémis est la déesse de la Justice dans la mythologie grecque.

«Je crois que vous ne mesurez pas toutes les attentes qu'on place en vous, insista Julienne. Regardez, dans un mois s'ouvre le grand procès. Ce serait merveilleux que vous puissiez être là.»

«Mais ma chère, vous n'avez rien compris! Je suis pétrifiée. Et même si le grand procès avait lieu ici, ce serait sans moi. Non, croyez-moi et faites passer le message – vous autres mortels ne devez compter que sur vous-mêmes pour juger vos semblables. Efforcez-vous seulement de le faire sans aveuglement.»

C'était la leçon philosophique d'un éminent professeur de droit, ex-avocat, fin connaisseur des arcanes judiciaires, qui imagina cette jolie fable d'une journaliste à la recherche d'une justice disparue[78]. À ce stade de fatigue, d'amertume, de déception où nous avaient conduits tant d'années de vains espoirs, pouvions-nous encore aller plus loin que d'entendre cette sage leçon, la faire nôtre et nous en satisfaire? Ainsi fut clos ce chapitre d'un événement tel qu'il manqua de peu l'implosion du pays tandis que nous restions avec une noria de questions.

78. Lire François Jongen, *Le grand procès*, éd. Versant Sud, 2004.

Vingt ans plus tard

À l'occasion du 24 juin 2015, les médias ont relancé la machine et se sont fait fort, cette fois, de commémorer les vingt ans des enlèvements de Julie et Mélissa.

La veille de ce 24 juin, nous avons accepté de recevoir une journaliste du *Soir*. Elle, parce que nous ne l'avons jamais prise en flagrant délit de malhonnêteté intellectuelle, comme ce fut parfois le cas avec d'autres de ses confrères. Elle nous a, notamment, posé la question de la banalisation de « l'affaire ».

La banalisation. Qu'en dire ? Nous avons éludé cette question. Il y avait sans doute trop à dire. Il aurait fallu y consacrer trop de temps. Et pourtant, à cette question, comme j'avais envie de répondre ! Est-ce cette question qui a donné le coup d'envoi à l'écriture de ce livre, que je ne suis pas parvenue à retenir plus longtemps ? Certainement. Parce que, décidément, non, l'histoire de Julie et Mélissa ne pouvait être plus longtemps refoulée, oubliée, niée ou réinventée. Oui, là fut bel et bien la question à laquelle je ne tenais plus de répondre.

Car la banalisation des crimes commis sur les enfants a commencé il y a bien longtemps. Outre la libération de « l'institutrice » et son accueil par un ancien magistrat en sa propre demeure[79], la banalisation, par vagues successives et continues, s'est exprimée à tant de reprises tout au long de ces années après la Marche blanche qu'elle demanderait autant d'années pour en parler et la dénoncer qu'elle en a mis pour tout noyer.

79. En mai 2015, l'ex-magistrat Christian Panier fit savoir à la presse qu'il se portait candidat à l'accueil de Michelle Martin chez lui suite au déménagement des religieuses du couvent de Malonne, lesquelles avaient hébergé l'ex-détenue à sa sortie de prison en 2012.

Et bien sûr, oui, madame la journaliste, la banalisation a existé, a fait son œuvre, a détruit nos espoirs de connaître un jour la vérité, ainsi que ceux de voir naître une véritable réflexion sur les priorités sociales, démocratiques et éthiques de notre temps suite au grand sursaut que connut la Belgique en 1996. Depuis le jour de la Marche blanche et les promesses du Premier ministre qui n'avait rien compris du tout, la banalisation a entamé et poursuivi jusqu'au bout son travail de sape.

Et puis, la banalisation s'est opérée aussi par la participation involontaire de certains parents, eux-mêmes – et je serai la dernière à leur en tenir rigueur – entraînés dans le processus d'effacement de la mémoire que toute personne normale subit après un trop grand nombre de chocs émotionnels. Il est certain que moi-même, sans le secours de notes que j'ai prises très souvent au cours des années qui ont suivi le drame, je n'aurais pu garder de cette tempête d'événements qu'un souvenir confus, comme un magma d'informations devenues illisibles. Mais sans y penser, j'ai sauvé cette part de mémoire, en écrivant. Sans doute ne pouvais-je plus faire autrement. Pour digérer les suites de cette histoire sans fin, j'ai donc repris mes carnets. J'ai écrit pour moi. Pour m'en tirer, éloigner si possible ce qui revenait encore trop souvent assombrir mes pensées, par le biais des médias la plupart du temps. Je n'ai plus écrit à Mélissa. Je sais qu'elle n'est plus de ce monde. Et je ne suis pas de celles qui croient à la vie après la vie. Du moins pas sous la forme que l'on prête communément à cette idée. Mais je ne l'oublie pas. Elle a existé. Je l'ai aimée. Je la porterai toujours en moi. J'ai continué mon bonhomme de chemin sans trop savoir où j'allais. J'ai tenté d'esquiver les coups qui ont continué de pleuvoir. Je me suis réfugiée dans mon coin et j'ai tenté d'extirper, par écrit, tout ce qui a continué d'empoisonner ma vie. Comme cette annonce brutale du 3 juillet 2012 à laquelle je ne m'attendais pas, parce qu'on veut toujours croire qu'un jour on en aura fini avec les sentiments de peine et de colère : la libération de cette institutrice, mère de trois enfants, par le tribunal d'application des peines.

La presse fit écho de cette libération dès le début du mois de juillet. Mais la décision finale ne fut prise que le 27 août, laissant courir tout au long du mois un suspense aussi douloureux qu'inutile qui n'alimenta que des débats oiseux. La nouvelle saga dura tout l'été, nous gâchant une fois de plus le temps mérité des vacances, déséquilibrant ainsi, comme une balle lancée à pleine vitesse dans un jeu de quilles, notre longue et difficile tentative de reconstruction.

N'ayant jamais fait part à ce jour des sentiments et réactions que cette décision avait alors suscités en moi, j'ai tenu, pour m'en délivrer, à les reproduire ici – tout comme je l'ai fait avec les carnets de l'année 1995-1996 –, tels quels, comme ils ont jailli en temps réel. Car, ce soir-là, parce qu'on avait à nouveau réveillé ma douleur et ma colère, j'ai beaucoup écrit.

3 juillet 2012

Nuit agitée. Nuit d'insomnie et de douleurs à l'estomac. J'ai pris tous les médicaments indiqués. Puis me suis un peu rendormie. Et finalement j'ai dû me réveiller en catastrophe en me rappelant brusquement qu'un rendez-vous médical m'attendait. Je suis à peine rentrée de la clinique que Gino m'appelle au téléphone pour m'apprendre que des dizaines de journalistes ont tenté de le joindre. Des journalistes français en particulier. Car la nouvelle est tombée : Michelle Martin est libérée[80] ! Et voilà que mon portable aussi se met à sonner. Numéro non identifié. C'est un journaliste, c'est certain. Comment font-ils pour toujours finir par trouver ces numéros de téléphone que je n'arrête pas de changer ? Le stress et l'angoisse me reprennent. Répondre ou ne pas répondre ? Parler ou me taire ? Toujours le même dilemme. Entre deux violences, quel est le bon choix ? Me taire, c'est souffrir en silence. Parler, c'est prendre le risque de voir une fois de plus mes propos grossièrement déformés, incompris, décontextualisés, utilisés à mauvais escient dans le seul but de faire monter tension et chiffres de lectorat. Entre ces deux formes de violence, quelle est ma part de choix ? Ce choix lui-même est violence.

Cette décision de libérer Michelle Martin fait mal. Je ne la comprends pas. Je me demande si la vie de nos enfants était donc si négligeable, s'il y a une leçon de justice à comprendre. Mais quelle notion du juste et de l'équitable peut-on retenir d'une telle décision ? Je me demande si

80. À l'issue du procès, en juin 2004, Michelle Martin, l'institutrice, avait été condamnée à une peine de trente ans de prison. Son époux, Marc Dutroux, avait été condamné à l'emprisonnement à perpétuité.

nous serons encore longtemps les cobayes de prédilection de la Justice et du Politique.

Dans la foulée de cette incroyable libération, des milliers de personnes se sont déchaînées sur les réseaux sociaux. Je lis quelques commentaires. Certains (des juristes avertis?) expriment de pertinents points de vue sur le problème légal de la décision. D'autres n'ont pas oublié qu'elle était récidiviste. Mais ce que nul ne dit, que nul ne sait, sauf les magistrats qui se sont un jour penchés sur ce dossier, c'est qu'auparavant, avant 1995, avant l'enlèvement de Julie et Mélissa, elle avait déjà fait l'objet d'une mesure de libération conditionnelle qui lui avait fait retrouver sa liberté juste à temps pour recommencer ses crimes complices. On nous annonce, cependant, que les conditions de libération sont remplies, que la « dame » est prête pour sa réinsertion. Mais quelles conditions? Et pour quelle réinsertion?

La réinsertion des détenus, bien sûr, cela allait de soi pour moi! Et ce, depuis toujours. Mais qu'en est-il pour tous ceux qui ont attenté à la vie humaine – la vie d'enfants, de surcroît? Comment pourrions-nous supporter sans frémir la réinsertion qui fait la une de l'actualité ces moments-ci: la réinsertion de Michelle Martin!

Nous voici, en ce jour de juillet 2012, parents de deux petites victimes des crimes les plus absolus face à cette autre «victime» responsable, pour sa part, de notre vie en lambeaux, de notre peine incompressible, cette autre «victime» à qui l'on offre une hypocrite ouverture vers la réinsertion, l'espoir de reprendre une vie normale, l'espoir d'un pardon et d'une rémission. Mais ces deux personnages, elle tout autant que son époux, inculpés et condamnés pour des crimes dépassant l'entendement, ont-ils jamais mené une vie normale? Depuis leur prime jeunesse, ils n'ont cessé d'imaginer comment vivre leur vie en dehors de toute loi, toute morale. Ils n'ont jamais rien reconnu de leurs actes abominables, de leur participation consciente et volontaire aux crimes les plus horribles qui puissent être. Voilà où le bât blesse.

Un article de *La Libre Belgique* relate la rencontre entre Jean-Pierre Malmendier et Jean-Pierre Mazy, ex-détenu, réputé modèle de réinsertion. L'article parle des surprenants parallélismes entre les parcours des victimes et ceux des détenus. Certes, le mépris des institutions vis-à-vis des justiciables est aussi patent d'un côté que de l'autre. On n'est plus rien lorsqu'on se retrouve aux prises avec cette machine. Des objets désincarnés. Des cas d'espèce. Ces parcours en parallèle de criminels et de victimes posent d'intéressantes questions. Celle, bien sûr, des peines conditionnelles et celle de la réinsertion.

Au départ, il y a le mépris, l'incommunicabilité, l'exclusion. On peut, en effet, considérer qu'à l'origine, tout criminel fut d'abord une victime. C'est assurément la non-reconnaissance de la personne humaine et l'humiliation qui annoncent le parcours de la révolte, puis la perte des repères, la perte des valeurs, la perte de sens menant au crime. Mais alors, pourquoi laisse-t-on se reproduire éternellement ce même schéma ? Pourquoi laisse-t-on éternellement se reproduire le cercle vicieux de la violence et du crime ? On entend couramment dire que les coupables ont été des victimes. Et les victimes deviendront des coupables. Pour la seule et unique raison que victimes ou bourreaux, bourreaux ou victimes, subissent la même forme de maltraitance : leurs souffrances sont purement et simplement gommées, niées. Ainsi les humains finissent-ils par s'entretuer. Au grand profit des gens de pouvoir qui ne s'entretuent pas mais savent, au contraire, faire preuve d'une étonnante solidarité. Les loups ne se mangent pas entre eux. Alors, parlons-en des parallélismes. Mais cessons de jouer les étonnés, cessons cette hypocrisie… Tout est question, en effet, de reconnaissance des torts et des blessures subis. Sans cette condition première, toute victime est amenée à devenir bourreau.

Pour notre part, nous n'avons pas le sentiment d'avoir été véritablement entendus par l'institution judiciaire, ni reconnus dans notre souffrance, dans notre besoin de reconnaissance des torts subis. Notre primordiale nécessité était de savoir pourquoi et comment notre vie avait été ainsi lacérée par la perte de notre fille. Nous revendiquions une seule chose : un droit à la vérité. Vérité, un concept sur lequel il y aurait également beaucoup à dire. Car, bien sûr, la vérité judiciaire ne peut s'ériger en vérité absolue. Mais qui a demandé une vérité absolue ? Nous n'avions demandé qu'une vérité de bon sens : des réponses probables, acceptables, cohérentes, bref des réponses dignes de l'entendement humain. Pour toute réponse, la justice (en son grand procès d'Arlon) ne nous a livré que des aberrations, des impasses, des atteintes au bon sens le plus élémentaire, autrement dit des énormités que nous prenions, à chaque fois, comme des gifles et des injures, un mépris souverain pour les tortures vécues par nos enfants, toujours le même mépris épais que celui rencontré pendant les quatorze mois de leur disparition. Rien, absolument rien de nouveau sous le soleil, après les retrouvailles de Julie et Mélissa, leurs funérailles nationales, les discours du roi, les promesses du Premier ministre, la Marche blanche, les conclusions de la commission parlementaire d'enquête et le méga-procès d'Arlon.

En conséquence, je me pose aussi cette question : la problématique de la réinsertion des détenus ne devrait-elle pas être systématiquement accompagnée (lorsqu'il s'agit de crimes irréparables) d'une réflexion sur la « réinsertion » des victimes ? Comment peut-on, en effet, imaginer, dans les circonstances où le crime sur nos petites a été commis, que nous puissions simplement retrouver une vie « sereine et apaisée », une vie « normale », une « seconde vie », une « seconde chance », un « droit à l'oubli »... Nous ne pourrons jamais oublier que, désormais, nous sommes mutilés de nos enfants. Certes, il n'y a pas à remettre en cause la loi Lejeune[81] sur les libérations conditionnelles, ni les tribunaux d'application des peines, qui restent d'excellentes dispositions légales dans une société que l'on souhaite respectueuse de l'humain. Pour la majorité des délits commis, ces outils juridiques sont tout à l'honneur d'une société qui s'est targuée de progrès, de développement social, s'inscrivant ainsi dans la forme avancée de civilisation que nous avons tous eu la chance de connaître. Il n'y a rien à remettre en cause de l'arsenal législatif. Le problème reste toujours le même : savoir appliquer ces outils de manière judicieuse et éthique. Mettre en adéquation loi et justice. C'est tout de même pour cela que légifère le législateur ! Que le pouvoir judiciaire s'applique à mettre en œuvre certaines dispositions allant à l'encontre du sentiment de justice sur lequel il est pourtant censé déboucher est tout simplement insupportable. Or, il me semble que dans ce cas précis, celui de la libération de Michelle Martin, l'utilisation des outils (le tribunal d'application des peines, en l'occurrence, et son arsenal juridique) a été dévoyée, pervertie. Résultat : le pays suffoque sous un nouveau parfum de scandale.

De nouvelles questions s'ouvrent à moi. Des questions auxquelles je n'ai jamais voulu penser auparavant. Celle des peines, notamment. Je ne m'étais jusqu'à ce jour aucunement préoccupée du sort des trois con-

81. La loi Lejeune, du nom du ministre de la Justice qui la fit voter, est la loi régissant les libérations conditionnelles.

damnés du procès d'Arlon[82]. Les sanctions, les condamnations, les peines d'emprisonnement et leur durée ne m'avaient pas intéressée. À mes yeux, le mal était fait, irréparable. Mon seul espoir avait été de connaître la vérité. Or, cet espoir fut définitivement enterré en 2003, à l'issue des travaux de la dernière chambre du conseil qui avait clôturé l'enquête[83]. À partir de là, ce dossier ne m'intéressait plus, le show du procès et ses inculpés non plus. Nous nous étions prononcés très tôt contre la peine de mort, laquelle ne peut que nous rendre pareils à ceux qui chérissent plus la mort que la vie. À ceux qui tuent. À ceux qui ne comprennent pas à quel point le cycle infernal de la violence entretient tout le malheur du monde. Nous nous étions prononcés ensuite contre les peines incompressibles, malgré les deux millions de signatures récoltées par l'association Marc et Corine. Nous sentions le danger d'un empressement à légiférer sur cette question au temps du sursaut d'indignation de l'automne 1996. L'argument de la deuxième chance, de l'espoir à laisser à tout condamné d'une peine d'emprisonnement nous touchait. Certes, en prison, on trouvait des hommes qui n'avaient pas eu de chance, qui regrettaient leurs actes, qui étaient capables de changer leur vie, de tout recommencer dans une optique meilleure, avec un sens accru de la responsabilité. Mais nous n'avions pas pensé à ceux qui jamais ne montrent un sincère souci d'amendement, une sincère affliction pour les blessures qu'ils ont infligées à autrui. Nous n'avions pas pensé aux « monstres froids » comme cette institutrice et son époux. Nous n'avions pas pensé aux cyniques pour qui la vie des autres n'est d'aucune importance. Nous n'avions pas pensé à ce que représenterait, si cela devait un jour se produire, la libération des responsables de nos vies déchirées. Nous n'avions pas réfléchi plus avant aux peines. Nous voulions ignorer les assassins. Nous ne pouvions vivre en pensant à eux. Nous ne pouvions les comprendre et, donc, nous ne pouvions supporter d'y penser. Il fallait continuer de vivre sans entretenir la brûlure de la haine. Parce que, nous le savions, elle détruit tout et tous dans son sillage. Alors, nous n'avions pas pensé aux peines… Mais cette fois, la décision du tribunal d'application des peines m'oblige à y penser. Cette décision ne

82. Le troisième condamné, nommé Michel Lelièvre, a écopé de 25 ans de prison pour complicité active dans les enlèvements et les séquestrations de Sabine et Laetitia.

83. En septembre 2003 eut lieu la dernière chambre du conseil avant le procès d'Arlon. Contrairement à l'usage, ce ne fut pas au terme de l'enquête que se tint cette dernière chambre du conseil, ce fut la chambre du conseil qui mit un terme à l'enquête.

me laisse pas indifférente : elle me fait mal. Cela signifie qu'il faut que je me pose et que j'y réfléchisse. Il faut que je comprenne ce qu'il m'arrive aujourd'hui. Comprendre pourquoi je me sens si mal, brutalisée, violentée, humiliée par cette décision du tribunal d'application des peines.

Les peines, la peine. Mais de quoi parle-t-on, finalement, lorsqu'on prononce ce mot ?

Peine. Peine incompressible. Le mot « peine » signifie deux choses : une sanction ou une affliction.

Notre peine à nous est effectivement incompressible. Je cherche désespérément un horizon vers lequel prendre le large mais aucune île ne peut accueillir ma pesanteur, le poids de mes souvenirs. Je suis inconsolable. Et l'on ne cesse de me cadrer, me brider, me raisonner pour que je reste coite. On ne cesse de chercher à me distraire, me tranquilliser, m'apaiser, me « normaliser », me « réinsérer ». Mais quelque chose continue de hurler en moi : je ne veux pas accepter l'injuste. Je ne peux pas. Je ne veux pas que l'on me tire vers l'oubli soporifique. Je ne veux pas vivre dans un monde insensé... Je ne veux surtout rien pardonner. Peut-être qu'une peine (sanction) incompressible devrait être appliquée aux crimes dont les conséquences produisent une peine (affliction) incompressible ? Et pourtant, ne pas généraliser. Il existe des gens également brisés d'avoir tué, brisés par la prise de conscience, après coup, de leur acte, des gens qui s'en veulent, des gens qui n'en dorment plus, des gens qui cherchent l'issue, un moyen de réparer l'irréparable. Il existe des gens qui ont tué et sont condamnés à une peine (sanction) tout autant qu'à une peine (affliction). Ceux-là prennent une double peine. Je crois qu'on peut les aider. Mais avec cette femme, nous ne sommes pas dans un tel cas de figure. Celle-là, à aucun moment, n'a conçu de peine pour nos enfants.

Cette tonitruante annonce de la libération de cette femme, co-responsable de la mort de ma fille, a provoqué en moi un choc d'une ampleur inattendue. Comme une nouvelle claque que l'on n'attendait plus, une violence morale supplémentaire. Ainsi, autant d'années plus tard, autant d'années après cette farce méprisable, ce spectacle lamentable, cet ultime mensonge que représenta pour nous la tenue de ce procès, l'institution judiciaire frappait encore. Car c'était bien d'elle à nouveau que dépendait cette cinglante décision de faire libérer Martin. J'avais lu peu avant le petit ouvrage de Nicole Malinconi, cette excellente auteure belge, qui avait consacré du temps et des pages à tenter de comprendre cette femme en la rencontrant. Nulle part, à aucun moment, le moindre regret, la moindre pensée d'affliction pour les enfants. Elle et rien qu'elle. Elle, le centre du monde. Elle, la souffrante. Elle, la malheureuse. Elle, la plaignante, la victime. L'auteure elle-même n'en revenait pas. L'évidence était là : cette femme était incapable de regret, incapable donc de s'amender d'une manière ou d'une autre. Mais la justice a cru bon de décider, en dépit de son passé de récidiviste, de son égoïsme, de ses manipulations et mensonges tout au long de l'enquête, et du genre de crime dont elle était capable, de lui donner une troisième chance… Au grand mépris de toutes les victimes des actes de cette femme. La justice, en fait, a récidivé, menti, manipulé, de la même manière que cette femme ou son époux, de la même manière que les plus irrécupérables des criminels. Par cette décision, la justice termine de banaliser l'atroce. Car ce qu'ont vécu Julie et Mélissa porte bien le nom d'atrocité. À mes yeux, il ne s'agit pas moins que d'un crime contre l'enfance, un crime contre l'humanité.

Et les mêmes questions se reposent : pourquoi ce couple-là a-t-il bénéficié systématiquement de la mansuétude de la justice et d'avantages que la majorité des détenus ne pourront jamais obtenir ? Des libérations conditionnelles, des avocats chevronnés, des possibilités effectives de réinsertion, des soutiens extérieurs prêts, comme les sœurs du couvent de Malonne, à les accueillir…

Et donc Michelle Martin, libre aujourd'hui. Accueillie par cette abbesse au couvent de Malonne à Namur en ces termes : « Elle est un être humain comme nous tous, capable du pire comme du meilleur… » Ah ! ces discours catholiques dévoyés ! À les accepter au pied de la lettre, tout devient justifiable, pardonnable. Le pire n'est même plus condamnable. Et le monde des humains perd un peu plus son sens… Peut-on, sans état d'âme, pardonner à quelqu'un qui n'a jamais rien voulu reconnaître de sa responsabilité ! Elle disparaîtra tranquillement, c'est certain. Après l'accueil au couvent, une autre vie l'attend. Peut-être aura-t-elle la chance inouïe, comme certains collabos de la guerre, comme un Degrelle par exemple (la Belgique condamne peu ses pires criminels), d'aller vivre au soleil, bien loin d'ici. Oui, forcément, elle disparaîtra. Avec son sale secret. Pour toujours. C'est là, sans doute, la récompense de son silence.

Je suis choquée. Je ne suis pas la seule. C'est ma seule consolation.

Mais de quoi parle-t-on quand on parle de choc ?

Choc. Choc émotionnel. Chocs émotionnels successifs et sans cesse renouvelés. Chocs face auxquels on n'a plus la force de réagir. Traumas. Traumas multiples. Nuits. Jours semblables aux nuits. Paix impossible. Coups et encore des coups. Chacune de leurs décisions judiciaires, chacun de leurs coups médiatiques ont produit des chocs, chocs émotionnels. Comment pourrais-je prendre comme si de rien n'était, comme si j'étais au-dessus de cela, la dernière décision de justice qui vient d'être prise, une fois encore au grand mépris de nos enfants ? Comment ont-ils pu permettre que l'on revienne là-dessus ? Pourquoi choisir ce couple infernal pour mettre en avant la « grande humanité » de la justice ? Pourquoi ces deux-là ? Pourquoi devraient-ils bénéficier de gestes d'humanité tandis que nous, systématiquement, essuyons les coups, les travers, les dysfonctionnements, les inégalités de traitement de toutes leurs décisions judiciaires ? Ils seraient donc les « cobayes » des expériences d'humanisation de la justice tandis que nous serions les « cobayes » de sa déshumanisation ? N'existe-t-il plus dans ce pays une voix, un psy, un philosophe, un sociologue, un seul intellectuel qui puisse encore penser et utiliser les armes de la réflexion sur le phénomène du traumatisme, cette violence qui ne passe pas ?

Trauma. Traumatisme. De quoi parle-t-on quand on dit « traumatisme » ?

Traumatisme (définition officielle) : émotion violente, choc psychologique, blessure qui modifie la personnalité d'un sujet en le sensibilisant aux émotions de même nature.

Traumatisme : perdre une petite fille dans de telles conditions.

Traumatisme : l'enlèvement de la petite sœur de Grégory, notre aîné, bousculé dans ses racines, à l'aube de sa toute jeune vie, tandis que nous, parents, nous retrouvions dans cet atroce « choix de Sophie[84] » qui consistait à continuer de vivre pour lui et de le protéger dans sa jeune vie ou poursuivre, sans perdre une minute, la recherche de sa sœur.

---

84. *Le choix de Sophie* est un roman de l'auteur américain William Styron. Il a fait l'objet d'un film réalisé par Alan J. Pakula en 1982. Pendant la guerre 40-45, Sophie, l'héroïne du roman, est sommée par un officier nazi, lors de son arrivée au camp de concentration où elle a été envoyée avec ses deux enfants, de choisir entre laisser la vie sauve à son petit garçon ou à sa petite fille. Cette terrible décision qui détermine le personnage de Sophie est fréquemment utilisée pour un dilemme, un choix entre deux options insoutenables.

Traumatisme : ne pas être crus par les médias pendant les quatorze mois de leur disparition. Entendre les voix autorisées, les voix institutionnelles mentir sans honte pour nous faire taire, pour que l'on cesse de chercher nos enfants, pour nous obliger à admettre leur perte…

Traumatisme : le silence calculé, l'abandon dans lequel on nous a laissés pendant quatorze mois. Ces fins de non-recevoir, ces portes, ces secrets multiples qui semblaient devoir nous être exclusivement réservés.

Traumatisme : s'être vus systématiquement rabroués dans nos appels au secours, nos prières, nos questions angoissées, dans la légitime expression de nos craintes et notre souffrance.

Traumatisme : comprendre que les recherches se mènent en dépit de tout bon sens élémentaire. Comprendre que les « professionnels » ne sont pas là pour nous aider à les retrouver mais pour nous réduire au désespoir et à l'impuissance. Comprendre que la magistrature nous méprise autant que si nous avions été de parfaits criminels. Comprendre qu'ils ne cherchent pas, qu'ils ne veulent ou ne peuvent pas.

Traumatisme : avoir pris en flagrant délit de mensonges les plus hautes autorités judiciaires du pays sur la question des rapports d'autopsie, notamment.

Traumatisme : tout ce que nous a appris la commission d'enquête parlementaire après leurs funérailles.

Traumatisme : avoir été considérés comme les premiers suspects pendant des semaines alors que les noms de ceux qui allaient laisser mourir nos enfants leur étaient déjà connus mais tus et bien cachés.

Traumatisme : m'être retrouvée un jour inculpée pour diffamation avec intention méchante par un gendarme infatué, manipulateur d'une enquête dont nous espérions au moins, si pas une vérité absolue, tout au moins une clarté sur les faits qui avaient mené nos petites filles à la mort.

Traumatisme : le procès-spectacle tronqué dont nous connaissions, par avance, les dés pipés.

Traumatisme : ces réveils successifs d'une douleur qu'il est si difficile d'apaiser, ces gifles en permanence, ces décisions aberrantes sans égards, jamais, pour les victimes – deux petites filles de huit ans – de ces crimes indicibles, sans égards pour notre propre humanité et ce qu'il est humainement possible de supporter de violences psychologiques résultant immanquablement de tant d'événements injustes et déchirants. Sans égards pour nos limites humaines. À en croire que le but était de nous rendre fous, par une sorte de traitements de chocs à répétition jusqu'à ce que nous ne soyons plus rien, juste des rescapés de l'horreur, brisés à jamais, des détraqués pour qui il n'y a plus rien à faire…

Traumatisme, oui, car, à aucun moment, aucune violence morale ne nous a été épargnée par ceux dont la mission était de rendre la justice.

À la fin de l'été, suite à l'indignation populaire que suscita cette libération, les voix autorisées déversèrent à nouveau leurs leçons de morale infantilisantes. La morgue des élites avait repris vigueur. L'occasion était belle à nouveau d'exhorter au pardon et, ce faisant, au silence définitif sur cette encombrante affaire belge. Alors, je repris mon stylo…

29 août 2012

En guise de réflexion sur la libération de Michelle Martin, je lis ce matin dans un quotidien la chronique d'un docteur en philosophie[85], et je suis édifiée…

« Presque aucun n'a osé dire : "C'est dur à comprendre mais c'est la Justice." […] Depuis 1996, les marchands de précautions oratoires sont devenus multimilliardaires. Est-ce à cause de l'incurie des institutions que l'affaire a mise à jour ? », écrit-il.

Je pense : quelle étrange formulation…

Car de ce ceux qui se taisent ou prennent des « précautions oratoires » sur le sujet, ne peut-on raisonnablement penser que leur attitude est dictée par un souci de délicatesse, parce qu'ils ne sont pas convaincus, en leur for intérieur, du bien-fondé d'une telle décision, parce qu'ils comprennent qu'il y a dans cette décision un hiatus, quelque chose qui rompt avec la véritable recherche du juste ? De quelles hauteurs, quelles sphères, quelle tour d'ivoire réfléchit donc ce philosophe, pour attribuer ces « précautions oratoires » à autre chose qu'au sentiment diffus et bien réel qu'il y a ici quelque chose qui ne peut se com-

85. Cf. Opinion de François De Smet, docteur en philosophie de l'Université libre de Bruxelles, dans *La Libre Belgique* du 29 août 2012, *L'affaire Dutroux, notre point Godwin à nous.*

prendre? Ceux qui – tant dans les allées du pouvoir que dans les colonnes des journaux – se sont cantonnés à des précautions stylistiques, veillant par leur attitude à ne pas choquer les victimes, sont peut-être animés par une pensée personnelle, non arrimée à l'autorité marmoréenne du droit. Et leur est venue peut-être aussi l'envie de se demander pourquoi cette justice-là devrait être figée, assenée, immuable, sans qu'aucun débat ni aucune contradiction ne puissent lui être opposés… Qui sait?

Quant à l'utilisation du mot «affaire», si souvent évoqué pour parler d'une histoire qui nous concerne au premier chef, qu'indique-t-il exactement ? Que met-on derrière ce vocable? Tout et n'importe quoi, tout ce que chacun donne comme sens au mot «affaire», rien de clair, de net, de précis. N'est-il pas un peu facile d'utiliser le mot pour mieux dissimuler son ignorance de ce que fut vraiment cette «affaire»? Car l'«affaire», comme on l'écrit, n'en serait pas une si l'incurie des institutions n'avait été mise au jour par des personnes bien réelles, portant un nom, clairement identifiables: les parents que nous étions et qui n'eurent de cesse de revendiquer le droit aux questions, le droit de savoir, de comprendre et d'interpeller publiquement les pouvoirs sur tout ce que nous constations d'aberrants dans le travail si discret de la justice. Discret, non pas pour sauvegarder la bonne évolution d'une enquête policière délicate, mais pour cacher ses cafouillages, ses faiblesses, ses erreurs, ses dysfonctionnements et autres «estompements de la norme».

Peut-être conviendrait-il, un jour aussi, que les experts en tous genres cessent de se considérer au-dessus du lot, de la masse, penseurs éclairés censés apporter la lumière de leur intelligence aux autres. Car la masse est peut-être, à ce stade, tout aussi clairvoyante mais plus en phase avec le réel. Plus sentimentale peut-être mais en cela sans doute plus humaine. Car tout simplement plus proche de ce que la nature humaine contient en elle de mauvais et de petit mais aussi de bon, de généreux et de noble.

Et puis je me demande encore à la lecture de cette chronique édifiante: est-ce que la décision de justice qui choque, qui heurte le sentiment de justice et la *common* decency[86], ne rencontrant plus de véritable adé-

86. Le concept de *common decency* a été développé par Georges Orwell pour désigner ce sentiment intuitif des choses qui ne doivent pas se faire ainsi que les manières bienveillantes d'être et de se comporter.

quation avec sa fonction d'apaisement social, est une décision que l'on est contraint d'accepter au seul motif que « c'est dur à comprendre mais c'est la justice » ? Pensant sans doute nous donner à réfléchir, l'auteur de cette réflexion ne nous exhorte-t-il pas par là à faire le deuil d'un monde juste ? Est-ce à cela que nous sommes réduits ? Il me semble, à moi, que faire le deuil de notre désir d'un monde juste équivaudrait à faire le deuil de ce qui nous constitue en tant qu'humain, tout bonnement. Faire le deuil de l'espoir, de ce qui a mené le petit homme sur la longue route de l'histoire. Il faut avoir poussé la foi en la Raison jusqu'à sa froideur la plus totale pour imaginer un monde sans espoir, un monde où l'homme devrait être capable de faire le deuil du juste. Mais au nom de quelle valeur tellement plus essentielle que la justice faudrait-il donc renoncer à ce besoin, ce désir si proprement humain ? À qui, si ce n'est à ceux qui prospèrent grâce à l'injustice, ceux qui dominent et entendent bien conserver leurs prérogatives, cette idée de faire le deuil d'un monde juste est-elle profitable ? Car c'est à ceux qui subissent que l'on demande de faire le deuil d'un monde juste, pas à ceux qui maltraitent. Pour ceux-là, on n'a de cesse de chercher toujours un peu plus loin de quelle manière être plus clément, plus humain, plus juste. N'est-ce pas là une philosophie du désespoir ? Mais en quoi le désespoir peut-il être érigé en valeur ? Décidément, pour moi, ce qui est véritablement dur à comprendre, c'est moins la justice qu'un tel raisonnement…

Le philosophe écrit encore : « Traiter le monstre de monstre et lui refuser tout pardon, c'est comme traiter le fasciste de fasciste : ça ne mange pas de pain et ça rassure sur soi-même. »

Certes, traiter le monstre de monstre ne fait pas avancer l'humanité. Traiter le fasciste de fasciste non plus. Mais ce débat est déplacé. La leçon est vieille et concerne peu les faits qui nous occupent. Ce dont il est question ici, c'est de la libération d'une criminelle ayant commis des actes d'une horreur indicible dans le déni constant et total de sa participation volontaire, une criminelle qui a nié la vie et qui a participé à cette horreur absolue qu'est la mort d'enfants sans le moindre état d'âme. Une criminelle d'un type tout à fait particulier, il faut bien en convenir. Une criminelle que l'on voudrait nous présenter, aujourd'hui, comme une détenue ordinaire qui serait devenue une détenue exemplaire, méritant à ce titre toute la mansuétude de l'autorité judiciaire et de la société. Car il n'y a pas à sortir de cette évidence : ce nouvel épisode est un nouveau scandale. La justice, ici encore, a failli et menti. Cette femme ne correspondait pas aux critères pour obtenir une libération conditionnelle. La loi ne permet pas une troisième récidive. Or c'est ce qu'elle est : trois fois récidiviste. Certes ses premiers crimes furent correctionnalisés sous prétexte que les assises étaient déjà trop encombrées... Mais tant de passages à travers les mailles du filet, pour quasi tous les inculpés de ce dossier, ne pouvaient que finir par éveiller des soupçons : le système était donc si mal en point ?

Pourquoi tant de sollicitude de la part des instances de pouvoir envers ceux qui ont choisi la noirceur, le vice, la malhonnêteté, le lucre, le crime, et si peu d'égards envers ceux qui gardent, en dépit de tout, le cap de l'honnêteté et du respect des règles sociales ? Pourquoi et comment en est-on arrivé à ce que le respect de la démocratie, de ses règles et de ses lois ne soit plus donné en exemple mais, inversement, qu'une parfaite représentante de l'oubli de toute règle, toute loi, jusqu'aux plus élémentaires règles morales, serve de « modèle » de réinsertion. C'est qu'on ne se réinsère pas tout seul au sortir de la prison. Il faut pour cela jouir de nombreux soutiens, de moyens, d'un bon réseau d'aides, dirons-nous. Ce n'est pas le cas pour la plupart des internés. À peine 11 % des détenus dans les prisons belges accèdent à ces possibilités. Les 89 % restants qui n'y accéderont jamais ont-ils commis pires actes criminels que cette femme ? Évidemment, non. L'exemple en question, cette aberrante leçon d'humanité donnée à la population à travers cette libération conditionnelle-là, ne peut donc être ressentie que comme une provocation.

Il existe, au surplus, une fondamentale différence entre un fasciste se déclarant fasciste, un individu aux idées exécrables, mais sans passage à l'acte criminel, et un fasciste ayant commis des atrocités : c'est le résultat. Le résultat irréparable du crime commis. Et c'est cette irréversibilité, cet irrémédiable qui ne permet pas la légèreté, les justifications d'ordre psychologique, anthropologique, sociologique ou idéologique, et moins encore le pardon ou la leçon de morale faite à ceux qui subissent dans leur chair les effets de ces crimes.

Si j'ai fait part de l'intime réflexion qu'a suscité en moi la décision du tribunal d'application des peines, tout autant que les réactions bien-pensantes qui s'en suivirent, en cet été 2012, c'est bien plus pour laisser voir l'endroit de ma blessure que pour entamer une énième polémique sur les libérations conditionnelles et les peines de prison. Ce qui me blesse par-dessus tout depuis le jour de la disparition de ma fille, c'est cette propension que nous avons à justifier l'injustifiable, à banaliser l'atroce, à oublier l'essentiel : le souci de la vie. Car si l'horreur devient banale parce que banalisée, comment ferons-nous pour ne pas y sombrer, tous autant que nous sommes, un de ces jours plus ou moins lointains ?

En ce 24 juin 2015, jour si lourd de mémoire pour nous, les quatre parents, j'aurais encore pu dire à la journaliste du *Soir :* « La banalisation c'est aussi ceci, madame, cette lettre d'invitation à rendre hommage "aux enfants disparus", que nous avons reçue ce jour, en même temps que des milliers d'autres destinataires. » Ce type de lettre qu'envoient les ONG aux donateurs qui par leur obole permettent à leurs structures de fonctionner. C'est une lettre de Child Focus[87], institution créée il y a vingt ans, pour elles, nos enfants disparues. Parce qu'elles. Vingt ans après ce jour qui a vu basculer le cours de nos vies, nous avons lu ceci : « Par la présente, nous confirmons que la commémoration à l'occasion des vingt ans de l'affaire Dutroux se tiendra le mercredi 24 juin 2015 de 11 h à 11 h 30 au Parc de Bruxelles. Les accords de la Ville de Bruxelles et des services de police nous sont parvenus en ce jour. Vous êtes les bienvenus si vous souhaitez vous joindre à nous pour cette commémoration. Bien à vous. Heidi De Pauw, Directeur Général. » C'est une lettre qui dit tout de la banalisation. Tandis que, pour la circonstance, la reine Mathilde honorait également d'un beau discours cet organisme dont elle ne devait pas connaître grand-chose de la véritable histoire… En ce 24 juin 2015, anniversaire des vingt ans de la disparition de Julie et Mélissa, ces gardiens de l'oubli réussiront encore ce délicat tour de force de ne jamais prononcer leurs prénoms. Est-il besoin de rappeler que seul existe ce qui est nommé ?

Et cependant, dès les premières heures du matin de ce 24 juin 2015, j'ai entendu à la radio tous les témoignages de personnes qui non seulement n'avaient rien oublié mais se sont exprimées avec

87. Child Focus est une fondation pour enfants disparus née suite à la Marche blanche à l'initiative du Premier ministre Jean-Luc Dehaene, chef du gouvernement à l'époque.

encore tant d'émotion, tant de sympathie que j'en suis moi-même restée bouleversée. Il a alors été demandé au professeur Édouard Delruelle, de la faculté de Philosophie et Lettres de l'Université de Liège, comment il pouvait expliquer un tel phénomène d'empathie. Pour hasarder une analyse, le professeur a utilisé une superbe formule: «émotion incompressible». Oui, quelle belle expression! C'est bien de cela qu'il s'agissait, d'une émotion incompressible. Et cette constatation, vingt ans après les événements, a rejoint ce que je pressentais: on ne peut pas oublier ce que l'on a vécu dans son corps, ce à quoi on a participé. Aucune entreprise d'effacement des mémoires ne peut avoir prise là-dessus.

En outre, à mon sens, rien de plus humain que l'émotion. L'émotion, c'est beau, puissant, et c'est ce qui fait se mouvoir. «Indignez-vous!», lançait Stéphane Hessel[88], il y a quelques années, avant sa disparition et ses funérailles nationales aux Invalides à Paris. L'indignation est une émotion. L'indignation, c'est ce que la population belge a ressenti aux annonces des retrouvailles de Julie et Mélissa, puis d'An et Eefje. On aurait pu les retrouver à temps, mais tout a foiré dans notre système politique, judiciaire et policier. Voilà ce qui n'a pas été accepté. Voilà ce qui a provoqué l'émotion, l'indignation populaire, le sentiment d'injustice – un sentiment que de plus en plus de gens ressentaient aussi dans leur propre vie. Coincés dans un contexte social qui commençait à se dégrader lentement mais sûrement au tournant de ces années-là, ils comprenaient tous plus ou moins clairement que l'histoire de Julie et Mélissa était l'histoire de toute une société qui se déglinguait, l'histoire d'un mensonge qu'on leur racontait, l'histoire d'un pays qui se délitait, d'un horizon qui se dérobait. Une histoire d'injustice qui ressemblait de plus en plus à ce qu'ils vivaient. C'est ce genre d'émotion qui a mis en branle la Marche blanche du 20 octobre 1996. Ce genre d'émotion propre à ouvrir la réflexion profonde et peut-être favoriser un vrai retour à la raison. Je parle d'une raison qui ne soit pas toujours du côté du plus fort.

88. Stéphane Hessel (1917-2013), diplomate, ambassadeur, écrivain et militant politique français, est connu pour ses prises de position en faveur des Droits de l'Homme ainsi que pour son Manifeste *Indignez-vous*, qui a connu un succès international.

Hélas, les manifestations d'émotion sont trop souvent l'objet de sarcasmes et de mépris hautain de la part d'une élite vaniteuse. Mais je pose la question : en quoi l'expression de l'émotion face à la cruauté du monde serait-elle à ce point répréhensible ? Émotion signifie-t-il nécessairement réaction intempestive, violente, vengeresse, hasardeuse ? L'émotion face à l'atrocité de certains crimes contre l'humanité n'a-t-elle pas justement participé à ce qui nous rend humain, au principe d'humanité ? La dignité des 350 000 marcheurs à Bruxelles, suite aux découvertes des corps des enfants, n'en a-t-elle pas été une édifiante démonstration ? N'est-ce pas l'émotion qui nous a incités à refuser ces plaies sociales que sont le racisme, l'antisémitisme, l'homophobie ? Qui nous a portés à lutter sans répit pour l'égalité des droits homme-femme, la liberté d'expression, les droits de l'Homme, les droits de l'enfant ? L'émotion qui met en marche – suivie certes de la raison qui la transmue en actes positifs – n'est-elle pas indispensable à l'humanité ? Condition première pour progresser ? Je crois, pour ma part, que l'émotion est un facteur déterminant de tout changement et de toute évolution d'une société humaine. En Belgique, vingt ans après les faits, on en est resté à cette formidable phase de l'émotion, une émotion « incompressible ». Il serait navrant et sans doute vain de vouloir l'éliminer. Il pourrait même s'avérer risqué de trop vouloir oublier : le retour du refoulé ne se fait jamais attendre très longtemps.

Le siècle des Lumières nous a portés à faire usage de notre raison pour penser le monde et agir en conséquence. Mais, aujourd'hui, je me pose la question : l'impératif de la raison n'est-il pas devenu prétexte, alibi d'un pouvoir qui, se déclarant seul dépositaire de toute la raison du monde, ne veut finalement rien changer ? Il me semble à moi qu'au nom de la Raison, au nom de la Démocratie, au nom de la Paix, au nom de la Justice, au nom de la Liberté, au nom du Progrès, au nom de la Croissance et même au nom des Lumières et des Droits de l'Homme, on nous demande aujourd'hui d'accepter sans broncher trop de choses insensées. Ne peut-on aujourd'hui légitimement se demander si « les mots n'auraient pas commencé à changer de sens et les sens de mots[89] » ? Le temps est aux voleurs, y

89. Citation de Jean Paulhan, écrivain et éditeur français (1884-1968).

compris aux voleurs de mots. Je crois qu'il faut y être attentif si justement on veut les sauvegarder, en sauvegarder le véritable sens.

Je termine ici la page de mon histoire en espérant toutefois que la part d'Histoire qu'elle contient ne sera pas trop vite refermée. Il reste sur ce sujet une belle matière à réflexion, condition indispensable pour transmuer nos émois ou nos désarrois en nécessaires engagements pour un monde plus juste et plus doux. J'y crois encore, j'en rêve encore. Au point que c'en est presque drôle. Au fond, je suis une comique. Ou peut-être une romantique. Sans doute les deux. Une chose est sûre : ma capacité de rêver ne sera jamais entamée. C'est sans doute ma chance…

Un dernier mot pour toi

À l'automne 1996, nous avions rencontré successivement, en Belgique et en Italie, les représentants les plus importants des deux pays, Premiers ministres, présidents de la Chambre et représentants du gouvernement. Ce fut l'automne des réceptions au Palais royal, l'automne de notre entrevue avec l'ex-président de la République italienne au Quirinal. Ah! Le café du Quirinal, le café du président Scalfaro! Le meilleur café du monde! Nous revîmes donc Rome, sa douceur grandiose, dans ces semaines les plus agitées, les plus folles, les plus surréalistes de nos vies.

Partir. Revenir. Repartir ailleurs. Et passent les années... En avoir tant vu, tant entendu. Avoir aimé, haï, pleuré. Avoir espéré, désespéré, espéré, désespéré sans fin. Avoir frôlé la mort et être revenue. Avoir survécu. À la peur, à l'angoisse, à l'effroi, à l'horreur et puis, en dépit de tout, avoir ri et même encore dansé... Être partie, revenue et avoir pleuré encore et encore. Revenir pour pleurer ce qui disparaissait. Avoir rêvé, un jour, de mourir là-bas, dans la lumière romaine... Tout oublier. Te retrouver. Parfois, mes rêves s'arrêtaient là.

Te souviens-tu, ma belle, de nos premières vacances là-bas? Tu n'avais pas trois ans. Tu étais si jolie. À la pension Riviera Adriatica, tu faisais l'unanimité. Tous s'affairaient autour de toi, te traitant avec les égards que l'on ne réserve qu'aux princesses. L'Italie est ainsi faite: les enfants sont des trésors dont rien n'égale la valeur. Ainsi, tu as eu l'immense chance de naître d'un père italien qui t'a aimée plus que tout au monde. Un père tout aussi «maternel» que paternel. Il a aimé te soigner, te nourrir au biberon, te changer et t'habiller, te faire danser, te faire rire, te porter fièrement dans ses bras, te chanter de douces choses, te promener, te ramener de menus présents pour te plaire. Tous les pères italiens sont comme ça : amoureux fous de leurs enfants. Et moi, son épouse et ta mère, je m'émerveillais de ce visible bonheur masculin et tout italien d'être père.

En cette belle soirée d'août, une vive émotion me saisit à la vue d'une toute petite fille d'un an à peine. Elle découvre le bonheur de la marche. Toute en rondeur, couleur abricot, cheveux fins dorés, grands yeux noirs, elle te ressemble, ma chérie. Nous sommes en Toscane pour quelques jours. Nous n'avons découvert la Toscane qu'après toi. Nous l'avons rejointe dès que l'occasion s'en présentait, année après année, afin de nous perdre dans la douceur de ses paysages, parmi ses oliviers, ses champs de tournesol, ses vignes et ses cyprès, retrouver le mystère de la vie et de la mort dans ses ciels étoilés, respirer le parfum des pins, nous laisser écraser par sa chaleur torride en été. Les villages perchés ou nichés dans la douceur de ses collines ont conservé la trace du temps. Ici, la résistance à la puissance meurtrière du tout-à-l'argent existe encore. On ne bouscule pas un Toscan avec une promesse de richesse. Sa richesse est là, c'est sa terre, son paysage et son histoire.

Nous revenons toujours à l'Italie où nous retrouvons dans l'atmosphère quelque chose du temps de l'insouciance, quelque chose de notre vie avec toi demeuré intact. Toute petite fille, pleine de grâce, que nous couvions des yeux, scrutant l'évolution de la maîtrise de tes pas, de tes phrases, de tes jeux. Toute petite fille que nous ne résistions pas à couvrir de baisers, à cajoler, à encourager dans chacune de ses découvertes.

Revenue en Italie, c'est ainsi que je te retrouve, ma poupée fragile, précieuse d'être unique et si parfaitement constituée : une petite fille qui grandit sous nos yeux émerveillés. Une petite fille qui n'a pas cessé d'exister. Une petite fille dont le souvenir me revient dans toute sa puissance par l'enchantement d'un pays où rien ne meurt jamais tout à fait, un pays à ce point chargé d'histoire, à ce point inchangé depuis son âge antique, que le temps, parfois, semble y être aboli.

Ici, mon amour, tu vis toujours. Ici, tu es éternelle. Et rien de mal ne t'est jamais arrivé. Tu poursuis dans mon souvenir l'apprentissage heureux de l'enfance. Alors, je suis heureuse aussi de ce retour sans douleur vers le passé. Ici, il est possible d'oublier l'horreur, de nier la mort. Et de vivre encore, comme si tout était bien. Comme si nous ne t'avions jamais perdue, comme si rien n'avait jamais été perdu.

Je t'aime.

Bisou du soir, ma fleur d'été.

Guardistallo,
17 août 2015

ACHEVÉ D'IMPRIMER EN AOÛT 2016
SUR LES PRESSES DE L'IMPRIMERIE V.D. (TEMSE, BELGIQUE)